读者丛书
DUZHE CONGSHU

读者
签约作家
精品选粹

找到"对的"自己

刘荒田自选集

刘荒田 ◎ 著

读者出版传媒股份有限公司
甘肃人民出版社

图书在版编目（ＣＩＰ）数据

找到"对的"自己：刘荒田自选集 / 刘荒田著. --
兰州 ：甘肃人民出版社，2021.6
ISBN 978-7-226-05698-1

Ⅰ．①找… Ⅱ．①刘… Ⅲ．①小品文－作品集－中国
－当代 Ⅳ．①I267.3

中国版本图书馆CIP数据核字(2021)第103715号

出 版 人：刘永升
总 策 划：刘永升　李树军　宁　恢
项目统筹：高茂林　王　祎　李青立
策划编辑：高茂林
责任编辑：高茂林
助理编辑：马元晖
封面设计：今亮後聲 HOPESOUND
2580590616@qq.com · 核漫　欧阳倩文

找到"对的"自己：刘荒田自选集

刘荒田　著

甘肃人民出版社出版发行
（730030　兰州市读者大道 568 号）

北京金特印刷有限责任公司印刷

开本 889 毫米×1194 毫米　1／32　印张 11.25　插页 2　字数 252 千
2021 年 7 月第 1 版　2021 年 7 月第 1 次印刷
印数：1~20 000

ISBN 978-7-226-05698-1　　定价：48.00 元

代 序

为什么要读"荒田小品"

巫小黎

"用一个公民的资格出来对社会说话"是瞿秋白对鲁迅杂文的评价（《〈鲁迅杂感选集〉序言》）。1930 年，鲁迅杂感受到广泛质疑的环境下，瞿秋白却赞口不绝，怀着庄严与虔敬，认真选编、出版了一本鲁迅杂感选集，并为之撰写序言，可见其慧眼独到。尽管刘荒田生长在后鲁迅时代，1980 年又移居太平洋彼岸，迄今 40 年。其人生和文学实践的语境无疑与鲁迅大相径庭，但他笔下芸芸众生的日常生活，对比鲁迅杂感所呈现的人生百态，光怪陆离的社会图景，读来并没有隔世之感，时代之异。将刘荒田作为鲁迅精神传人去读他的小品，是我真切的感受。

"我以为凡对于时弊的攻击，文字须与时弊同时灭亡，因为这正如白血轮之酿成疮疖一般，倘非自身也被排除，则当它的生命的存留中，也即证明着病菌尚在。"鲁迅如是说。

"文明程度"不达标的宠物，在小区的路中间留下"一坨"屎。这情形，如今的小区居民一定司空见惯吧？大多数人的反应，要么熟视无睹，要么是脱口而出的怨怒。若自觉担起"铲屎官"的责任，自告奋勇去"杀死"一坨狗屎，反而稀罕。以此为由头，《"杀死"一坨狗屎》便对自己做了一次"思想清理"。首先，感激他人及时发出温馨的"警示"，庆幸自己躲过一劫，意在提醒读者，应该多记住他人的好（《义务电梯操作工》有更清晰的表达）；其次，追溯自己N年前为一坨狗屎与狗主人之间发生的一场争执，揭无良狗主的短——方便了自己却损害了公众的利益；第三，扪心自问。"我"虽有公益心却未行公益事，责人公德不彰的同时作理性审视，发现自己也不过说说而已。至此，我眼前闪出"狂人"的身影。"狂人"最难能可贵的，不在于他发现自己身边的人"吃人"这一残酷的事实，而是觉察到自己也是吃人者的兄弟（同类），一点不比"吃人的人"纯粹、高尚，况且还不能保证，自己不会受从众心理支配，无意中也"吃人"。鸡零狗碎的生活小事的检点中，与新文学奠基之作《狂人日记》内在的思想逻辑、精神气质对接了，也暗合鲁迅《一件小事》的自我质疑——目睹车夫的一举一动，瞬间露出个人皮袍底下的"小"来。

《小确幸》一文仿佛是为《阿Q正传》做的注脚——却又不尽然。馈赠与受恩，通常的世俗的理解，后者是"小确幸"。在刘荒田这里，"小确幸"的感受却来自前者——施恩者。莫非受尼采"布施与怜悯都是一种恶"的思想濡染？倘若这也算阿Q的精神遗产，那么，阿Q不那么令人厌烦，反倒有点"小可爱"。这篇小品后面所述——赴日观光的中国游客，放任所住旅馆房间里的自来水彻夜流不停的沾沾自喜，美其名曰"抗日"，这又是一种"小确幸"。这两种"小确幸"并置，是否都可看作阿Q的制胜法宝呢？若答案是肯定的，那么，《小确幸》便使"阿Q性"复杂化了。这于鲁迅研究而言，岂不也是"小确幸"——阿Q性与普世性乃至宗教性发生关联。

《公民读本》之类的教科书，根据刘荒田的成长经历推断，他大概没读过——起码在接受学校教育阶段是这样。然而，他的小品可以作为公民基本素养的启蒙课本。集子里的《空座》《捞鱼记》《义务电梯操作工》《从"卖空气"到"卖云"》《中国式吵架》《出丑记》等等都是不错的代表。刘荒田从婆婆妈妈的生活见闻中，揭示人的自然性与社会性之间的内在张力，追问现代人格、公民意识建构的重大命题，谈言微中，其思想价值不言而明。

刘荒田有一篇小品《比幸福》，很有趣又很悲凉。五个同胞姐妹，奔波劳碌大半辈子，都活到当奶奶、外婆的年纪。本来，幸福着各自的幸福，快乐着自己的日子，没有什么不好，偏偏一肚皮不服气，这便有了姐妹之间的攀比。出阁成婚之初，姐妹比的是谁嫁得好，谁的老公能耐大；随后，就是比起谁的家业大，谁的财力厚；接着，又比谁家人丁旺，谁的子孙有出息，谁家儿女替爹妈争气。比的主体由祖辈、儿辈到孙辈，一代一代地往下推移。最后，来一个"逆比"，看姐妹五个谁还为儿孙做牛马，生命不息操劳不休；谁又坐享儿孙福，"真正"潇洒过日子。

读到这里，由不得你不信"女人的天空是低的"。"比"不限于女性，说穿了，就是看谁占有得多，谁的欲壑填塞得满。孰不知，面子越是好看，里子越是不堪。于是，又看到"阿Q"晃荡晃荡地活现于眼前。五位同胞姐妹与阿Q属于同一个精神家族，最深层次的共同处，是没有自信，将个人主体价值建基于外在的"他者"的评判上，或者，以对物占有的多寡衡量个人价值的高低。

聚焦于鸡零狗碎的庸常人生，是刘荒田的偏好。这就构成其小品文的鲜明特色——重大主题、宏大叙事不昭然在前台，而是退隐到个人化叙事与话家常的幕后。大时代里草根阶层的喜怒哀乐，他们衣食住行、养儿育女的甜酸苦辣、家长里短——笼统说就是个体生命的样貌、形态及精神、思想的碎片、剪影，更能激活同时代读者的现实感悟与后人的历史想象，填充宏大叙述的缝隙。就这个维度说，刘荒田的小品文，是值得期待的"大众化"的现场书写，是文学更是历史。可以这么说："故事"是刘荒田历史书写的"方法"，是他历史研究的入口。的确，他踏踏实实地履行着一个公民的历史使命，践行自己说过的话："不要当光享受而不付出的自私者，要当一个尽义务的堂堂正正的公民。"（《一块香蕉皮》）

很多年前，我读他《荒年之忆》（《南方都市报》2013年7月19日），为他"荒诞写实主义"的文风击节。其时，缘于疏懒，未能及时整理这方面的思路。现在重读，更有不可言说的"沉重之惊喜"。那个春烂母亲手指头的莽撞男孩（我），那次险些"输掉"一个鲜活生命的"赢"，"剪毛安"的"追"，件件都真实得出奇，荒诞得原汁原味，稀松平常却又波澜起伏、扣人心弦。"荒诞写实主义"也许能表达"荒田小品"的独特品质。

刘荒田记录的是具体而微的个人生活史、精神史。他晚年在中美两国轮流居住，获得天独厚的便利，以公民的资格为社会说话。尤为令人感佩的，是他的担当，年过七旬，没有搁笔、偷懒的任何迹象。他把积累的鲜活、别致的第一手素材，不入官家史书的"边角料"，加工成"荒田小品"，字里行间，草根性思想者的气韵、风度跃然，读之能获得境界的升华。

要之，刘荒田的写作，既抓住当下，更着眼未来。按李辉的说法"我始终相信，当真实的个人化记忆大量出现时，我们对历史的认识才有可能更加接近于原状。"（《马亦代自述·大象人物自述文丛总序》，郑州：大象出版社，2003年。）照此理解，我相信不但今人，后世的历史研究者也感激刘荒田的真实与执着，感谢他的细细碎碎——信不信由你，反正我信了。

写于 2020 年 12 月 4 日
（巫小黎：文学博士，佛山科技学院及温州大学人文学院教授）

第　一　辑　　大　千　世　界

第 二 辑　情 感 星 空

第 三 辑　　　我 思 我 在

第一辑

大千世界

纽约下雪了

　　岁晚，我至为敬重的文学前辈和我通电邮，一来一往地交谈。其中一封，我说到去年因事没有实行"去纽约"的计划，于心耿耿。他的回信简单利落："纽约下雪了。"一句胜于万语千言。去年，春节刚过，老人家和我通电邮，其中一封仅两句："说着说着年来了，说着说着年过去了"。

　　"纽约下雪了"一语，老人家有意为之也好，无心插柳也好，说中我多年的心愿。我生在岭南，出国以前只吃过雪条、雪糕，那是酷热的夏天。冬天，最冷的时节，草地上有成片的霜，河畔有冰块，在初阳下闪烁多棱的光，放在舌头上，感到麻木的快意，却从来与雪无缘。来到旧金山 36 寒暑，这滨海城市，过去 100 年间，只下过四场雪：1932 年 12 月 11 日，1952 年 1 月 15 日，1962 年 1 月 21 日和 1976 年 2 月 5 日，我都没赶上。2011 年 2 月 25 日深夜，城里某处纷纷扬扬地飘下雪花，次日早上，地方电视台的新闻主播报道时喜形于色，让同城人雀跃。那一次我在市内，可是看不到，因为没下在所住的街道。而且不到早晨就停了，量小，时间短，落地不久即融化，没热闹可凑。好在，看雪不难，去和加州相邻的内华达州，不管哪个季节，都能看到群山上"积雪浮云端"。可惜，效果与从电视和电影看没有两样。距离产生的"隔"，令人难生感兴。所以，我多年来有一个未了的心愿：赏雪。

首先，须在近处。屋内，壁炉熊熊燃烧的夜晚，听户外，雪无声地撒下，靠近窗子瞄，窗沿的雪愈积愈厚。帘外，雪花飞着，慢悠悠的。打开门缝，风夹着的雪打进来。空气的清冽，教你打一个妙不可言的寒噤。这样的晚上，和投缘的友人对酌暖心的老酒。痛饮并无必要，徐徐地说沧桑，世故，人的愚蠢与可爱，最好是一起回忆少年事，大笑几场。夜晚，下榻于暖气充足的阁楼，雪在屋顶，如猫儿轻轻走过。吟王安石的诗句："夜深知雪重，时闻折竹声"，想象明天的雪景，白茫茫的大地有多干净。

明天，起早是必须的。最先的脚印属于你是必须的。穿成圆滚滚的球，出门去，风停了，雪告一段落，此刻纯给你看。脚踩下去，是不是像踏在海边的沙滩，发出簌簌之声？迈步是不是费力？回头看自己的两行脚印，会不会为了破坏整体的雪白而负疚？澄澈的冷袭击裸露的耳朵和脸，是不是像针灸一般？我没有切身体验，想象中的早雪有的是蕴藉之美。

踏雪向何处？中国诗人早已为你指路——寻梅。梅的幽香是否强烈到"引路"，一如"酒香不怕巷子深"？可马上查证。走向梅林，枝头裹一层茸茸的雪衣，连芽梢也来不及冒出。笨笨的骨朵，寥寥的花，在林梢等着。假若我是这般的赏花人，会不会对花哭泣，为了半个世纪的梦圆在此际？

关于雪的想象，难免脱离实际。但施行赏雪的计划，并不算困难。只要选将雪未雪的日子，买机票，在空中待六个小时，走出机场，就进入如期而至的雪。我的夹克将平生第一次铺上雪花。我要以一捧雪，洒在我青春时代做的梅花诗篇上。

可是，前辈没有明说：你要看雪，请快来纽约。这是他的明智处，来不来，要看我有没有能力。他此前已告诫，太寒冷的天气，于老人的血压有碍。而我，离"随心所欲"已越来越远。

纽约下雪了，就我所知，年过90的前辈开始例行的"猫冬"。他的夫人，未必准许他挂杖出门。如果我去造访，即使只限于与他围炉而坐，谈累了，站起来，手端咖啡，对窗看雪，也充满诱惑力。

是的，我真想动身，因为"纽约下雪了"。

"杀死"一坨狗屎

午后，走出小区厚玻璃做的大门，到保安亭旁边的快递柜，输入快递公司发至微信的密码，取出以厚纸包裹的货物，那是网购的书——《杀死一只知更鸟》。一边走，一边拆开封皮。不愧是"纪念版"，精装本真豪华！打开来，读第一章的开头："我哥哥杰姆十三岁时，胳膊肘严重骨折……"

路旁蓦地发出吆喝："小心！"我顿住脚，一看，离脚一尺外，一坨巧克力色狗屎。转头看右侧的发声处，一位老爷爷在运动器械旁边，神情庄严地盯住我，也许在为自己刚才黄钟大吕般的警示得意着。我对他深深一鞠躬。没有他，我的拖鞋就沾上黏稠的秽物。若然，回到家后，对清洁抱有永不衰竭的热情的老妻，非咋咋呼呼30分钟不可。

我越过狗屎，向老爷爷挥手道别。他站在原地，看来，他今天派给自己的差事，是发出"狗屎警报"。下班时间将到，小区范围内五栋十六层公寓中，有两栋的居民要走这条路，他自觉责任神圣而沉重。

　　我把"怎样杀死知更鸟"的悬念放回书内，专心思考怎样"杀死"这一坨。铲屎官一职，我当然可以赴任，要快捷，可进小区办公室借扫把和畚箕；如"发扬劳动人民本色"，可向小区的会计讨一塑料袋，徒手把屎抓走，扔进垃圾桶。此外，可致电管理处，请求派清洁工来。然而，我什么也没做。无论取哪一途径，对在岗的报信员都有点不敬。至少，教他减少若干受行人感谢的机会。也出于见不得人的狭隘——凭什么要我清理？小区有的是人，小孩子在数米外捉迷藏，好几个一岁上下的儿童在草地旁边学步，祖父母们不比我在乎吗？

　　几年前，小区旁的河涌边上，为了狗屎，我和一位狗主人有过争论。他遛着一头卷毛的贵妃狗，他的它在路中央光明正大地拉屎，他忙于打手机。狗把事办完，不晓得他是佯装还是真的没看到，竟施施然离开。我叫住这戴眼镜，斯文有余的年轻人，指给他看地上隆起的一坨。他惭愧地摇摇头，把手伸进裤袋——我欣慰无比，多有公德心！不料，他什么也没掏出，甩下一句："我回去拿塑料袋。"牵着小狗开溜。想起诗人马雅可夫斯基的短诗，大意是：一个"资产阶级"在街旁遇到一个褴褛的乞讨者，流下无限同情的眼泪之后，把手伸进口袋——掏出的是手帕。我天真地等候狗主人，当然没有结果。那一坨没被"杀死"，好在冬天风大，次日开始，成为落羽杉下碍眼的"干货"。

　　这一坨会在路上展览多久？我悲观地想，最大的可能是这样：报信员离岗后，至迟到傍晚，必有人踩上。鞋底平白"加料"的人物定哇哇大叫，随后，一边骂娘一边在路边稍加清理，导致屎透迤成条状。接下来，一双双鞋子，以及学步小孩的赤脚，踏过去，踏过来，频繁"加工"，使得屎在地面变成一层不均匀的厚漆。不过，无需杞忧，雨下起来，屎痕便渐渐消失。

完成一番不怎么美丽的"思想斗争"之后，我又打开《杀死一只知更鸟》，接着读：胳膊肘严重骨折的杰姆，痊愈以后，左臂比右臂短了些，站立或行走时，那只手的手背和身体摆成了直角。拇指和大腿平行。"他对此毫不在意，说，只要我还能传球，开球。"

我进玻璃门前回头看，狗屎被踩了一脚，半壁江山崩塌。原来，报信员和一位大妈套近乎那一分钟，一位穿西装、打领带的中年人，以锃亮的皮鞋"杀死"了它。

故乡的乌桕树

　　如果有人问我，家乡的树木，你最记得哪一种？套周敦颐的说法："可爱者甚繁"。具体到一棵树，我要说，是乌桕。48 年前，我当知青的第四年，在乡村小学当民办教师。24 岁，求知欲至为旺盛，每天在家里食宿，从家门口步行到执教的学校，路上读一首宋词或一段英语。跨进祠堂改建的教导处的门槛前，一阕柳永的《雨霖铃》或《英语 900 句》的半页刚好背下来。

　　秋天到了，西风从大山那边俯冲，榕树的叶子滚向田峒。邻村池塘边一棵树，开始时叶子只是浅绛，如少女害羞的腮。抬眼时看到，却吃了一惊，咦，是枫树。崇拜血色的年龄，早就熟记"霜叶红于二月花"，然而位于珠三角北端的家乡从来没看到过枫树，秋天的山林更无连片的火红。北国红叶满山的寥廓景色，何等令人向往。原来它就在不远处。

　　我跑到树下。树在池塘旁边，只能隔着篱笆看。禾堂边晒谷的两三妇女看到我，手持赶鸡鸭的长竹竿差点戳过来。是啊，平白无

009

故地溜进人家的地盘，绕一棵不结果子的树打转，她们不疑心为神经病才怪。想趋前向她们解释，但怎么说得清呢？只好搔搔头，溜之大吉。此行，看清叶子的形状，菱形，和三叉戟状的枫叶有别。

中秋过后，一个星期天大早，我在田野间的大路上跑步，践行愚不可及的"冷水疗法"——出家门前牛饮井水一公斤，迈腿时可听到水在鼓胀的胃部如湖水拍岸。快跑至少一个小时，务必让水全化为汗。背着旭日，朝向如黛青山，脚步轻盈。前面血红的一团。只有太阳，才红得这么霸道！太奇妙了，今天升起两个太阳！我揉揉眼，再看，还是那棵树。论纯粹，它远胜枫叶。枫叶即使红到极致，也掺杂色，嬗变的色谱忽隐忽现。这一棵毫不客气，给你原汁原味的鲜艳，如最夺目的胭脂，最浓的朱砂，最好的松明燃起的火炬的焰心。和遍地人造的大红相比，它是属于大自然的异类。我停下步子，在拱桥上凭栏，全身已被汗湿透，霞光下躯体笼罩一层带光晕的雾气。眼光一旦从乌桕移开，周遭变得黯淡，带黑斑的碉楼，一片寂静的成片村舍，颓唐的绿树锁上慵懒的云，零落的灯笼花在溪畔，唯独它那毫不妥协的色块铆在田野边缘。于我的青春，这是类似于罗曼·罗兰的约翰·克里斯多夫式启示。早晨没有吃过一点食物，水挥发光以后，饥饿凶猛来袭，腿要抽筋，有什么可怕！向着它，又飞奔起来。

从此，这棵树栽在我的乡愁里，它啊，是黯淡青春里有根和叶的"太阳"。连带地，记得同一天，从树下走来的女知青。我咚咚跑过田埂，她和我打个照面，脚一顿，兴许是为我湿透的一身吃惊，继而一笑，不知是讥笑还是欣赏。她红扑扑的脸色，我认定是乌桕树染的。

前年游江南，进寒山寺，一遍遍地读壁上张继的《枫桥夜泊》，想起知堂老人著作所引的王瑞履书注："江南临水多植乌桕，秋叶饱霜，鲜红可爱，诗人类指为枫。不知枫生山中，性最恶湿，不能种之江畔也"。原来，"江枫如火对愁眠"里的"枫"是乌桕。

刚刚读了王鼎钧先生的散文名篇《中国在我墙上》，里面有句："我怎能为了到峨眉山上看猴子而回去。"道尽归不得的无奈，我想反其意，说，如果乌桕还在，我是愿意单为看它而买双程机票的。

缝纫机前的影子

前两天，我和妻从 F 市回家乡的县城，借宿于霭大姐的住处。深夜醒来，看到房门的缝隙漏进灯光，可见主人没睡。开门出去，客厅那一头的角落，墙壁上印下一个庞大的黑影。那是霭大姐，她俯身在缝纫机前，绺绺发丝随着头部的晃动而轻摇。我不曾惊动她，久久地盯着那个影子。咔嚓咔嚓的机声轻而密，叫人想起下在春天稻田上的雨。一阵寒风从阳台吹进来，抬头看挂钟，一点半了。

思绪飞越 30 年。想起大洋彼岸一次和念高中的儿子的对话。他六岁那年来美，一家住在旧金山的一个车库改建的单位，他和父母及妹妹一起，经历当时的艰辛。我问他，关于"小时候"，记得什么？他想也不用想，回答我：夜里醒来，看到卧室外面灯亮着，墙壁上有一个大大的影子——妈妈的，她在缝纫机前。妈妈"替车衣厂赶衣"，是他儿时最深刻的记忆。

儿子的妈妈，即我的妻子，和霭大姐是最要好的姐妹，友谊历半世纪不渝，我们每次回国，都和她夫妇聚会多次。她俩年轻时天天腻在一起，中年以后生活在不同的国度，但职业相同——缝纫。这一次回国，妻带给她几块布料。一个星期后，霭大姐兴冲冲地向我们汇报：拿来做衣服，三件已出货……我笑着说：明明知道时装店生意难做还这样，车衣厂怎么生存？她说，没办法，老来没消遣。

霭大姐沉醉着。这种劳作，过去让她和当工程师的丈夫一起养大三个儿女，如今，日子滋润，却苦于娱乐的门道太少。看从针脚下经过的布料，灰色的，该是妻送的那一块。那么，这是第四件成品——做家务穿的休闲上衣。

我在霭大姐身后的沙发坐下，除了细雨般的机声，万籁沉默。影子有情，黑发白发一视同仁，她的发丝和中年一样，只是稀疏了。腰身倒是阔厚许多，使得影子庞大如山岳。想起儿子，他童年时半夜起床上厕所，半醒的眼睛被客厅一角的灯光映花，继而被墙上的影子吓住，再看，是妈妈。论印象，先是一惊，然后是感动——妈妈还在操劳。

年复年，一天天，无所谓休假，勤劳持家，给亲人以最好的照顾。手中输出的针脚，绵密、整齐、笔直，这不就是霭大姐以及我妻子的人生象征？而头发，乌黑也好，银灰也好，总是柔软的柳条一般，在缝纫机的"雨声"中款摆。

我宁愿忽略融合了义务和乐趣的针线运作，而赞美墙壁上的影子。儿子从他妈妈投在墙壁上的影子，记住母爱、亲情、勤劳的家风。今天，我回顾霭大姐以针脚组成的人生道路，充满感慨。她少时聪敏过人，博览群书，写一手娟秀的字。中学毕业以后在一所民办农业中学任教，一篇篇出色的文章广获赞美，可惜生活摧毁了她的文学梦。然后是结婚，生儿育女，侍候寡居半生的母亲，为了责任，耗尽中年。待到孙儿女上了中学，她变为步履蹒跚的老太太。不变的是助人的热忱，以及维系终生的娱乐：做家乡糍糕和制衣服。

时针指向两点。霭大姐过足了瘾，轻松地站起来。发现我坐在两米以外发呆，一点也不惊讶。"老了哪能睡太多"，是她经常发表的理论。我没对她说什么，微笑着看她走向卧室。她的影子被天花板的兰花状吊灯拉得好长。因为体胖和腰部劳损，走起来有点像企鹅。然而一点也不难看，明了她从纯情的文学少女怎样走过来，益增爱怜和敬重。

霭大姐把卧室的门轻轻关上。我站在阳台上，鸡声隐隐。走近缝纫机，坐在留下霭大姐体温的椅子上，抬头看自己在墙壁上的影子，一点也没有霭大姐和妻子那般的内涵。

吻影子的梧桐叶

去年十月，飞抵上海。在陕西南路一带的大街闲逛，头上多叶如碧玉的法国梧桐。时值深秋，摇落之期本应已到，但偃蹇的树倚老卖老地排列着，并没有衰败的意思。遥想旧金山，梧桐树多数此刻该落叶纷飞。有一点遗憾——在张爱玲的上海听梧桐夜雨的梦，这一次圆不了。而今是新一年的一月，我回到旧金山。寒夜，拥被读张爱玲散文，有一篇写到上海的"洋梧桐"的落叶。她不是诗人，却以一首近乎散文化的新诗感动着我：

> 大的黄叶子朝下掉；
> 慢慢的，它经过风，
> 经过淡青的天，
> 经过天的刀光，
> 黄灰楼房的尘梦。
> 下来到半路上，

看得出它是要

去吻它的影子。

地上它的影子，

迎上来迎上来，

又像是往斜里飘。

叶子尽是慢着，

装出中年的漠然，

但是，一到地，

金焦的手掌

小心覆着个小黑影，

如同捉蟋蟀——

"唔，在这儿了！"……

　　人的生命之树，和大上海的梧桐树近似。人生的后段，有一种功课叫"吻影子"。这"影子"是自身投下的，即"前半生"。"后半生"对它的追寻，貌似缓慢、矜持，其实迫不及待，一旦把"影子"捉到，就像儿时逮到蟋蟀或蝈蝈，兴奋无比。影子多情地迎合着，最后，在铺满秋阳的水门汀上，落叶和它的爱——影子，静静地睡在一起。

　　别以为这过程简单，适用于一切怀旧症患者。一位我十分喜爱的小说家，说了一个故事：在加拿大多伦多一个听力诊所里，一位患痴呆症的老太太每个月来见医生一次。陪她来的男人，对她极为体贴，抱着她上下车。她坐在候诊室，他会给她的下半身盖上自带的毯子，给她喂药，小心地揩去她嘴角的水迹。护士看到，十分感动，问老太太："陪您来的人是谁？"她每一次都这样回答："是戴夫。"尽管口齿不清，忘三丢四，但陈述"戴夫"的名字和身份异乎寻常地清晰。说完，还摸摸"戴夫"的手，喃喃道："我最亲爱的弟弟！"她身边忙前忙后的男人听了，失落地摇头，没有吱声。一次，他把她推进洗手间，替她换掉尿片，出来时，面对护士好奇的眼光，说："我是她的丈夫，叫丹尼斯，我照顾了她十多年，日日夜夜，从来不敢松懈，她却把我认作弟弟！戴夫因车祸去世十八年了！"医生这样向丹尼斯解释：人在大脑皮层最具活力的年龄刻印下来的人和事，组成记忆最坚固的底座。人老去，记忆层层叠加。患痴呆症的老人，记忆的丢失从"面上"开始，越是新的可能忘却得越快、越干净。反倒是底层，经得住脑细胞日逐日的残缺、消亡。倒退大半个世纪，老太太最好的童年伙伴是弟弟戴夫，所以老来张冠李戴。

小说家说这个故事的地点，也是上海。她说完，众多听者无言。我怔怔地看着户外的梧桐树，想起一位智者给"记忆"下的定义："想象力的橱柜，理智的宝库，良心的登记处，思想的议事厅"。丝丝缕缕的悲凉袭上心头，继而，是解脱的轻松。

原来，记忆有两种特性：一，无一例外地成为"黄土高原"，以流失为宿命；二，年轻时记忆清晰而完全，不是因为事情格外美丽，"值得铭记"；而是出于生理学范畴的惯性，与其他器官的衰老无异，但和理性的"选择性记忆"相去颇远。明乎此，易耗易损的"后半生记忆"是我们务必花力气挽留的，理由在于，较之青涩、粗浅和狂妄的前半段，它成熟一些，蕴藏的反思多一些。不把它固定下来，把它带警诫意义的部分传给下一代，我们的人生恐成朗费罗的诗句："记忆之叶，悲哀地，在黑暗中沙沙作响。"

桥 上

我站在桥上，汽车流水般从面前滔滔经过。扶着粗糙的水泥围栏看桥下，也是川流不息的汽车。想起卞之琳的短诗《断章》的开头："你站在桥上看风景，看风景的人在楼上看你"。平心而论，这首诗虽盛名未替，但缺乏立体感，仅停留在一目可见的"事实"层面。看"风景"还没看出门道，两个人头从桥一侧蓦地冒出，教我一惊。原来，有拐弯的石梯接通上下两层。缓缓地，他们登上桥面，站在我旁边。

我饶有兴味地欣赏新增的活"风景"。两个同胞，一男一女。都老到尽头了，尤其是男子，走动时身板微颤，教我从另一方向联想到称赞美男子的成语——玉树临风。相形之下，矮胖的女士利落多了。"你坐车来，我走路过去，待会在'群记'见。"女士高声对老先生说。"好咧，我先坐会。急什么嘛！"老先生不紧不慢地回答。

十步以外是巴士站，那里有长凳。老先生爬楼梯，费了太多力气。"群记"是咖啡店，离这儿刚好一个站。

"先生，您一定是北京人。"我和落座的老人搭讪。

女士正要挪步，听到我的声音，不走了。

"是啊!"他高兴地回答，看着我，意思是：你怎么猜出来？

"标准的京片子，好听。"我说。

"那我呢?"女士沾了光似的问。

"也是，骗不了人的。"我回答。闲着，巴不得有人和我拉呱。

"别看旧金山中国移民多，不容易听到纯正的京城话。"我说。

"我们可是老金山。"女士以为我把他们看成"刚来的"。

"是吗?"我故作惊奇。

"住这差不多 40 年了——1981 年移的民。"女士说，声音脆亮，可见中气足，性情泼辣。老先生连连点头。至此，我认定他们是老两口。

"这么说，您不到 30 岁就离开北京了?"我问。

"那年过四十了，今年整八十。"女士指了指老先生，疼爱地说，"他，九十好几了。要他出门带拐杖，死活不肯。"

"那么，家人也全来了。"

"我是这样，儿子在这里，早就成家，孙女上了大学。他不同，家里人都没来。"女士说。她和他是半路夫妻，我想，但不能问。

"我在糖果厂干了 27 年才退休。"她说。

"是'西施糖果'吗?"我问。这家老字号出产的巧克力糖果，是名播海内外的加州名牌。我的乡亲也在那里，一干就是 30 年。"认识李 XX 吗? 她也在那公司。"女士摇摇头。难怪，在美国的职场，人们多半另用洋名字，我说的名字是纯中国的，并不通用。聊下去，知道女士是我的小同乡，但从小就在北京居住。

"他是斯文人，从前在澳门一所学校当秘书。"她怕我小看同伴，这样说。

"大学还是中学？""中学。"

谈到这里，巴士从远处开来。老先生不坐了，迈开步子。女士改变主意，扶着他的胳膊，要一起乘车。我和这一对告别，又想起《短章》，最后两句是："明月装饰了你的窗子 /，你装饰了别人的梦"。此刻无明月，不是就寝时间，走不进"别人的梦"。但是，我可把刚刚摄入记忆的"风景"加以修改。这是写作者小小的特权，方法是虚构。张爱玲曾道及，所有小说都不能和现实比，因为它只从中选择很少的"可能"予以扩展，而生活本身的"可能"太多了。

这老两口，本来有平铺直叙的人生，转折点可能在丧偶上，也可能在离异上。前一段婚姻期间或之后，他们怎样认识，交流，继而陷进情网呢？也许，结合于 20 多年前，那时刚刚进入老境，还有能量谈和做爱做的事。戏剧性是不是凝聚于初见？而后，激流进入平川，如今，是相携相依的黄昏。

巴士远去，十分钟后他们将在咖啡馆相对而坐。我在桥上替他们"活下去"，心里为他们的日子和情感补充细节。都是想象出来的，肯定多数不尽靠谱。但和他们无关。这些悬念，拿来装饰我的梦。

诗人之诺

　　说到履行诺言，悲壮的故事见于《庄子》："尾生与女子期于梁（桥）下，女子不来，水至不去，抱梁柱而死。"再看现代，20世纪 50 年代起，台湾地区活跃着一群卓有成就的诗人，吴望尧和黄用都是《蓝星》诗刊的中坚分子。最近有人在网上发文，揭出一桩饶有趣味的陈年逸事：

　　1960 年，年轻的吴望尧与黄用都打算出国闯荡。有一天，两人在余光中家谈好，在一张纸钞上签下承诺：十年后的 1970 年 5 月 12 日中午 12 点，在巴黎铁塔最顶层见面。

　　到了 1970 年 3 月，在越南办化工企业，生产肥皂的吴望尧开始办出国手续。他太太问缘由，他说起与黄用的约定。太太骂他是傻瓜，他则回说：说话要算数。于是，他从西贡起飞，经香港、台北、东京、夏威夷、再到巴黎，准时赶到巴黎铁塔顶端，等候黄用，并拍照为证。

　　且设想，如果两位已到中年的诗人，果真同一天午前抵达巴黎的战神广场，要么爬 1711 级楼梯，要么付钱坐电梯（网上查到，目前须付 14.5 欧元，50 年前应低得多），登上埃菲尔铁搭顶层，将是怎样的狂欢！是紧紧拥抱，轮流搂着腰转圈，还是矜持地握手，一个得意地说："哈哈，咱们说得到做得到！"然后，俯瞰巴黎全景，摄取塞纳河的波光。诗人岂能无诗，若"斗"个天昏地暗则更妙，当年他们常常登诗作的《蓝星》诗刊必为"神奇之约"开专辑，新诗史留下佳话自不待言。

可惜，黄用先生没有履约。且以常理将旧事推演一次。吴望尧是务实的企业董事长，倘若手握一张十年前的订单，列明现在发货，他事先会不和对方联系，予以确认吗？20 世纪 60 年代已有电话、电报，更不说书信。然而他什么也不做，径自前往，可能吗？

想起被人炒了无数遍的典故"雪夜访戴"。王子猷在大雪夜失眠，起而喝酒，看雪，咏左思的《招隐诗》，不过瘾，便乘小船去访戴安道。天亮时抵达戴府前，偏不进去，立刻往回走。"吾本乘兴而行，兴尽而返，何必见戴？"这就是王子猷的理由——要的仅是"访"而已。

如此类推，诗人吴望尧所干的只是"履行"，而不是"见"。若黄用前来，固然好极；不来也无所谓，他好歹完成了。行前不张扬，没有制造惊奇的用意。反过来，彼此约好，按部就班而去，先一起入住旅馆，再联袂登塔，甚而带上电台的节目制作组，按脚本做一遍，热闹是热闹，但未免过于俗气。

凑巧得很，这一逸事近来在网上辗转传开以后，已到晚年的本尊黄用先生也看到了。他写了这一帖子：

"本来不想拆穿这美丽的传说，但真相有些不同。与望尧确有此约，但在去巴黎之前，他和叶珊（杨牧）到圣路易看我，知道我即将去华府的国家卫生研究所工作，不能抽身赴埃菲塔之约了。所以他是'明知'我去不成（那时候我很穷，一家五口，也去不起），还是在塔下拍照证明黄用违约。那时他颇有'土豪'气，身怀万元美金现款，我和叶珊都为他担心。"

这么说来，从头至尾是两位诗友之间好意的玩笑，不能厚责黄用"背信"。我笑了一通，然后想，"履行与否"本身确胜于见面，一如耕耘和收获，奋斗和获奖，爱人与被爱，这一类关系中，前者操诸在我，后者则赖于外界。而况，若王子猷径直敲开戴安道的家门，一起喝酒，吟诗，诚然醺然陶然，但还有资格载入《世说新语》吗？

街角故事

　　散步于旧金山海滨住宅区，在离家三十多个街区的街角，看到一个奇特的箱子，比信箱大两倍，箱身漆成火红，被一根粗木杆支起，带玻璃门。分两层，排着书籍。这种义务"图书点"我前后看到两个。箱子的主人是书迷和慈善家。他或她把自己读过的书找到好去处，除让路人借阅，还可互通有无，谁都可以把自己的书放进去。我曾向另一箱子放进英译的中文小说，那是儿子上大学时读过的。

　　不能不为不知名的好心人设计的周全惊叹——箱子前的柏树下有长椅。看到它，疲乏冒上来，好！此刻就是读书时。打开箱子，浏览书脊，都是英语书。随便抽出一精装本翻起来。书名叫《辛普森当代语录》。淡淡的树荫，小鸟的脆鸣，鸽子粗鲁的咕咕。雾气从大海那边飘来。"你说你从来没遇到过'死'？且每天都看看镜子，死就像蜜蜂一般，在玻璃蜂房里头工作着。"——警句自动跳进眼帘。此刻心境恬宁，别说不想死，也不想追究这一句里的

"死"为何不是一锤子买卖，偏好细水长流？

周遭看不到一个人，教我略感遗憾。这么想着，一个白人踱过来了。五六十岁，模样真好！年轻时的俊美还留下痕迹。记起来了，刚才和他在三个街区外打过照面，彼此点头，都做出分寸恰好的微笑。我向他说，您好，又见面了。他没注意到我手拿大部头，可见不是读书的料子；若是，他会盯一眼封面，然后聊聊读某本书的心得。我坐着，他站着。正愁找不到话题，他说话了，顿感轻松。

他指着街口一辆旧巴士，和我讨论。一如他不注意书，不远处，一辆加长巴士熄了火，大模大样地停在街中，我竟视若无睹。那是"双重停车"，要吃罚单的。但这里是住宅区，除非有人打电话，抄牌员的三轮机动车不会出现。他说："你说，它用来载客，还是住人？"我眯眼打量一番，说，住人，看到吗？连轮胎之间放行李箱的空间都用木板钉死了。他表赞同。"水管是用来浇花草的？"我指着从车顶伸向车窗的水龙头问。他说，是淋浴用的。我点头。以车为家的人，只能在车外露天处洗澡。我们还讨论了车顶上铺的太阳能面板。至于被厚帘子遮蔽的车内，则难以描绘。停在这里多久了？我又问。"怕超过两个小时了。"他说，"八成是在等停车位，街旁停着的两辆轿车什么时候开走了，它就占上，停上一个星期。"我说："这里的居民该报警，按法律，车辆停在住宅区内的街道上，夜晚 10 点以后是不能在里头睡觉的。"

"算了吧，不要把人逼急了。以车为屋的人经济上不怎么样，但论横连市议员也不敢惹。和我有生意来往的朋友，为这种事出面，遭车主一顿教训，惨了。"他说，耸了一下肩膀。

他提起生意，我顺便问他干哪一行。他指了指一个街区以外，说，卖百叶窗的。那店子我记得。我和他开玩笑："我的房子正在装修，窗子全换，要买一批百叶窗，能不能提供优惠？"他干脆地说："不行，我的三个孩子上大学，还要交租，负担太重。"我一惊，暗笑他不会说话，要是中国商人，回答肯定是：行啊，你来店里好好商量。但马上佩服他的直率。再看，连暂停灯也没亮的"巴士"依然趴着，司机不知哪里去了，随后老白人告辞。

我把书放回箱子，回家去。路过商店密集的大街，一个自动售报箱顶部，搁着一沓连捆绳也没解开的报纸，那是免费的中文周报，我每个星期都去拿一份。这一沓含 20 份左右，不难推测，是送报人贪图省事，扔在这里的。它和小图书馆，形成了凄凉的对照。

碎　屑

　　早上六点多起床，老妻还在打呼噜。虚掩卧室的门，走进厨房。打开电冰箱，拿起塑料纸裹着的圆筒，打开，抽出一只类似甜甜圈的面包，它就是"贝果"。以带齿的长刀剖为两半，放进立式烘焙机，按键，咔嚓一声特别清晰。转过身，往小小研磨器倒进一把咖啡豆，制造又一种美妙的噪音，粉末倒进过滤纸，放进咖啡机，倒水，开机。焦香四散，吸一下鼻子，相当之踌躇满志。再按一次烘焙机的键。贝果剖面成黄褐色，好了，从机中拿出。

　　旋开盛椰子油的瓶子，以餐刀探入，撬出半固体的一小块，均匀地涂于贝果剖面。春天来临，古人说塘子里的鸭子最先知道。在我家，报春的是椰子油。天冷时它凝固似坚冰，破开颇为费劲。开春后变软，但不是液态。叫人想起初雪。一样的白，闪着粒状微光。雪铺在拂晓的坡上，在你脚下羞涩地簌簌响着，前面是傲然开放的梅。而椰子油，纯以滋味引诱我。

　　一杯带少许脱脂奶的咖啡，盘子里盛着贝果，这就是早餐，坐在起居室的沙发享用。刚看了一出好莱坞家庭伦理片，里头的男主角爱问亲人：今天的"高点"是什么，"低点"在哪里。所谓高低，前指高兴，后指晦气，两端连起，便是一天的情绪曲线。如果有人如法炮制，问我。我的回答是：一早就着咖啡吃贝果是铁定的"高点"。空的肠胃所激发的食欲，最胜任为一天揭幕的食物和饮料，嗅觉、触感、口感联手制造度身定做的快乐。所以从不变样。

爱上贝果是退休以后。此前排斥它，理由近于怪诞——咀嚼费时，啃一只，不如吃三块"吐士"。不错，和美国流行的面包，如甜甜圈、牛角包、法国棍子面包，旧金山特产酸面包比，贝果以"韧硬"为特征。它起源于奥地利，十九世纪随犹太移民进入美国，先风行于纽约。当时纽约有贝果公会，实行专卖制，入会的师傅才能制作和贩卖，配方只传给儿子。贝果的耐嚼来自独一无二的工序——先用沸水将成形的面团煮过再放进烤炉。好在，它的"硬"经过烘焙即成爽脆，我口里频繁的"咔嚓"为证。

把一只贝果报销之后，还有秘密的爱好。不能让老妻看到，若然，她必责为"恶心"。尤其是洗手已成极端必要的疫情期。那就是：用指头沾口水，把残留在盘子上的碎屑粘起，吃下。这就是余味，和读好诗相仿。不登大雅，类于古人的嗜痂。但人总须有点癖才好。

今天，眼前的盘子变得像刚从洗碗机拿出一般光洁时，想起一个和碎屑有关的故事：某穷酸书生下馆子，口袋的钱只够买一枚芝麻饼子。吃完后，蘸上杯子里的茶，假装写字，把掉在桌面的芝麻一一粘在食指尖，送进嘴里。两三颗掉进桌缝，他正苦思如何弄出。碰巧儿子跑进来，着急地说："爸爸，妈妈要你马上回去。"

"回去干吗?""妈妈说她要出门。""啪"地响了一下,书生往桌上一拍,高声说:"岂有此理,要去尽管去,关我什么事?"儿子说:"妈妈出门要穿裤子。全家才一条,在你身上哪。"书生没搭腔,忙于对付从缝隙蹦上桌面的芝麻。故事出处似是《官场现形记》,五十多年前读过,如今记不清了。但记得第一次听它的情景:故乡,小镇的桥头,傍晚,人们凭栏纳凉,在单车站当工人的荣叔照例"讲古",说完这个,嘴里"啧啧"有声,仿佛嚼芝麻。

原来,人生的趣味藏在诸如此类的碎屑里。

唐人街的水仙

　　每年除夕，只要我和阿良人在旧金山，必一起逛本市唐人街的花市，这习惯是"老婆婆的被子——盖有年矣"。第一次是30多年前，我们还在乡愁与家累俱重的前中年。两人边走边评鉴琳琅满目的花卉，忽然，阿良停下，沉默，神情凝重地看定一处。我问："怎么，想家啦?"明明知道他父母早已亡故，家乡并无亲人。他苦笑着回答，有点，又不全是。循他的目光看去，吸引他的是摊档上陈列的水仙。许多蒜头般的鳞茎养在水里，白生生的芽已冒出。

　　然后，在广州出生、长大的阿良告诉我，他儿时一个故事：有一年，也是除夕，随父亲去逛"花街"，居然遇到三年级的同桌阿茵。自从他家从东山搬到西关，他转了学，没和阿茵见面一年多了，她长高不少。从前，和她一起做作业，一起看"公仔书"，一起逛街，可是最要好的朋友。这次邂逅，两个人又高兴又有点难为情。父亲装作选花，站得远远的，让两个小孩说悄悄话。可惜他结结巴巴说不了三句。她说了很多，他一个劲点头，却因紧张听不清意思，却记住她告别前的叮嘱："买水仙花吧！我最喜欢了，你一定也喜欢。"那一次，他缠着爸爸，买下第一盆水仙。

从此，每年从除夕起，阿良家窗台上必摆上一盆水仙。新春伊始，沁人的芬芳，是他家最早的春消息。那一回以及往后好几年的除夕，我和阿良逛异国的花街，知道他必买行将爆开的水仙球。

90年代中期起，阿良被公司派驻外国，又去就是17年。回归旧金山时，已是白发萧然的退休者。他和我，恢复了逛花市的习惯。他的家，照例有了应节的水仙。

但世事无常，花亦然。前年今日，我和他同往年一样，浏览唐人街的花摊。富贵竹、迎春、菊、芍药、剑兰、康乃馨应有尽有。最抢手的是蝴蝶兰，一律盛开，娇艳无比。花农的地摊及花店的正规摊档之外，还有"游击队"——一些脑筋活泛且特别能吃苦的新移民，昨夜摸黑开车到数十公里外的东湾郊野，砍下桃树带蕾的枝条，运来这里摆卖。数以百计的中国人及爱凑热闹的洋人，光顾桃花摊以后，不约而同地把花枝举在头上，制造了远近闻名的"桃花云"。然而，偏偏没有水仙。他情急之下，连档主们的案板下也搜寻了一遍，空手而出。为什么缺货？一些档主解释：因为天气太暖和，水仙发芽的时间不对，无法"应节"。阿良不甘心，给一位名叫大卫的档主买一杯咖啡以攀交情，随后，趁生意的空档，和大卫聊了一会天。大卫说，水仙一天卖不了几盆，白费了搬运的开销。为什么水仙不讨人喜欢？大卫耸耸肩膀，说，从前时兴过呀，后来，也许是颜色的问题。挥春啦，春联啦，不都是红的吗？

那一次，买不到水仙的阿良，改买一盆白色康乃馨。我对阿良说，新年讲究吉庆呢。他说倒也是，为康乃馨配了一个红色花盆。

又是除夕，中午，中国城都板街上，泛滥着人的潮水，我和阿良是两朵渺小的浪花。我对阿良说，可别又空手而回。阿良说："尽管放心。"原来，他早就要了大卫的电话，加了他的微信，说好今天来他的摊档拿水仙。

大卫的摊档在老地方，我们费了好大力气，才挤到档前。大卫老了一岁，快七十了，腰更驼，但把一盆又一盆蝴蝶兰捧给喜气洋洋的客人时，手脚依然矫健。阿良向大卫打招呼。

大卫哈哈笑着说："放心，准备好了。"

大卫从摊档下方下拿出一个纸盒，打开来，里面是几个硕大的球茎，都已爆开，长出青葱般的叶子。

阿良捧着盒子，和我一起兴冲冲地走着。"明天一早，保准开花。"他说。

我问，有阿茵的消息吗？阿良摇头，说，上一次见她，是六十多年前。又喃喃道："她如健在，一定买水仙回家。"

陪聊师

　　咖啡店里，邂逅一位多时不见的熟人，握手时问他："山姆，近来躲哪里去了？"他说这几个月有活干。我说，阁下年过七十，还上哪门子班？他微笑说，你有所不知，我得了个"肥缺"。我请他喝一杯大号"拿铁"，交换他的"一一道来"。

　　山姆说，他退休已五年，日子平淡，安稳。去年，一位朋友推荐他，去见名叫杰克的老白人。朋友说，杰克这人十分风趣，前几天对他说，要登报聘请一个特别"护理员"。朋友说，先别登，见见山姆再说。他和老杰克在一个公园会面。

　　杰克今年满80岁，身体棒极了，看上去至多六十多。从前是一家大企业的财务长，中年时和太太离了婚，以后有过数任女友，老来单独过。一栋大房子，两只秋田犬，除了每天上健身房举杠铃，周末打打高尔夫，别无嗜好。他离婚不久就请了一位墨西哥裔佣人，她多年来兢兢业业地替他做家务。山姆正纳闷，老先生什么也不缺，请哪门子"护理员"？

杰克对山姆说，他雇的特别护理员只有一个职责——陪他聊天。每星期一、三、五三天，上午两个小时，在家里的客厅；傍晚两个小时，在马塞湖边。报酬不错。山姆不在乎钱，却对这差事十分好奇，满口答应。山姆说，朋友推荐他，是看中他"爱听人家说话"。我嚷起来：这也算一技之长？称你为"陪聊师"好了。山姆说，我这才知道，找人说话是不少老人唯一的消遣。

陪聊师娓娓道来。原来，"听"是一门学问，一种艺术，欲成为受信任的听者，需要同情心，同理心和悟性。

山姆说，首先，要听对方把话说完。老杰克有的是老朋友，并非都不喜欢聊天，有好几个属"话痨"级，但多数有一缺憾——爱说话，聚会时抢着说，不喜欢被打断，却不爱听别人说话，他们都七老八十，习惯难改；少数则越来越沉默，整天只和手机过不去。山姆受雇以后，每星期三天，上午和杰克对喝咖啡，下午与杰克并肩在湖畔小道散步，其间杰克主讲。

山姆开头不适应"只用耳朵"。比如，老杰克爱翻老账，抱怨最多的，是儿子限制他到访的次数。那是 15 年前，孙子才一岁多。儿子媳妇怕这位祖父"宠坏"自己的孩子，只让他一个月去一次，且不能过夜。说到委屈处，杰克老泪纵横。山姆连忙安慰，说早过去了，孙子如今是高中生，陈谷子烂芝麻，还放不下吗？还有，杰克常常背后说老朋友的小毛病，谁打高尔夫给球童的小费不像话，谁打扑克偷牌，谁怕老婆来电话。山姆提醒他，多体谅人家岂不更好？

杰克说到兴头上被打断，会生气地抗议："你越界了。"后来，山姆省悟，说话者的倾诉，着眼于"出清"，平日累积的窝囊气务必发泄，不然憋得难受。一如职场中人下班后痛打沙包，难以言说的委屈，对上司和同事的怒气，以乱拳释放。陪聊师只需耐心地听，居高临下的教训是多余的；拦腰插话，提出异议，做出反驳，只教对方扫兴，并无建设性。

山姆说，其次，要讲点互动的艺术。善体人意的倾听者并非木头，适时和恰当地做出反应是必要的。有一次，老杰克得意地告诉山姆，昨天晚上约了从前的同事约翰去露天酒吧喝啤酒。约翰抬头看看，说，今天的天空怎么这么暗？杰克对他说："只因为你戴上帽子。"说完，眨巴着灰蓝色的眼睛，嘴角拖一个顽皮的笑。山姆捧腹大笑，说，我敢肯定约翰有一颗大灯泡般的秃头。杰克说，就是嘛！可是不开窍的约翰反问他："笑话，帽子和黑暗有关系？"还有一次，老杰克去俄亥俄州参加姐姐的葬礼，回到家第二天，向山姆缕述童年时代姐姐对自己的爱，悲从中来，嚎啕大哭。山姆一句话也不说，只是拥抱他，轻轻拍着他的背，直到他安静下来。这时刻，换上好为人师的人，恐怕要好生安慰，说节哀顺变的大道理。其实，言辞全无意义，重要的是让对方晓得他并不孤单，有人分担他的哀伤。

山姆为了加强论点，引了美国作家洛波维兹的名言："和'说话'相对的不是'聆听'，而是'等待'"。我问，"等待"什么呢？他一板一眼地说："等待"对方的耐心，理解，同情，呼应。我问，如果对方说错了，听的也要点头吗？不成马屁精了？他说，即使说者出言荒谬，也不要急于否定，听完再想应对之法不迟。但要明白，像杰克这样的老人，人生观和思维方式已经定型，除非关乎未来的大是大非，最好予以尊重，各持己见乃是多元社会的常态。

山姆说，这工作太有意思了，工于怀旧的老杰克聊天时说了许许多多故事，他恨不得在口袋藏一个录音机录下，但怕杰克怀疑动机。每天下班，他回到家，马上凭记忆写下，将来出版一本书。

哲人说，说到沟通手段和影响力，倾听和说话一般强而有力。

听了山姆的话，我信了。

义务电梯操作工

　　住在小区公寓大厦 33 层的马老先生，乘电梯到地下去。电梯到了 22 层，停下，一群人说说笑笑地进来。他出于习惯，按住"暂停"的按钮。紧随这欢乐的一群的，还有两位，一前一后，搬动一张咖啡桌。据目测，长桌重逾数百斤，两条汉子费力地抬、推、挪，终于进入电梯内。马老耐心地按住按钮，直到诸事办妥。他从旁观察，揣摩出欢乐的一群是一家子，他们雇人把咖啡桌搬下楼。电梯下到地面，这群男女一边叽叽喳喳地讨论，一边往外走。两个年轻的搬运工又一次抬起重物，呼哧呼哧地往外搬。马老默默地按住按钮，微笑着目送这些虽然常打照面但素无交集的邻居，最后一个离开电梯。

　　次日，马老去离小区不远的茶楼，和茶友会面。这群平均年龄近 70 的茶友，交情动不动是数十年，今天的话题是"人情"。马老感慨地说起昨日的小事，引起大家的兴趣，聊起"如何发现，并宣扬别人的善意"。比如，在专题演讲附加的饭局上，大家都为听演讲而来，彼此并不认识。其中一位特别豪爽，点了一瓶葡萄酒。买酒的人不会说："我请大家喝的。"这样显得小气。在旁侍候的服务生如果是明白人，便会对大家宣告：这一瓶质量上乘的"梦露"是这位先生请大家分享的。于是全桌举杯向他致谢。还有，餐厅的服务员给你上菜，添茶。公交车上，有人挪一下，把座位让给你。一位朋友的朋友给你寄上一本书，即使并非名家、大家之作，甚至被你私下"卑之无甚高论"。陌生人送你上一包茶叶，你一点也不喜欢；微信群上，一个不认识的人点评你的一段话、一幅照片、一篇作品。路上，有人提醒你鞋带松了。班机上，有人替你把拉杆箱推上行李架。事都小得难以启齿，你不必每一次都来个日本式鞠躬，但"知道"人家做了好事是绝对必要的。

母亲日复日地替你准备早餐，妻子年复年地给你洗衣服，邻居在下雪天早早起来铲雪，快餐店的兼职大学生每一次端上咖啡时都附加灿烂的笑，快递员给你家送包裹，而按门铃没人应，他会放在隐蔽处。最倒霉，最受冷遇的背时者，都会遇到过善意，哪怕极为微末。不是要你即时反馈，而是应该以多样方式，巧妙，自然，诚恳地表示：你记住了，你会感谢。思量日后回报，比如，以一张贺卡，微信上一株虚拟的玫瑰花。

如果你马上皱着眉头，斥为多此一举。这恰好证明你阅世尚浅。你欠缺一种本领：发现。当你的多年邻居——一位寡居的老太太，今天出门，发式换了，化了淡妆，眉毛描过，你粗看一眼，依然是"老得一塌糊涂"。细看却又不同，原来她昨天去了发型屋，今天出门前又精心打扮过，你如果真诚地赞美她"特别特别漂亮、神气"，那么，你的慧眼成全了她美好的一天。

发现善意的本领，需要以爱心为根底，通过反省，观察，才能逐渐具备。最要紧的，是将心比心。你给朋友快递了一种健康食品，对方没有回复。如果你毫不介意，那证明人家没有什么不妥当。如果你心里隐隐有些不快，那就意味着，你该从中学会如何回应友情。

马老最后说起"电梯故事"的续篇：无巧不成书，昨天晚间，他外出散步回来，走进电梯时，尾随着一位女士，他认出了，是和那天上午搬咖啡桌的人同一群的，她的笑最为豪爽。她跑得太急，五六个快递盒从断了带子的手提袋掉下，散落在电梯前，她又要把住电梯门，又要捡起盒子，手忙脚乱，门一次次地合拢，马老装作在看壁上的电视，没有按住按钮。女士生气了，瞪住马老的老脸。马老说，抱歉，我不是电梯操作员。

从"卖空气"到"卖云"

2007 年，新年前的一个夜晚，在美国科罗拉多州，沃克尔女士所住的社区，落了第一场雪，大地一片白茫茫。早晨，她费老大劲儿才打开大门，门外积雪厚达四尺，铲了半天才清理出车子的通道。她回到屋里，打开电脑，进入"电子湾"拍卖网站，标售门前的积雪，取价廉宜，每立方尺起价才 99 美分。这一消息，当年元旦成为 CNN 和雅虎新闻网站的头条。

这场拍卖，开玩笑而已。但是，在 2018 年，门槛特精的某些国人却实实在在地售卖空气。有人从秦岭海拔 2600 米以上的原始森林，以压缩机收集新鲜空气，然后过滤，灌装。塑料瓶子上标明"秦岭森林富氧空气"，每瓶售价 18 元。据说买家相当踊跃，有的一买就是整箱，雾霾天特别畅销。也难怪，这是极端易耗品，一瓶只够吸一分钟。听说有一企业，卖空气进账 400 万元。

我在网上读了这一类新闻，遂想及，比之不可见的空气，我们的祖宗有更奇妙的可卖品——云。事见于清人俞樾的《茶香室丛钞》：据《绍兴府志》载，余姚有一个姓杨的读书人，能诗，写得一笔好字，去四明山的"过云岩"游览，见云气弥漫，福至心灵，带上三四口大型"罂"（大腹小口的瓶子），入云深处，用两手把云捉住，一个劲地往罂内塞，直到云往口部涌出，知已满，便用纸密封，带到山下储存。这以后，和志同道合的人喝酒，得意地问："想不想看四明云？"如果对方感兴趣，就搬出巨罂，用针刺破封纸，顿时一缕云如白线透出，袅袅而上，"须臾绕梁栋，已而蒸腾坐间，郁勃扑人面，无不引满大呼，谓绝奇也。"

我从中得到启发，倡议有志于创业的年轻人，成立以"赠云"为核心业务的公司。效"文化搭台，金钱唱戏"的套路，先要做一番诗意的铺垫。在这方面，俞樾举出三个故事。一是陶渊明，他有诗："山中何所有？岭上多白云。只可自愉悦，不堪持赠君。"不为五斗米折腰的大诗人，虽然也是把劳动好手，"种豆南山下，戴月荷锄归"，可惜缺点创新的勇气，云只供自己享用。二是苏东坡，他脑筋活泛多了，"见云气如群马奔突，自山中来，遂以手掇开笼收其中，及归，开笼放之，遂作《携云篇》。"以此证明云是可以"持赠"的。三是宋朝宣和年间，皇家园林"艮岳"刚刚建好之际，官家命令御苑附近的居民多造"油绢囊"，在囊上浇水，弄湿，再张挂在危岩绝壁之间，让云涌入囊中，然后把囊口拴紧，上交官府，名曰"贡云"。

古人在"云"的利用方面，从"自愉悦"到携带云出山，再到加工成"贡云"，已奠定基础。今人尽可参照将山泉灌瓶出售的做法，把"云"企业做强做大。试想想，在宴会中，把一罐罐采自"最美云海"如峨眉山、庐山、黄山、三清山的密封之云放出，让云线绕梁盘旋，以莽莽群山的国画为背景，何等新颖、生动！不但切环保之题，又有益于呼吸系统。而况，把云灌瓶的生产线，不必过滤、检验等多重手续，比输出山泉水省事。也许你问：万一有人把雾霾伪装为好云装瓶，如何识别？我想，这一技术问题，科学家肯定能解决，贴上防伪标志是一法。

如果快递业增加"送 XX 云上门"的业务，国人的礼物单，多了一种抢眼的诗意选择。从此，深山白云，袅袅于城市各小区的住户。想及此，心里激动，恨不得马上办个"众筹公众号"。

狂欢或者炼狱

和远在休斯敦的至交通电话，他兴高采烈地告诉我：最近，太太去加拿大看望年过 90 的父母，撂下他独自在家。这是两个成年儿女成家、搬出后的第二度"空巢"。"无人管束，旁边连提醒、劝告的人也没有，无所顾忌，纯然为所欲为！"年登 80，新旧体诗兼擅，还长于国画的雅人哈哈大笑。他解释说，太太刚离开那两天，一个人住近两百平方米的屋子，夜里觉得家里太空洞，难以睡得踏实，干脆不睡。

灯下干什么？读书，看电视，看电影，上微信，这些娱乐，太太在家时就有，不算特别。如今爱上唱歌，上中学、大学时唱熟的歌，一首首，扯开嗓子唱！反正邻居听不到。唱到动情处，绕室疾走，放声大哭，声震屋瓦。如今才体味到，痛哭长夜并非独沽凄凉，乃是彻底的释放。哭过之后，心里的纯净和安静，难以言状！眼睛自然红肿，不对镜就是了。还有，来几场无听众的"演说式"朗诵，或诗或抒情文，有的是别人的，有的是自己的少作。读罢，当然要踞案自雄一会儿，呵呵，不才似颇有两下子呀！什么时候就寝？至少凌晨四点、五点，醒来便是中午。以今天为例，12点半，被门铃吵醒——妹妹知道老哥不喜欢做饭，用保温瓶盛上老火冬瓜汤和梅菜扣肉，驾车送来。

他兴奋地嚷着：夫复何求？最后做总结——不记得是谁说的了：孤独是一个人的狂欢。通电话时，我站在旧金山下城市场街的巴士站，吃从东边海滨长驱直入的冷风。他所在的时区，是晚间11时，"狂欢"正在进行。从他的语气，听出由衷的欢悦。可以想象，接下来的六个小时，他对酣畅之乐的获得，具十足的把握。他喜滋滋地说，此刻的心情，好有一比——青春年华与恋人幽会的日子，周末黄昏，梳洗完毕，步出家门，稍稍拉起熨线笔直的凡立丁西裤的裤腿，检视锃亮的皮鞋尖，满意地抬头，前方，是紫荆花簇拥的马路。

我走上温暖的巴士，还被友人的快乐感染着，兀自微笑。不期然想起前天见到的一位乡亲，他年过70，身体一直不错，但最近一个月，被"自律神经失调症"折磨得够呛。病发作时全身发抖，有如癫痫，过后最强烈的感觉是孤立无援。尽管太太一直在旁侍候，还是嫌人不够，恨不得出嫁的女儿，住在郊外的儿子，连同孙辈，不间断地来看望，和他说话。好在，不堪的折腾有正面作用——使他深切感受到独居老人的精神需要。他对住在老人院、年近百岁的母亲说："我今天明白，您为什么常常抱怨晚辈上门不够多。我病好以后，一定天天去看您。"

两者相权，自然取前者为上。同是"一个人过"，为什么两位老人生出截然异趣的感怀？原来，一旦脱离纯物质层面，言人人殊在所难免。性，出于爱是极乐；被迫则是受罪。孤独亦然，它岂止是矫治虚荣的灵丹妙药，而且是快乐的源泉，但不是谁都有权享受这等惠而不费的清福。

一般而言，能把孤独化为狂欢的，以从事创造性精神劳动的人居多。艺术家也好，科学工作者也好，只要是以个体为主的，其思维越是深入，越要进入"无人之境"。在"自我"这小天地安身立命既已成习惯，从中发掘幽密、独特、熨帖的乐趣自是顺理成章。此外，是拥有美好的嗜好的。如果这"嗜"可以"单干"，如养花，写字，治印，绘画，唱歌，写作，制灯谜，钓鱼，捏泥人，钻牛角尖，那么，他就"巴不得一个人待着"。

二人之初

　　六年前，在核桃溪镇女儿家小住，一天，外出散步。路易斯路上，看到一栋有点破旧的平房，因是必经之处，所以记得，上个月业主挂牌出售，一个星期前，牌子换了，上写"已成交"。今天，连"交割中"的牌子也撤掉了。我站在栅栏前出神，院子收拾得这么干净，靠近大门的小房间，门外挂着米奇老鼠的彩画，玩具小汽车、皮球和棒球棒散放草地上。心生好奇：新主人是谁？

　　看够了，转身离开，背后一个男子叫住我："先生，早上好!"窥探给撞破，有点不好意思，回过头说感谢，怕他误会，予以解释：我常常路过这里，知道这房子刚刚成交了。他高兴地说，是啊，我们买下了！又说，请等等。他向房子高声叫："莎莉，有客人，快来!"莎莉从里面走出。两个人并排站着，笑眯眯地对着我。早阳斜射在两张神采飞扬的脸上，极细的汗毛闪着金色毫光。

　　好登对的一对！白人，都30上下，女的一头金发，小巧玲珑；男的高瘦，眼睛带着天生的调皮劲。我谢绝了"进去喝一杯咖啡"

的热情邀请，面对面谈了好一阵。知道他们以 68 万的价格买下。我晓得外国人通行的社交规矩是不谈年龄和收入，但他们急于和别人分享喜悦，把底细都抖出来了。他们是俄勒冈州人，中学同班，高中毕业前夕定情，上大学时结婚，大学毕业后来加州发展。目前男的在证券行当分析师，女的在贸易公司当销售员，孩子一岁多。他们承认，房贷加房产税，每月把薪水的一半多占去了，说不吃力是假的；可是，"活得很快乐，钱不够，怕什么？"莎莉说，"约瑟夫昨天又找到一份半工——晚间在一家夜总会当唱片骑士。"她自豪地爱抚丈夫的手。夫妻俩还说到未来，说到牙牙学语的儿子，为了他先会叫爸爸还是妈妈差点吵起来，随即哈哈大笑。我没多言，不停地点头，陪着笑，心里涌起难以言状的感动。直到孩子在房间高声叫妈妈，他们才和我握别。我回到大路上，痛快地哭了一次。自问，陌生的异族夫妻，值得我洒泪吗？不是为他们，是为了一种深藏于心的绵长诗意。

又想起另一对。他们是中国人，见面时都进入中年。男的十年前丧妻，女的被年轻时一次失恋耽搁，一直单身。他们原先是旧金山市场街附近一家中餐馆的同事，男的当厨师，女的当侍应生，日久生情。年老的老板退休后，他们接手经营。当上新科老板之前不久，干脆把婚结了。我和一位写诗的厨师，是他们的"饭碗"菜馆"新张宏发"开业那一天去庆贺的。

那是下午三点多，午餐的峰期已过。"饭碗"里面，我们和两个新人在厨房一个角落站着交谈。老板娘不时撩开门帘，看看餐厅的情况。我进门时已发现，这个地段的生意不好做，流浪汉多，失业者多。谈到这个问题，他们笑着说，早惯了，和邻居成了朋友，他们外表脏是脏点，但绝大多数很善良，没有暴力倾向。让他们赊账，有剩饭剩菜，晚上关店后，打包送给他们。他们不但不进来捣乱，还帮我们收拾几个吃霸王饭的坏小子。

我看着这一对——男的因操劳过度，眼睛带血丝。女的瘦小精干，大忙那阵出的汗，还粘在额前的刘海。初上创业路，承受的艰难不说我也明白。离开时，我要和男的握手，他伸出左手，解释说，最近右手疼得厉害——拿锅铲太久，伤了筋。归途上，我和同来的朋友谈起他们，眼睛都湿润了。不是怜悯，而是由衷的钦佩。

教我流泪的两对夫妇有一共同处，那就是婚姻开始不久，前路漫长。中国的《三字经》开宗明义："人之初，性本善。"这里的"人"，是个体，也是群体。我关注的，是两个人的"初"——携手缔造全新人生。姑且称之为"二人之初"。他们拥有的，是人格平等、以共享为根底的爱情。我一直以为，世间姻缘以"同甘共苦"为上等，为极品，为理想境界。不存在谁养谁，谁欠谁之类的计较。两个并无血缘的生命，合为一体，从事一种叫"家庭"的平凡事业。最默契的合作，也就是最为可歌可泣的爱情。辛劳、体贴、眷顾，日复一日地积累，传播下去。和谐的家庭较少缺陷，成就全体成员相当美满的人生，两个主人是让后代骄傲和仿效的主心骨。

当然，好的开始尽管是成功的一半，另外"一半"也用得上"行百里者半九十"的中国古训。把婚姻维持到最后已然不易，让它在生命的各个阶段都焕发特有的魅力尤其困难。好在好榜样不少。

去年秋天，在上海参加一个文学会议，遇到移民比利时30多年，退休以后回国养老的作家章平，我向他透露一个藏了多年的小秘密：2011年初冬，在广东中山市一次文学庆典中，偶遇他和太太，因彼此都有应酬，只略作交谈。但他夫妻并肩而立的镜头，他对过去的简单交代，竟教我难以抑制莫名的感动，只好躲到一个角落，让心情平复，擦干泪水，才好意思见人。章平听了，很是惊讶，问为什么。我回答，当时看着你们一对，想起你和太太去国之初，正当青春年华，联手在异国他乡开中餐馆，一干就是30年。太太管餐厅，你当大厨。你在餐期的空档，戴着围裙在厨房的一角码字，长篇小说、新诗源源而出，成就非凡。你太太管家，教育孩子。直到两人鬓发斑白，手依然牵着手。于是，最隐蔽处一根心弦被拨响……章平笑说，这有什么？柴米夫妻都这样过来嘛！我招供：那一次有失"有泪不轻弹"的气概，一直不好意思披露。

有些话嫌肉麻，没有当着章平的面说：世间姻缘，比从"一人之初"到"二人之初"的"门当户对"好一百倍的，是从卑微、贫困、不幸的少年夫妻到云淡风轻的"老来伴"，数十年间的千千万万种细节。"相看两不厌，只有敬亭山"，是李白的名句，然而，彼此没有"相看"许多年，诗人诗酒江湖去了，"天子呼来不上船"去了。而夫妻，是一天到晚地"相看"，时间之长，以银婚、金婚、钻石婚为标记。如果说，共患难是进行曲的华彩乐段；那么，漫长、琐屑的平淡与重复，就是从头到尾的铺垫，危机四伏是它，必不可少更是它。"靡不有初，鲜克有终"，这命运的咒语，被牵手的老两口骄傲地颠覆了。从初到终之间的欺骗、误会，对诱惑的接受和摆脱，都被够深的皱纹埋葬掉，掌心只留下温暖。

"说到成长，婚姻乃是终极的，也是最佳的机会。"我用感性的泪，一次又一次地把这一警句洗亮。汉字"夫"不就是"二人"吗?

市　井

　　秋行夏令的日子，从羽毛球场出来，穿过公园，炽烈的阳光被密集的绿叶托在高处。想起宋人苏舜钦的诗句："树阴满地日当午，梦觉流莺时一声。"此刻感到的，并非饭气攻心的慵懒，而是运动后分寸恰好的倦怠。背后是菜、鱼、肉应有尽有的城南市场，我刻意避开。这阵子要回家吃午饭，而逛菜市，须从容，且带着小小的功利企图，比如买一尾生猛的石斑鱼或一只麻花清远鸡。

　　我走向一家理发店。上一次来是五年前，也在打了一个小时羽毛球之后，全身冒汗，衬衫湿漉漉的。本来不好意思让师傅在被水洗过似的头上操作，但从门口路过，不打听又不甘心。于是，问了站在门外乘凉的"肥仔"："方便替我剪发吗?"言下含先看我的"汗相"的暗示，不料他霸气地回答："只存在你要不要理发的问题。"我笑着坐上扶手椅。他先后用了十多张纸巾，把剪子将触及的皮肤揩了几遍。我为汗道歉。他说没关系，天热，哪有不出之理? 肥仔的神速教我大吃一惊，不消两分钟。绝非潦草的敷衍，而是教头脸焕然一新的真功夫。

这一次，师傅坐在店里和一女子闲聊。我不敢肯定他即修理过我头颅的"肥仔"，身架中等，圆嘟嘟的头壳无一根杂毛，亮得有点耀眼。我才向店内探头，他就站起来，延请入座，我连担心汗水碍观瞻的机会也没有。师傅替我铺上围巾，他一边极熟练地挥剪一边和我闲聊。坐于我们身后长椅上的女士也加入。

我很快得悉，他就是"肥仔"，为何"不像"？他近年致力于运动，每天早上跑步一个小时加做一百多下俯卧撑，还有拉筋，已减去20斤余。我敬仰地想起菜市肉档上铁钩所挂的"20斤"，那可是一块颇具规模的肋排。我说，体重不超标，那得改店名。"肥仔"反问："难道改成'瘦仔'呀？"我默认此说有理。接着，肥仔教训背后的女士：你跑步30分钟歇气一个小时，这不行，必须连续运动，逐渐加码，这才叫"有氧"。

因为我提及几年前是他的顾客，他随即推断："你是美国回来的？"我说是，怎么看出来？他把逻辑链抖落出来，我和女士俱惊服。自称"你出国那年还没出世"的女士开始把我称作"金山阿伯"。一位客人进来，"肥仔"问他昨晚打了几圈，赢了没有。客人打个呵欠，没回答，躺下，让女工替他洗头。

又亲切又舒服的感觉到最后一道工序才被消解了一点点，因为师傅的剃须刀，在我脸上和脖子下每刮一次，都在一个小布团上抹一下。而那布团不是一次性的，我仿佛在试用一条数百人擦过脸的毛巾。好在就此收尾。价格依然和几年前一样，25元。

走出理发店，经过许许多多的招牌，离城南市场愈发远了。周遭没有喧闹声，紫荆花落在肩上。恍恍惚惚地回到童年，骑楼下的商店，秋风里落叶与沙尘飞扬的街道，绰号"矮仔松"的小贩把一包包带绿色图案的"朱广兰"生切烟丝摆在肥皂箱上，欠了赌债的后生和开菜栏的高佬打架，两人在案板上抱在一起，滚出一身碧绿。我在那里降生，最初的啼哭掺入墟期鸡公车的吱纽声。我的早期记忆，背景都是小镇的铺子、巷子和埠头。因此，我先天地喜爱集市，欣赏讨价还价的过招与档主们不失厚道的狡猾。

秋风吹着带"肥仔"手泽的头顶，心里充满了感戴。为了一生之中，起点与终点妙不可言的对接。世道如何嬗变，人心如何不古，我均可接受，只要让我亲近庸俗的物质化市井。

"我舀起一瓢水"

一直喜欢新加坡散文家何华的作品，他在微信朋友圈转引了日本俳人山头火的俳句：

活着还是开心的
我舀起一瓢水

读了心房震动。普通的语句，平常的动作，天外飞来的灵感。原来，因英语读音近于"烟士披里纯"而被五四以后的新潮文士简称为"烟"的灵感，果然弥漫在卑微、平庸的人生四周，问题是过于迷离。它倏然飘到水上，瓢上，被慧心的诗人逮个正着。我这么说，是为了排除一种可能：诗思郁结多时，千锤百炼而成。

它感动我，却未必让年轻人所接受。特别是城市里过惯的，天天拧水龙头，木做的、竹做的、风干的葫芦做的瓢，却难得拿在手。

以瓢舀水，原来指向一种遥远的乡村生活。距今 50 年的 1969

年，我在村里当知青。春耕大忙开始，蒙生产队长看重，被委为全村独一无二的"辘格员"，活计是这样：在已耙平的水田里，推一台竹子制的三角体（以纵横编织的竹子规定行距和间距的器具），在排干了水的稻田上压印，以便社员们插秧。三角体在泥水滚过，重量变为一百斤左右。为了保证有田供插秧，天蒙蒙亮就第一个出工，弯腰制作"规格"，泥水四溅，变成只剩两只眼睛没被糊上的超级泥人。忙了半个上午，跑回村里，在井台打了一桶清涟涟的水，身边无瓢，洗净泥手，以它掬水，送进冒烟的口，咕噜之声不绝，直到打嗝。然后把浑身泥泞洗净，回家去，躺在酸枝榻上读普希金。

春耕过后，我随村里的年轻人进深山割柴草，这活计比"辘格"艰辛数倍。打了柴，在崎岖山路上往回走。半路上，放下担子，解下吊在扁担一顿的漱口盅，这就是"饭盒"，里面盛的米饭、番薯和咸菜，是凌晨出门前煮的，早就冰冷。但腹内是火热的，几乎不必咀嚼就滚进食道。然后，从樵径走下，用盅子舀上清凉的溪水，一边喝，一边让山风吹干汗水湿透的披肩布。

检索记忆，"舀起一瓢水"所牵系的，是多难的青春，是灵魂与现实的拉锯战，苦涩有余。然而，乡村岁月，夏日炎炎，蝉声如沸。皮肤黝黑的耕田佬，禾堂旁边搁下犁耙，门槛前摘掉笠帽，不论是进自己的家还是别人的家，第一桩事总是拿起水瓢，往水缸舀清水，仰头大喝。水进口腔那一瞬，焦渴之火熄灭，满口的滑甜，满心的舒泰，以手揩去嘴边的水珠，微笑是免不了的，一句感叹——"活着还是开心的"也是自然不过的。不能不佩服这位卓越俳人的敏锐感悟，而且，我肯定，这是他切身的感受，旁观不可能这般"入微"。

　　继而思考，什么时候和"舀起一瓢水"绝缘？不要说饮，连"舀"也是遥远的事。在城市，洗车也好，浇花也好，用的是管子。至于饮水，豪迈的"牛饮"属于血气方刚的年岁。巧不巧？"瓢"和"水"两个意象纠缠于心的当口，路过河涌的埠头。一个穿西装裙的女子，看模样是从写字楼下了班，来这里活动筋骨。她用绳子拴着铁桶，探身过白色花岗石栏杆打水。再提起铁桶，吃力而愉快地走上石级。小路的另一边有围墙，围墙内有一块她和家人开辟的小小菜园。桶里，一个别致的木瓢浮在水上，洋紫荆艳丽的倒影在瓢旁微漾。一路有水花溅出。我呆呆地看着她袅娜的身影，充满了感戴，对俳人山头火，对有菜垄、有水桶和瓢子的田园。

半个"轮友"

　　和陌生人见面,找一个具有共同兴趣的话题,聊起来,是交往的开篇。最便捷、常见的,乃即景生题——"今天天气"。鲁迅似对此举有微词,在天气后面加上"哈哈哈",也许暗讽没话找话的老套和虚伪。然而,它是屡试不爽的。即如这一次波罗的海邮轮之旅,我凭谈天气交上半个"轮友"。

　　那天,早上六点多就出发,离开挪威邮轮公司去年才下水的巨无霸"Getaway"号,从港口坐老式绿皮火车,呼哧呼哧三个多小时,抵达柏林,归程依然。火车没有空调,上午不觉异样,午后的日头毒辣起来,车厢内的温度计显示气温为摄氏34度。车厢里尽是领略过柏林墙的游客,我和老妻在两张相对的双人椅上的一张落座。对面是笑嘻嘻的老白人和他太太。面对面的局面,不说说活是说不过去的。

　　"这么热!想不到!"我揩了一下额头,说。

　　"哈哈,受不了啦?"老白人接茬。

"可不，我们来自四季清凉的地方，给宠坏了嘛!"

"哪里?""加州的旧金山。"

"哦，好地方，向往好久了!"抢话头的是紧靠老白人的女士，全身上下都有雀斑，仿佛披上一层沾了芝麻的粉皮，我早知道许多人喜欢雀斑，不可视为缺陷。

"你们来自……"

"佛罗里达，天天摄氏40度，从那里出逃，还是躲不过，哈哈!"他笑起来，窗户怦然。这老男人生性诙谐，早上出发时他和我们同在一个车厢，也是这样逗得附近坐的人笑弯腰的。他脖子短得好像头颅直接架在肩胛骨上，脸盘比普通人大三分之一，一见难忘。

"佛罗里达的奥兰达，可是退休者的天堂，早听说了，不知还兴旺不?"我说。

"一个样。"他回答。

天气谈到这里，差不多了，除非找到新话题。往下，各自可心安理得地打盹或看手机。然而我适时地有所发现——他穿短袖衬衫，露出两只异乎寻常地粗大的胳膊，身板也比普通人宽厚得多。

"您一定是健身家!"我不可置疑的语气，让他格外受用。

"哈哈!眼光不错。"他的眉毛扬了扬，下意识地甩了甩右臂，肌肉震了几下，舞台效果十足。"蜜糖，我们哪一天结的婚?"他摆开细说从头的架势。"4月22号。"太太说。

"对了，从1988年的4月23日，蜜月的第一天，我正式进入健身俱乐部，打造这个——"他亮出左右两臂的二头肌。我揣测，此公一年到头，衬衫均以短袖为主。

我摆出"念彼殷殷"的姿态,恳切地说:"呵呵,遇到高人了!说说看,哪些训练项目?"

"开头仗着年轻,急功近利些,专注在举重上。才一个月,量量臂围,足足增加了五英寸,一路练下去,三年以后,我抓举的成绩180公斤。"

"够格入选举重队参加比赛了!"我夸张地赞叹,心里讥笑自己不择手段,为了引起对方的谈兴,乱戴高帽。

他笑着说,那不行,我没那个兴趣,健身归健身……知道不?世界冠军是一个伊朗人,叫拉札拉维,人家抓举的成绩是263.5公斤。继续谈健身,过去,我一个星期七天,一天三个小时,下班以后就泡在健身房。

我本来要问他的职业是什么,插不上嘴。

最近十年,缓下来,一个星期去三天,每天一个半小时。杠铃、单车、拉力器、仰卧起立……各块肌肉都得照顾到。他站起来,吸一口气,把又宽又厚的腰板旋了半周,作一个健身表演的标准姿势。我看呆了。叹一句:"天!什么时候您才会变老呀?"

"猜我几岁?"他得意极了。眼睛瞟了一下太太,太太以笑回应。

"五十以下,肯定!"

"64了!老婆58。"在我虚伪的"绝对不相信"的叫嚷中,他把妻子紧紧搂着。

我不必发一言,他滔滔不绝,越说,和我的距离越近。我成知心朋友了,也许。

说到动情处,他把花衬衫脱了半边,让我看颈部一处。那是刺青——一朵玫瑰。我说,好别致!他说,这里有故事,你细细看。

我贴近，粉红的花瓣，覆盖着一个二十五美分硬币大小的圆形伤疤。不难揣测，刺青和伤疤各有名堂，合起来也许是传奇。

他清清嗓门，要"细说出头"。太太爱抚着他的臂膀，顺便摸了摸那朵奇特的玫瑰。我岂能不为它浮想联翩：是车祸落下的，源于逞英雄式的冒险，健身房的事故，还是别的缘由？

他却停下来，因为火车靠站。乘客都好奇地看窗外，他不例外。站台并没有乘客或货物上落。三分钟以后，一辆浑身大红的火车呼啸而过。车窗外，依然是枞树林，沿途就是这一种树，不能不叹服于德国人的死板。

列车开动。风景飞快旋转。因为早起，他身边的妻子，我身边的妻子都在打盹。我后悔没有带手机，若然，我就暗里启动它的录音功能，把他的故事记下来。

他却离座。不能怪他，这时，日头从我们一侧的窗子射入，他的座位首当其冲，他额头沁出汗珠。他是率直人，没有对我解释什么。站起来，转移到远处一张椅子去。我的胃口被吊起来，可是，很快释怀。闲聊而已，中断有何不可？

我意兴阑珊，闭目养神。睁开眼睛，克文在那边手舞足蹈，可见和新朋友聊得正热闹。克文的太太醒来了，我问了佛罗里达州退休社区的房价。她回答了，但谈兴不高。我知趣地缄口。

回到邮轮，一连三天，没有看到克文。不奇怪，这艘邮轮号称"移动的城市"，乘客超过四千，各自沉没在人海里。直到一天傍晚，我和太太去餐厅吃晚饭，在门口看到克文夫妇。他们的装束教人发噱。太太是黑色低胸晚礼服，克文却是夏威夷式衬衫加短裤，高跟鞋和拖鞋并排。我兴奋地走过去，和克文握手。他盯着我，看了好一阵，想不起我是谁。我提醒他：记得从柏林往港口开的火车吗？他说，哦，你是"中国人"！我顿感失落，我当时是把姓名告诉他的，他谈话中多次叫我的名字。原来我是过眼云烟。

我忽发奇想，何不邀请他们和我们一起用餐，边切三分熟的纽约牛排边聊他的"玫瑰花刺青传奇"？我还没开口，克文夫妇已在带位员引领下走进餐厅，落座于靠窗的双人桌旁。不敢扰人清兴。随即记起美国的人情学——热起来容易，冷却亦然。比如，你和一位老美第一次见面，友情的温度达到60度。第二次，你以为有了铺垫，可从60度往上加，其实是枉然，必须从0开始。克文这次来，宗旨是庆祝和太太结婚30周年，而不是广交四海的朋友。

晚餐后，我和老伴在邮轮闲逛。中心舞台正举行"伴侣舞蹈大赛"，淘汰已进入第二轮。克文和妻子在台上，随着狂野的滚石乐疯狂地跳。乐曲停下，他们手牵手下来，坐在我们旁边的小圆桌旁。我连招呼也不跟他们打。为的是尊重。这时间，除了跳舞，哪怕是总统来电咨询，他怕也要挂掉。

九天的邮轮之旅结束，我们排队登岸。最后一次遇到克文。他和太太排在另外一侧，和我们隔着大天井。我高声和他打招呼。他认出我来了，笑嘻嘻地招手。我心里好过了点，毕竟，不算太冷。码头上，克文夫妇排着队上一辆巴士，我们要登上另外一辆。反正有时间，我过去和他道别，他的记忆似乎复苏了，对我又热乎起来。我说："记得吗？您欠我一点债呢!"他眨巴着蓝眼珠，想不起来。我指了指他的肩膀，说："玫瑰花传奇"。

他搔了搔染发水加工过的金发，说："对对，下次吧!"然后，拥抱，告别。

巴士开走了，克文在车上向我挥手。

解玫瑰花传奇的悬念，有"下次"吗？回答是肯定的：没有。

而这样的远游，毋论名城大都，宁静乡村；毋论风景如天堂，珍奇价值连城；毋论偶遇奇人还是一见钟情，没有例外地，是初见也是永诀，一次过的宿命。克文于我亦然，所以，只算半个"轮友"。

被骗出来的"纯情"

　　十多年前，在旧金山。一个平常日子，我的休息日。独自在家码字。下午近五点，楼下的门铃响了。估摸是下班的女儿回来，忘记带钥匙，便在楼上按了开关。听到门开的声音，脚步声，有人缓慢地上楼。平时，女儿进家门，一定高声叫爸爸，但今天没叫。我叫一声女儿的名字，没人应答。奇了，我离开电脑桌，走出书房。过道上有陌生人！大吃一惊，顿住脚。再看，是女子，心定了些。即便是劫匪，也可摆平，除非她有武器。但她只是迟疑地东看看西望望。我站在房门口，咳嗽一声。她受惊似地，转身向我。

　　清秀的亚裔女子，二十多岁，旅行者的装束，背一个雅致的带花背包。

　　"你是谁？来我家干什么？"我板着脸质问。

　　她说："我要找乔治。"结结巴巴的英语，带日本口音。

　　"我家没有乔治。"我说。

　　"我没进错门，看。"她把一张纸条递过来，上面是英语，有我家地址和乔治的名字。

我摇摇头。

她脸孔一缩，眼泪叭地掉下来。"怎么办哪？"她知道陌生人家不能久待，下楼去。

我陪她，一边步下梯级，一边问："怎么回事？"

她以简单的英语加比划，告诉我：

她来自东京。乔治是白人男子，30岁上下。一个月前她在银座一家咖啡店认识他，缘由是她没带充电器，手提电脑停摆，而他坐在旁边，借给她数据线。就这样聊起来。他自称名乔治，来自美国旧金山。"我们一下子变成好朋友，无所不谈。待到电脑充满了电，都舍不得分手，一起逛街，上寿司馆，我领他去看歌舞伎表演。为了他，我告了两天假。最后，他说满假了，我送他去机场，安检口前久久拥抱，舍不得放开……他要我发誓，去旧金山看他。

她把纸条递过来，我细看，疑惑地问：乔治是名，旧金山一地至少上万个，他的姓呢？

女孩说："我问了他，他说是北欧移民的后裔，姓氏很长，拼法古怪，告诉你也记不住。他还说，他就住那里，不会找不到。""电话呢？""他说他家有座机，公司的电话他没给，说他是推销员，极少待在公司。""那么你来之前要问清楚他，最近会不会出门？""我们天天通电邮，他说他在家等我。"

"姑娘，你上当了。"

姑娘眼睛红红的。我爱莫能助，只能指点，哪里有便宜的旅馆，比如基督教女青年会。我把她送到街头，教她坐开往下城的71路巴士，临别时对她说："不要指望乔治了，从头到尾是骗局。

既然来到这个旅游名城，就自个儿玩玩吧！"

我不知道姑娘和"乔治"的关系到了哪一步？那位以玩弄异国女性为乐的花花公子，也许压根儿不是旧金山人。女孩子坐上巴士以后，光顾揩眼泪，没有挥手和我道别，伤得太重了。

想起冯骥才先生一句话："每受过一次骗，就会感受一次自己身上人性的美好和纯真。"她就这样，先向一个坏男人，继而向人间，袒露了少女的纯情，以流落异国为代价。冯先生充满自恋的"感受"，她自己即便也感到，也来不及自豪。

由此产生一个悖论：是否需要对"自己身上人性的美好和纯真"善加呵护，株候坏人来骗，一如藏于石头中的翡翠等候慧眼的赌石专家？若然，"美好和纯真"就成了十足的短板，喜欢的只有社会渣滓，因为它们是"可欺"的别名。于是乎，逻辑链变为这样：欲不受骗，必须把美好和纯真出清，代之以相反的"败坏和复杂"。这才是致命的问题。

如果这位日本女子还健在，该已是中年人，那一次创巨痛深的异国行旅，无论如何，都是生命的转折点。美好和纯真遭此挫败，很难复原了。

乡音里的乡愁

提到乡愁，会想起余光中的同名诗，从家书上的"邮票"，前去与新娘会合的"船票"，母亲的"坟墓"，到"浅浅的海峡"。进一步想，更日常化、无微不至的乡愁，乃是乡音——只要在家乡出生，长大，就命定地成为此生"第一语言"源头的乡音。贺知章不朽诗篇《回乡偶书》里，直到"鬓毛衰"也"未改"的是它；作为人生四大乐之一的"他乡遇故知"，泪汪汪地交谈，用的也是它。在家乡待得越久，乡音越是超过出生证、身份证的籍贯符号，它是那样顽强、密实，饶你巧舌如簧，号称精通多少种语言，雄辩滔滔之际，一个不小心就露馅。乡音于人，差不多像纹身之于皮肤。

许多年前，我从旧金山回到香港，替一友人给他在报纸副刊供职的朋友陈先生打电话，一"谈"如故，教我忘乎所以，我兴头上失口问："您该是台山汶村人?"他惊叫："是啊! 你怎么知道?"我暗说糟糕。彼此虽以广州话交谈，但他的乡音明显，而汶村这条著名大村的居民都姓陈，所以我敢于这般断定。我情急之下，以

"您的文名，我在海外早已晓得"搪塞。他听了很高兴，非要请我次日上茶楼叙乡情。

还有一次，我盘桓在旧金山唐人街一家杂货店，一对来自家乡的母子进来。母亲30多岁，儿子七八岁。母亲此来，不但购物，还进行母语教育。她拿起一瓶腐乳，教儿子用台山话念贴纸上的名字。儿子应该是在旧金山出生的，虽然在家不得不以少得可怜的方言与父母沟通，但上学后说的尽是英语，他口中的"腐乳"居然带上英语字母的成分，有点别扭，母亲不遗余力地纠正："这样说：腐—乳。"孩子别着舌头，有点狼狈。我差点和当妈的说："不要难为孩子了，他的将来，很可能说不了中国话，但乡音也许是他最后遗忘的，听其自然吧！"但嫌唐突，只是百感交集地看着他们。

我离开故土三十多寒暑，置身于英语社会。说到英语，美国领土辽阔，居民迁徙自由，频繁而剧烈的流动，几乎荡平所有乡音的壁垒，只留下细微到非美国人难以觉察的差异，比如，纽约人和加州人口音中的"咖啡"一词。与生俱来的乡音，发生这样的嬗变：与亲人说话，成色近于十足；与老乡说话，为了套近乎，稍有变异。总体而论，不复地道，一如广州话、普通话与英语三种主要社交语言，离"标准"很远。这就是游子的宿命。好在，"音"之上有"文字"，我可是以一生之力维持汉语的纯粹。

读随笔名家比尔·布莱森的书，知道美国人也有类似的困扰。在北卡罗来纳州的奥科拉科可岛，从前的居民操一种浓重而神秘的方言，"使得来访者有时认为他们闯入了某个伊丽莎白一世女王时期英国遗留下来的前哨基地"。"自从莎士比亚放下他的鹅毛笔以后就不再有人听到过的词汇"还保留着。然而，这种有趣的方言，从1957年起渐渐消亡，因为那一年联邦政府修建了连接大陆和这个小岛的大桥，游客们大量涌入的缘故。更加有趣的是，数十年以后，在岛上的中年人群体中，方言又开始复兴，他们不但回归祖宗的说话方式，而且口音比长辈还要重。研究者的解释是：他们为了把自己与游客以及从大陆迁来的人区别开来，夸张了方言的特征。

有这样一说：汉语是我们随身携带的行李。仍嫌粗疏，比书写更方便、直接的乡音才算。是故，乡音乃终极的乡愁。

与陌生人打交道

"四号泵，加四十元。"我走近旧金山美慎区某加油站的收款台，以英语对女收款员说，并递上一张百元钞票。"说中文！不说中文没油加。"收款员大义凛然地说广州话。我笑起来，用广州话重复了一遍。"不说中文怎么行？"

看她的神气，不像开玩笑。"好好，听你的。"姑且让她自我感觉良好一阵子。她的语气缓和下来，说："看，你给我一张，我还你这么多张，还加一箱油呢！"她把面额为五元的十二张钞票交给我。

平生加油无数次，唯这一次，中文如此厉害。不知道霸气侧漏的收款员是不是命令"所有"顾客"说中文"，若然，她在这里压根儿无法立足。加油站所在的区域，居民主体为拉丁裔，顾客多数说英语及西班牙语。要他们别着舌头说佶屈聱牙的粤语，难度仅次于缘木求鱼。即使收款员就是老板，"老娘喜欢，怎么啦？"不在乎亏本，也触犯了官方反种族歧视的条例，迟早被检控，接下来，是关门大吉。职是之故，我认定她此举只施予同胞——不是所有人，而是据长相和口音被认定母语为中文的老一辈。不过，撇开这一层，她在以下方面取得成功——凭第一次打交道，给对方造成强烈印象。

我们差不多每天都得和陌生人打交道。店员、推销员、记者、各类经纪人（如房屋、保险）、各类服务人员（餐厅侍应生、旅馆行李员）。这些职业，客户基本上是陌生人。他们的表现，上乘的，是短时间赢得对方信任。这种信任的直接效果，是把陌生人变为回头客。

在这方面，记者出身，采访环宇政要、企业家、明星无数，后来当上美国《国家询问报》董事长的亨利·多尔曼，道出一个"让对方马上对你发出微笑"的秘诀：趋前握手，后退一步，直视对方的眼睛，激动地说："怎么搞的？您看起来比照片年轻那么多！"他声称这样做"没一次不成功"。千万不要小看开始时的微笑，它使得被采访者解除心防，随后的专访，又坦诚又深入，自是水到渠成。

至于上文提及的加油站女收款员，和我打交道，耗时不超过两分钟，包括我付款、她找钱及对话，表现算得中乘。别以为"让人家记住"容易。国内有一制片人，因制作多部高票房的电影而名满天下是后来的事。出道之初，曾长久地为默默无闻所苦，穷极无聊之际，他请机场广播室频繁播放一则"寻人启事"，要找的是他自己。一时间，候机楼的喇叭一遍遍地念他的名字，不管别人有没有注意上，他暂时地过足了出名瘾。

事业中人，和陌生人打交道，常常出于功利目的。以记者论，是为了挖到可造成轰动的独家。但退休群体没那么势利。一个陌生人，如果不是潜在的朋友，交往可能是智慧的交锋。几天前，我和好友 L 乘邮轮游览波罗的海沿岸景点，其中一站是俄罗斯的彼得堡。我们走向旅游大巴，车门口站着一位女士，她就是负责全程导游的地陪。L 看到她佩戴的名牌：安娜。对她说，你的姓氏肯定不是"卡列尼娜"。慧黠的金发俄罗斯女郎笑着回答："我没她那么惨。"要听懂这对话，须读过托尔斯泰的巨著《安娜·卡列尼娜》。书中的安娜，是莫斯科市长的太太，最后死于卧轨。

生命中至明亮的黑暗

2014 年秋天，某一个晚间，旧金山海湾东部的核桃溪小镇，女儿一家的住处。是下半夜了，不敢开灯看钟，不知道是几点几分，反正到了黎明前最"黑"的时辰。以肉眼看，夜如整块顽石一般坚硬，逼近身边，伸手推，却空洞。黑如絮如缕，悬挂周围。襁褓里的女婴被我抱着。静极，把婴儿的呼吸衬得十分有力，清晰。我把身躯尽量放平，使她倒伏在我的胸膛上。不过，不管什么姿势，她都不会计较——出生才 30 多天。

闹是刚才的事。婴儿床传来哭声，我从长沙发上惊醒，打开天花板下的壁灯，一手抱着她，一只手调奶粉，放进微波炉加热，拿出，摇动奶瓶，挤出一滴在小臂试温度，再让她吮吸。她喝光一瓶以后，我把她抱直，拍背，直到打出响亮的饱嗝。随后，我把灯全熄掉，以身体当婴儿床，一边体验女性怀孕时腹部的重量，一边放任思绪飞翔。庸常日子总胶着于种种平实的细节，难得与"生命"这庄严的概念挂上钩，这一刻做到了，出其不意地。

我沐浴在明亮的光中。光是从心里发出来的，婴儿的头部所紧贴的心脏，是神奇的发电机。婴儿是女儿的次女，为了照顾她们母女，我和老妻搬来这里好几个月了，是多事之秋。女儿患了产后抑郁症，病本来简单，但被聪明过度的医生误诊为别种心理病，服药无效，失眠日益严重。老妻也有这毛病，半夜被吵醒就无法再入睡。女婿要上班，不忍心教他熬夜。反正老夫有余勇可贾，便把老妻赶去卧室，关门熟睡，夜晚由我独自照顾婴儿。

婴孩呼吸的节律，是至美的天籁。我陶醉于聆听。怎样美妙的黑夜！一个晋身为双料外祖父的男人，成就感无与伦比！此生何幸，此刻让我补上生命的一课。41年前，儿子在家乡的妇产院临盆，因头部过大出不来，妻子在产床上煎熬四五个小时，大哭大叫。我没在产床边握住她的手，与她一起体验迎接小生命的艰辛。却随着好心的乡亲去农贸市场买鸡蛋，好为妻子煮蛋花汤。那年代的中国男人，压根儿没有"陪产"的意识，社会也不予鼓励。次日早晨，我第一次抱起的亲骨肉，头上多处涂着红汞水，那是产钳造成的伤。38年前，女儿出生，我在外地出差，祖父打电话报的喜。欠下的儿女债，今天还给孙辈。

动作粗鲁的男人此刻变得温柔，生怕惊醒宁馨儿。记得妻儿从产院回来的第三个夜晚，我自告奋勇，夜里伴儿子睡。春寒料峭的二月，怕厚棉被阻碍婴儿的呼吸，整夜不敢入睡，用一只手把被子支起，直到妻子把他抱走。同是无眠，但有"尽义务"与"享乐"的区别。此刻一点也不感到困乏，从灵到肉只充满欣慰。

转头对窗。往日再暗，三棵并排的枞树也微露毛笔般的轮廓，剪影一般贴在星星稀落的穹顶，但眼前只有囫囵的黑。老天爷为配合我的心境，作了恰到好处的布置。坐得太久，下半身麻木，轻轻站起，抱着婴儿站在落地窗前。黑如此纯粹，哪里都没有影子，全盲的境界。婴儿出生前所居住的子宫也是这样的。唯黑暗赋胚胎以最高的安全和宁静。这么说来，黑是孕育生命的原色，是太初之色，是爱的温床的颜色。它自内而外，把灵魂照得透亮。

想起美国著名作家唐·赫罗尔德的名言："成为'人'自婴孩起步，真好！"认识生命的黎明，从黑开始，真好。

我对他的未来怀着杞忧

跟随文友去拜访一位企业家。因缘来自企业家的儿子L——少年时代以科幻小说赢得名声，成为"小作家协会"主席，如今24岁，在美国常春藤名校攻读硕士学位。文友当过作协主席，对L有提携之功，所以企业家接待我们一行十分热情。L陪同我们参观了占地广阔，美如园林的厂区，陈列着众多藏品的佛堂，专供书画家挥毫的工作室兼展馆。然后开车往企业家设于厂区内的住宅。车进门时，穿制服的保安肃立，敬标准的军礼。高围墙内的豪宅共三栋，企业家夫妇一栋，两个儿子（L是哥哥）各一栋。参观过企业家住宅内中西式客厅、小型电影院、酒窖后，进餐厅就座。带电动转盘的圆桌可坐40人（企业家语气轻淡地对我说："不贵，桌子只要5.8万。"）我们就餐时，少东家L说要和高中同学聚会，告辞，由老爸招待客人。

L不在场，我偏偏对他最感兴趣。没有疑问，这是我到过的人家中最豪华的一处。依据常识可断定，L的父母拥有数亿以上的身价，L是"含着金钥匙出生的"。L和我打交道不到半个小时，他予我的印象是：沉稳，谦和，自信，不掺假的青年才俊。和L的父亲接触，也觉得他不是除了钱什么也没有的土豪。这位早年挨饿，18岁出外拼搏的第一代创业者，对下一代的教育一点也不含糊，能给都给了。按世俗常规，L从美国大学毕业以后，不管是留在海外发展，回来继承父业，还是我行我素，以写作为生，起点都比普通人高得多，可能获得的成就该也大得多。

然而想起万物皆备的L，一点杞忧就是挥之不去。是不是吃不到葡萄就说葡萄酸？但我已老到不必尝就知道葡萄味道的境地。我想，L要不要为"人生太顺遂"付出别样的代价？古话"千金难买少年穷"，他注定无缘得到。这不奇怪，难道自愿去底层挣扎？而少年因穷而造就的坚韧，俭朴，知足，奋发，孝顺，他可否通过自身努力取得？我不知道。不过，"修身"于他，未必比"平安"重要，即使什么也不干，除非发生战乱或意外灾祸，他和他的儿女、孙儿女都可养尊处优。

我且作换位思考：他会不会感到这一生太长太长？为了失去追求温饱的必要。一个血气方刚的青年，倘若没有确定的人生目标，日子如何打发？他可能说，怕什么？关门写作便是。问题正在这里，写作这种极端个人的行为，以心情处于"可写作"状态为前提，而"百无聊赖"的危害，远甚于"著书只为稻粱谋"，后者好歹能形诸文字，前者却只好对着一张张被揉进垃圾桶的废纸。一旦把握不住，为了"激发灵感"，为了各种借口，而酗酒，吸毒，那就毁了，这样的例子并不罕见。

在故土，富二代是全社会眼红的小鲜肉，他的恋爱会不会失足于老奸巨猾者的陷阱？他的婚姻，会不会被别具用心的小三及小三后面深思熟虑的妈妈所毁灭？他可能成为持世俗成见的老派以及及时行乐的潮派夹击的可怜虫。目前，他那饱经世故的父母还为他当着警卫，但一旦到他做主当家，局面将是两样。

终极而言，"好日子"只宜在整个人生占少部分，若占大部分或全部，命运必然运用手段，例如失恋，家变，离异，疾病，财产重组，意外，使得到世俗"全福"的人的直路变得弯曲而坎坷，从而达致天意上的平衡。

我的朋友有一名言：绝色是女人最大的灾难之一。我由此悟出：年轻而巨富也可能是男人最大的悲剧。根由是一样的——无法自控。幸亏 L 具有成为作家的潜质，写作这一危险的职业，令人生不如意的磕磕碰碰，和风花雪月一起，变为原材料，甚至淬炼为生命的智慧。如果他坚持到底，那么，必然的挫折和短暂的沉沦，毋宁是福分。

火柴吟

春节将近，和友人去旧金山唐人街逛"摆街会"，友人欲买水仙花，却没有。我买了三颗菜果（又称菜头、椰菜果）。太太吩咐的，她说家附近的菜店虽有，但质次价高。回到家，太太看了货，满意地说，价钱便宜一半，而且新鲜。于是高兴起来。进门前的心境，套苏东坡的说法，叫"不忧亦不惧"，虽无严重的不妥，但不合时宜。终于发现，买了好菜又省下一元八分这一芥末之事，教我获得足以配合过年气氛的心情，更加高兴。卡缪云："幸福就是对生活的最高热爱。"

怀着高兴读纪弦的散文诗《火柴吟》，竟从扶手椅上跳起来，叫道：我也是火柴！

"我终于含笑欣然施礼，向一个正在吸纸烟的奇丑之极的妇人借了火。我想：何吝惜之有呢？亦非美德之一种。尽可能地节省一根火柴总是好的，而自己刚才想擦的也许正是举世所期待着和因而得救了的一根吧？……"

它肯定成于灵机一动而非处心积虑，除了"奇丑之极"一词有恩将仇报之嫌，使人稍稍败兴外，实在妙不可言！

刹那的心机，稍纵即逝的思绪，聚焦于"计较"。而普通人波澜不惊的生活，不植入五花八门的计较，如何打发呢？即如今天，我自己除了买菜，一路也是这般的。走进唐人街之前，在市场街等候朋友，他还在穿过海底隧道的地铁中。我信步而行，看到一家簇新的咖啡店，它的广告标明"全部服务由机器人包下"，进内看个究竟。一位貌似日本人的女郎站在门前，向我鞠躬问好。我连忙声明："看看再说。"她是"聋子的耳朵"，充其量是"托儿"。我抬头读价目表，从普通咖啡到拿铁、浓缩咖啡，每一杯从4美元到4.50美元。顾客自行在触屏上落单，以信用卡付账。以落地玻璃密封的工作间内，机器人施展长臂，敏捷如猿，按键磨豆、泡制、装杯，送上柜台。全程已从电视看过，质量和手工泡的差不到哪里去，也不会冷不防出现"惊为天人"的绝佳滋味。我看了一眼对面的麦当劳，那里的咖啡，小号杯才一块钱，添杯免费。我向姑娘点点头，离开，走进麦当劳。如果不是友人已抵达，我是会买一杯的。

计较是必须的，这就是生活的历程。熙熙攘攘的年货摊前，我曾想替老妻买"麝香止痛贴膏"，看说明书，只有暂时缓解之效，而老妻的腿痛，据说起于骨质增生，治标无用，放弃了。又打算买一台细叶榕盆景，置于书房案头。想及一旦外出逾月，没人浇水，可能枯死，又放弃了。还问了水煮花生的价钱，瓜子的价钱，蛋卷的价钱，都没有买，理由是路远，不想提着挤巴士。

路过一个保险公司的摊档，一位老先生询问旅游险。听到他以开玩笑的口吻对营业员说："上月坐一班飞机回来，付了100元买意外险，平安下机后有点后悔。"我也笑了，是啊，花钱买了，却无从索赔，不是"亏"了吗？然则，获得理赔意味着什么呢？不错，赔偿金可能大致数十万，那是失事之后。人算可能赢得天算？我真想问问老先生。

回到纪弦先生的"火柴"去，街上来自全世界的行人，人无所不用其极的算计，是形上和形下的"火柴"。前者可依头发的颜色，分为黑头、红头、褐头、黄头"火柴"。如果有一根因向别人借火之类的理由幸免于"擦"，得以苟全；而它，也许"是举世所期待着和因而得救了一根"；但更大的可能，它是普通不过的一根。

这一趟，只买了菜。更重要的内容是和友人聊天，和"计较"无关。

纪弦的《火柴吟》，结尾是："唔，尽可能地节省一根火柴总是好的。"这位斤斤计较的诗人在地上稳稳站着，和永远揣着小算盘的穷人一模一样，我喜欢。

岁月制造

产品，有产地的讲究。比"何处制造"更具包容性的是岁月。可以说，即使你纠缠于"时势造英雄还是英雄造时势"，也可大而化之——统统都是岁月制造。

且考察日常生活，年深日久的时间所制造的，是人的习惯。所谓"日久他乡是故乡"，所谓"日久见人心"，所谓"久病成太医"，所谓"'时间'是所有咨询师中之最明智者"（古希腊作家普鲁塔克语），都指向一个普遍的事实：时间的累积最为神通广大。

常常见到的事实可作证明。本来，在开端，人对"目的"和"手段"是做得出清晰界定的。比如，"干活"为了什么？低层次的，为了糊口，为了养活家小。中层次的，为了事业。高层次的，为了使命。而退休，就是按时间这一逻辑为人生做的"安顿"。

有的人老了，却怎么也不肯退下来。典型的是以色列建国后的第一任总理戴维·古里安（1886—1973），他第九次宣布退休却卷土重来之时，一位美国人劝他说，"退休"这名堂提也不提，事情不就解决了吗？他说："这事就像第五大道一带商铺挂出的'歇业'通告，趁机出清存货，雇请新员工，并和工会签订新合约。"当然，这是开玩笑。天降大任于斯人，是要为刚刚诞生的祖国奋斗到死的。普通老百姓该当别论，老了就离开职场。

然而，据我观察，"积习"竟能把目的和过程合二为一。我认识一位白人，他在酒吧当调酒师。年轻时是拳击手，身躯魁伟，肌肉发达，老来骨架还在，干到86岁，还在岗位上。早在他80岁那年，我和他交谈，他的理由是：家里的老妻唠叨终日，难以忍受，只好以"工作"躲避。也说得通。但是，老妻在他83岁那年去世了。他坚守岗位如前。是贪图酒吧的酒随便喝，不付钱吗？不是，他没有酒瘾；是钱不够吗？不是，他有三栋房屋，租金一个月上万元。三个儿女早已搬到外州，无一啃老。是酷爱这个活计吗？从前是，现在体力明显不支，而在酒吧，是要站着上班的。也亏得美国的劳工法保护年老工人，一条"禁止年龄歧视"使得老板从来不敢迫他离开。那么，所为何来？我终于揭开谜底——他对我承认：这辈子，前一段家累重，专注于赚钱，什么嗜好也没有培养，老来不会任何消遣，只会上班。

说来说去，他人生的最后一段，"习惯"成了无从替代的依靠。马克·吐温说："习惯就是习惯，谁也不能把它扔出窗外，只能一步一步地引它下楼。"意思是，习惯要费心机一点点地去除。但他不但来不及，也压根缺乏勇气。于是，活成一个公式——为调酒而调酒，为打卡而打卡，为赶时间而赶时间，为"什么也不为"而为……我们熟悉"为艺术而艺术"，那是抛弃功利主义的纯粹艺术家所践行的。这一类，仅仅因为绕不出怪圈。

被习惯主宰的活法，因循者自然轻松。一切早已设定，不必重新思考和学习，惯性推往哪里就往哪里。直到体力与智力都难以维系时，便进入"倒数"——未必是到终点，而是生活停摆于时间的空白，面对偏离"惯性"的一切，手足无措。

20世纪90年代美国一位大名鼎鼎的橄榄球四分卫，叫尤尼塔斯，有人问他为什么这么早退休？他回答："我当然想多打两三年球，如果能换一条新腿的话……"这就是所有不退者的梦。

小确幸

　　"小确幸"一词，是两位朋友最新的来往电邮引用的：甲先生是名重当世的前辈，久居海外；乙先生是甲先生的私淑弟子。乙先生数月前为独生子举办了婚礼，雅不欲恩师受扰，刻意隐瞒。但终于被甲先生晓得，委托我从国内汇去贺仪。乙先生为此发电邮给甲先生致谢忱，并回顾20多年前甲先生多次资助他解困的往事，由此引来甲先生一段妙语：

　　"现在流行一个名词：小确幸，意思是小而确实的幸福，例如夜间浅雪，早晨出门踏上第一个脚印，之类。早年您的环境特殊，弟偶尔奉上一点小确幸而已。时过境迁，念旧是您的美德，也是我的小确幸？一笑。"

　　资助他人，无论大小，都可以成为受方的"确幸"，只要不是没有必要地损害、牺牲自己，如鲁迅所深恶痛绝的"孝"——卧冰求鲤，老莱子娱亲。这种"幸"，一在使得对方脱困，让世界减少苦难；二在自己轻松。受方容或感到"欠了"，但施方没有精神负担，只要方式上注意，不伤害任何人的自尊。

甲先生对小确幸的妙喻是："夜间浅雪，早晨出门踏上第一个脚印"。且略加发挥，雪须浅，如果一夜鹅毛大雪，早上连门也推不开，"第一桩事"哪里轮得到推窗或撩帘，连叹"好雪"？而是铲一条通道，好出门谋生。出门须早，白茫茫一片，欣欣然踩出的脚印，可视为第一首诗的开头，第一次对土地的吻，第一笔在辽阔风景画上的写意。接下来，进，可造一条通往梅林的逶迤之路；退，可以拿起刚冒热汽的咖啡杯。宋人张先《子野词》中的《御街行》，结尾云："绿苔深径少人行，苔上屐痕无数"，我以为"苔"改为"雪"更宜，前者色暗且斑驳，何如后者的纯洁与蕴藉？

阅读也是小确幸。刚刚读了纪伯伦的名作《先知》，里面一个故事：

一个年轻人问主人：什么是黑夜和白天？

主人答：既然我们每一个都不能以空心葫芦笼罩头上，以制造黑夜的错觉，那么，夜空的黑暗是少于内心的黑暗的。

主人继续说：陈述白天的异处，哪怕仅仅制造出白天的表象，也是超越人类能力的问题。

爱耍心眼的青年人不依不饶，说：如果一个人在一个房间里点燃一千支蜡烛呢？

主人说，即使在一个小房间——比如说，长宽各 3 米多，一千支蜡烛也不能做到。

那么，一万支蜡烛呢？

不行。

两万支蜡烛呢？

不行。

六万支蜡烛呢？

不行。

十万支蜡烛呢？我的天，总该可以了吧？

不。

我放弃。年轻人沮丧地说。

主人说：太遗憾了！你只差六支蜡烛。

我哈哈大笑，体味智者最后的得意。从这一类"代入"，最简便地获得快乐。继而思考：为什么偏偏差"六支"？求教于研究宗教史的友人。他认为，上帝造天地，用了七天。所以"七"在西方文学是一个重要的数字，如七宗罪，七武士。蜡烛的隐喻是点亮自己。再加六支蜡烛，就可以像上帝造天地，点亮一切。

推己及人。有人为了使天不亮，杀掉公鸡。不要马上嘲笑，至少，于他自己，是遮蔽参照，从而赢得主宰时间的"确幸"的。只要卧室的帘幕紧闭，隔音良好，而预先排除任何敲门者，包括送早餐的。但送颂诗的热情洋溢的诗人例外。

有人在日本旅游，在旅馆里拧开水龙头，听任自来水哗啦啦流了一夜，自称这是"抗日"，在微信群炫耀。莫名其妙的小确幸。

余如：凝视雨后荷叶上闪亮的露珠滚动；俯看婴儿车上醒来的

宝贝蹬腿；走进尘封的老屋检视少时读过的书，邻居一只小猫从旁边轻轻走过……就在我书写的此刻，坐在开往张家界的旅游巴士上，青山如梦，次第张开怀抱。

"小确不幸"

　　承平年代，基本上没有大起大落的日常生活，固然填充着众多"小确幸"。同时，一如走路须两条腿，如果大的不幸可以规避，那么，"小确不幸"是值得欢迎的。

　　这一点，我到老年才逐渐体悟。当然，不幸指的是不伤筋动骨，不劳师动众，不危及"健康，安全地生活"这一核心的小伤害、小挫折、小过节、小损失。它们的君临，毋宁是好事。

　　比如摔跤。老年怕摔，谁都晓得，但我中年及以前，惯于快步，风风火火，外出旅游，把群旅伴撂在远远的后面，自以为得意。虽遭多方警告，难以改变。直到以每年至少一次的频率，反复地摔，速度才放慢下来。到今天，终于养成上下楼梯抓扶手的习惯。

　　比如生病。如果确定不惹下大麻烦，可效白居易吟"家无忧累身无事，正是安闲好病时。"可惜，有时不知伊于胡底。台湾散文家简媜，在散文中写到一位老学者瘫痪在床，他的妻子不但不离不弃，还从中发掘喜悦。有这样一段：

　　"今晚回到家，屁股才坐热，便被老公急召（外佣大呼：太太
快来，先生找你），来到床边，有何大事？果真是'大事'：生病
六年了，天可怜见，今日自谷道释出一条长十厘米直径两厘米的
'米田共条'！普天同庆，肠道终于有力啦！叫老婆来看 Shit。全
家欢天喜地，抱抱亲亲"。

　　比如开车吃罚单。有一朋友驾车，改道时和并排行进的一辆车
发生擦撞，被警察查出是肇事方，得一张 380 美元的罚单，理由是
"鲁莽驾驶"。为此，他对警察感谢不迭，因为不下这猛药，他改不
了一个老毛病——换线道时头不扭动（因侧视镜有盲点，无法反射
出并排而驶的车子，驾驶者务必转头看）。那一次，幸亏他发现得
早，马上旋转方向盘，对方的车掉了漆，但人无碍。这一次破财，
使他避过将来可能发生的致命车祸。
　　比如写作上的退稿和受批评。我写作四十年，顺理成章地，出
书受阻和遭报刊退稿日逐减少。然而，所谓"熟极而流"，易滋生
草率、肤浅、稀释、老套一类毛病。教自己从"老虎屁股摸不得"
惊醒的，是退稿信和友人与读者的批评，尤其是陌生者不假辞色的
指责、讥讽。在"面了第一"的社会，这些稀缺物，给"自我感觉
良好"的"老东西"当头一棒。沉痛反省之后，只好承认自己非天
才，非"出手必不俗"，无非二三流。接下来，也许是沮丧——唉，
还是不成器，罢了！更多的是振作。基于舍此别无去路，竭尽全
力，为"把一件事情做完"而写下去。

"小确不幸"是防疫针，是避震器，是防止超速和出轨的刹车闸，是以小亏换大便宜。只要你相信人间无完美，就不能不接受它。不过，还有问题：不幸之来，其大小能不能管控？我的一位多年朋友，63岁那年，满腹心事地对我说："活到现在，什么病都没生过。如今体重和28岁时一个样，西装穿四十年依然合身。家庭医生看病历一直空白，他有'不尽职'的嫌疑，非要给我开降低胆固醇的药。"我说，还想怎么样？这福气，十万人未必有一人摊上。他叹气道："我怕的就是这个！连小病也不生，没了免疫力，一旦有病，呜呼哀哉。"我晓得他的言外之意：非整个小病不可。

　　我从网页搜索，发现感冒颇合"小确不幸"的条件，病毒引起的发烧据说有排毒之功。还看到笑话：某人看到家里的感冒药快过期，赶紧去冲个冷水浴。本拟转给他参考。但一想，感冒未必稳妥，尤其是老人，可能引起致命的肺水肿，遂缄口。

"小确望"

　　"小确幸"——细微、实在的幸福，指向已成之事。我借用，但换一个字，意思是：小而确实的希望。高远的希望，如多少年以后风生水起，富贵可传多少代，由风水师设计。今天，我只有见不得人的太小的希望。

　　别以为小就笃定。疫情尚未过去，何时好转，没有人说得准。再明智的人，也得承认，这一特大公共安全事件使世界不可能回复原样。具体到我等闭门抗疫的老人，连过去稀松平常的盼头，如何时与老友去星巴克一聚，哪天去亚洲艺术馆看新展品，一概以"难说准"搪塞；更长远的计划呢？"马尾巴拴豆腐——提也不要提"。

　　然而，希望不能没有，一如眼睛总向前看。且从小处着眼。早晨起床，天气晴朗，没风就好了，为的是在门外打羽毛球。公共球场已关闭两个多月，只能在这里过过干瘾。然而，站在门外，远近树木正起骚动，叹一声没戏。这是旋生旋灭的第一个希望。

　　长长的日子在蓝天下展开。不能自寻晦气，须把鲁迅的名句反过来——绝望之为虚妄，正与希望相同，从而制作一些希望。一个星期前在"亚马逊"网购的货物，该网站已发通知：今天寄达。其中有两本书：《2019年美国随笔选》和《2019年美国短篇小说选》。书有的是悬念：谁入选？有哪些篇章？能不能提供启发，引进新的思路、手法？是不是洋溢着美式幽默？凭我可怜的根底，有没有把握将最喜欢的一些译为中文？为免去查生字的麻烦，要买一支带扫描功能的高级翻译笔。可以肯定，在书中消磨大半天没有问题，如有惊喜，就拿来当枕边书。

"亚马逊"允诺今天送来的，还有一根"单杠"。最近坐骨神经痛这老毛病加剧，从视频网站搜索到好些视频，每天跟着做各种动作，可惜不但没见效，疼痛还增加了。指望以手抓单杠拉松脊柱骨，减少对神经的压迫。我将把它安装在书房门口，每次出入"吊"几下。不过，对这种酸痛，我感戴多于抱怨，为了它的"适度"——不会致命，不算麻烦，能忍受，又不能放任。不容易打发的光阴里，多了"复健"这一桩"实事"。而况，生活不能缺少量的痛，它使得"况味"完整。

赖于外物的希望之外，还可求诸自身。咖啡桌上放着笔记本和笔，是专为电光石火的灵感预备的。嫌面对台式电脑的屏幕码字费事，便以手写将"随意"发挥至尽头。昨天老妻替我理发，完后地板上落下小堆细碎的纯白物，它象征我的晚年——脱离染发剂之后获得的真。我吃过麦片以后，便把"银发"意象衍化为笔记簿上一首诗。

连希望泡汤这小小晦气事也是希望的一部分。即使亚马逊的信息有误，送货受耽误，也一点问题也没有。以后总会收到。希望来过，停驻过，让我憧憬，喜悦，激动过，生生不已，那就够了。

有这些小小希望，加上早已成为习惯的其他，说日子不充实就对不起自己了。还可以去后院，把昨天从朋友的小菜园挖来的白菜苗栽下，施肥，浇水。再巡视从前栽下的芥菜，茂盛的一片，在阳光里闪亮，招摇，怎么能不欣喜？但我把这过程让给老妻。菜地"一天一个样"，是她的成就感的源泉，我当啦啦队员好了。

只要怀着行将——兑现的小小希望，生命就不会变为死灰，老年就不是终点前的苟延。"希望是唯一不被诚实干掉信誉的宇宙性谎言"（艾略特语）。

"贵得适意耳"

一个普通饭局，参加者三——一对早已从"认识"升级到"热恋"的中年人，男为A，女为B，加上老翁C。C是A的老朋友，和B却只有一面之交。这一次聚会，纯为聊天，如果硬派上一个"宗旨"，那就是：C知道B喜欢绘画，月前从国内买了某名画家的画册，托A转交B，B早说过要表示感谢，这次算是履诺。地点在旧金山闹市最高级的中国餐厅，费了近两个小时，友情社交进展顺利，鲜少冷场。会账后，趁B去洗手间的空隙，A问C感觉如何，C说："味道好极了！"A狡诈地说："我问你感觉呢！"C坦诚地说："当然好，但是——有点累。"A笑着说："我也是。""不大舒服是不是？"A点头，说："没办法，谁都这样。"

我明白C和A的意思，他们道出交往中难以身免的烦恼——不适意。从C的角度看，如果他和A两人相对，彼此趣味相投，知根知底，说话无遮无拦，半日也不厌倦。多了一个并不熟悉的女士，须注意礼仪，分寸，玩笑不能乱说。放不开就冷场，而沉默就是待对方不够热情，须想新话题。于另一方，一些"谈资"不一定对胃口，需要试探，引导。费心劳神，最后，频频偷看手表。

由此可见，哪怕是很高级别的物质享受，依然被"是否适意"的问题比下去。为了"莼鲈之思"而弃官的张季鹰，说了一句被一代代名士以及为自己的倒霉找台阶的拟名士不断引用的话："人生贵得适意耳，何能羁宦数千里以要名爵！"这就是人所面对的"二中择一"。既然社会并非单单为一人的"舒服"而存在，你只好将私密、细微、熨帖的快感舍弃，以换取别的东西。以紧张、劳累的谋生换来一家温饱和房贷，以连自己听了也起鸡皮疙瘩的奉承换来升迁，以卑贱的恭顺换来另一方的高抬贵手，以忍受极难堪的厌恶招待作威作福者。上文所提及的C，适意一旦被拘谨取代了，就恨不得早早离开。广东人有老话："龙床不如狗窦"，可见，舒服这"一样米"，吃遍"百样人"。

适意的第一个意义，是身体无不适感，某个器官出故障，让人疼痛，滞胀，晕厥，倦怠，固然无舒服可言，即便是花粉引来的鼻塞，也大大降低幸福指数。

在这个前提下，适意的层次依次为：感觉的适意。获得它的捷径是独处，张扬自我的魏晋人称："我与我周旋久，宁作我。"在封闭的自我空间，只要不损害他人和伤害自己，又不受外力侵扰，为所欲为，无往而不适。一旦进入人际关系，问题就复杂起来。以地点论，职场和娱乐城、台上"主席台"与台下普通座；领导在场与不在场，敌人在场与不在场，酒逢知己与话不投机，千差万别。以个性论，被英国女王接见，或被视为最风光时刻，或带一身冷汗走出，暗叹幸亏"只花了五分钟"。

原来，人们孜孜以求的"幸福"，越过华宅、豪车、游艇、美食，越过浪漫爱情、静好婚姻、满堂儿孙，越过君临天下，名满宇内，归结到个体的奥秘感觉——舒服。这就是你的天堂，也许触手可及，也许远在天边。以书呆子论，一书在手，虽南面王不易，是最高的适性任情。

写至此，加一闲笔：本文开头所提的男士 A，有心仪的恋人在侧，却也指那顿饭吃得"不舒服"。为什么？缘由很可能在两对本来已颇"舒服"的关系并置，教他进退失据。特别是他和恋人 B，会面地点以旅馆的双人床居多以来，谈话荤素俱全，幽默感肆意发挥，而此刻，不得不把深谈降格为泛谈，真诚掺和虚伪，不拘小节变为彬彬有礼，哪有不别扭之理？

"做饭" 的小螃蟹

　　"做饭的小螃蟹"一语，从周作人回忆童年的散文读到，那一刻，虽身在旧金山滨海的家里，帘外乌云低垂，满目萧瑟，但心里洋溢着鲜亮的阳光。立刻记起，三个月前在故乡，漫步于饱满的稻穗谦逊低垂的田埂，脚边，以水泥铺就的水渠，浅水凝滞。俯首看，无鱼无藻荇不必说了，连最讨厌的吸血蚂蟥也绝了迹。想下去，还有一种溪边活物，与儿时记忆紧密牵系，却道不出名字。幸亏周作人提醒了我：是它！

　　这种小螃蟹土名蟛蜞，和大闸蟹、河蟹并非同类，壳身不大于半个鸡蛋，在水边土堤的小小洞穴栖居。四五十年前，乡村孩子光着屁股在河里戽水捉鱼，鱼未必有，但岸上少不了蟛蜞。它们从小洞探头，没发现敌人，放胆外出觅食，一受惊吓就缩回洞里。偶尔，蟛蜞潜在水下，把钓竿下的钩所挂的蚯蚓钳住，拖走，浮标在水面疾行，垂钓者以为是大鱼，惊喜之至，猛地一提，看着线端爪子乱爬的小东西，骂一句，甩得远远的。

蟛蜞无肉且极腥，凭味道糟糕这优越性，没人逮它们。一如庄子笔下的樗（臭椿树），疙瘩多，不中绳墨，得以避过刀斧。它们如果落进渔网，如不被扔弃，也只送给养鸭人家。但是，大饥荒年代，蟛蜞成了抢手物。没米下锅多时，脚部浮肿的人，一窝蜂地涌到河边，挖遍堤上洞穴，掏出蟛蜞，煮熟了吃；讲究一点的，盛在瓮子里，用盐腌制，那是土产"虾酱"的绝美替代品。

这类往事是常常忆及的，但心头很少泛起诗意，唯独周作人文中的"做饭"感动了我。小小蟛蜞爱喷泡沫，教饥肠辘辘的孩子想起家里的瓦煲或者铁锅，饭将熟时，就是这样从盖子边沿冒泡的，噗噗的微响，伴着第一道销魂的饭香。广东四邑乡下的孩子称之为"蟛蜞煮饭"，和周作人的家乡浙江绍兴的叫法不谋而合。周作人所推荐的儿歌，有一首这般向螃蟹发问："你为什么口吐白沫？是不是刚刚吃过午餐，正在漱口？"想象力进了一步，但带上城里人的斯文，野性不见了。

眼前，雨来了，小得不像话，下很久地面依然是干的。毛毛雨可有声音？蓦地想起，小不点的蟛蜞冒小小的泡沫，那声音儿时耳熟能详，它是流水之上最奥微最隽永的天籁，如拉最细的丝线，如风穿过最小的缝隙，如少女思春的泪尚未成滴，躲在睫毛的拉链里头，为流还是不流踌躇。今晨读台湾散文家简媜的新作《散步到芒花深处》，开头有一句："旅行，通常有个潜藏的倾向，把自己变小，小到像蝌蚪，瓢虫，不被找到。"我异想天开：我如变小，就当一只能作饭的蟛蜞。

沾了些微诗意的思路，伸延到家乡流传百年的爱情传奇——梅菊姐和阮阿四。这一对出生于世纪初的恋人，爱情的萌发和蟛蜞有关——梅菊姐在河里打猪草，一只蟛蜞钳住她大腿不放，她又疼又慌，大哭起来。小伙子阮阿四路过，跳下河去，把凶狠的蟛蜞摆平，还拔了药草，嚼烂，敷在她的伤处。小伙子的热诚赢得了姑娘的芳心。这是开端。不久，阮阿四出洋去，行前把一枚铜钱分为两半，一半自留，一半赠伊人。相约下次返唐山即谐花烛。不料一去经年，阮阿四境遇不佳，没法依期还乡。后来，两人邂逅在梅菊姐的婚礼上。原来，她苦等他不得，只好另许他人。碰巧新郎是阮的朋友。两人向新郎出示铜钱，详诉前尘往事，新郎被感动，大度地让出新人。有情人因蟛蜞成了眷属。

"很不错的版本"

报业大亨亨利·多尔曼说过这样一个故事：

富兰克林·罗斯福当上美国总统前，有收藏袖珍本的癖好。一天，罗斯福总统的儿子吉米（大家都记得他，总统下肢瘫痪，无法行走的日子，就是他在父亲身边，扶父亲上下轮椅的），到了多尔曼的办公室，接受专访。两人见面后，多尔曼记起，许多年前，他曾买下两本皮面袖珍书，里面有这样的字迹："很不错的标本。富兰克林·罗斯福"。多尔曼得意地从书架抽出这两本书，拿给吉米·罗斯福看。吉米翻开书，爆出哈哈的笑声。

然后，吉米把一段相关秘辛透露出来。父亲被宣布当选的晚上，举行了记者招待会。然后，他陪父亲回到纽约哈德逊河畔海德公园内的住所，度过一个不眠之夜。那一晚两人干什么呢？父亲给一本又一本的袖珍本写下："很不错的版本。富兰克林·罗斯福"，儿子从旁帮助。

且想想，一个行将就任大位的人物，在具有历史意义的夜晚，有多少事好干？诸如：和至爱亲朋一起开庆功派对，让开香槟酒瓶的砰砰声释放压力，抒发豪情；与幕僚研究组阁，与顾问讨论施政；接听来自海内外政要的电话；也可闭门独处，思考，补睡一个好觉。然而，他醉心于近于无聊的小事。没有悬念地，这些小书，经准总统"加持"，立刻升级为珍稀本。但罗斯福总统不是书商，充其量是收藏界的票友，岂会斤斤计较书价？多尔曼认为，罗斯福这样做，为的是表明：身为领袖、候任总统，他能够把高质量生活提到更高层次。

我作为出过若干本书，但名字很少出现在精装本封面的末流作者，关注的是：谁是罗斯福手头藏本的作者？为什么总统对这些"版本"施以青眼？虽然钱钟书认为，鸡蛋好称赞鸡蛋本身即够。然而，出产"很不错的版本"的"母鸡"，岂能不被推重？这样的书籍，虽未经多方认证，不能轻率地归类为经典。但是，不但罗斯福，连出版界祖师爷多尔曼也收藏，其人其书的价值，不可低估。

"很不错的版本"的作者，连同出版者，那时也许已是古人，但他的一生堪称圆满。美国哲学家威廉·詹姆斯说："生命的最大用处是将它用在比它更长久的东西上。"如果确实具有价值，加上恰当的机遇，文学作品的寿命，是应该和可能比生产它的人长一些的。当然，有区别，与作者盖棺论定之期比较，下焉者长一两年，中焉者长十年至数十年，上焉者长一个世纪乃至上千年，那就接近"不朽"了。不过，更残酷的事实是，人活得好好的，作品早已沉没于茫茫人海，无人问津。他们才是写作群体的大多数，默默无闻之辈是水下冰山；上述的三种，是海平线以上的"一角"。

　　作为终极目标，哪一个写作者不想以"很不错的版本"名世，传世？"哪怕只读半小时，也会感觉整个人焕然一新，身心舒畅、澄净、振奋，仿佛经过山泉的清洗。"（叔本华语）。然而，千秋万岁名不是求得到的，写作人，唯一能做的，就是埋头写。不计毁誉，不管是否畅销。也许有一天，被一个识货者写上"很不错的版本"的评语；也许到底没有，悄悄湮灭，那是老天爷的事。

空　座

　　午后，从旧金山下城登上开往东湾的地铁，乘客颇多。好不容易占上一张双人座。列车隆隆穿过海底隧道，到了西屋仑站，不少人下车，座位空下好几个。老妻看我要打开报纸，空间不够，便指了指过道另一侧说，过去坐嘛。我的视线离开标题——"纽约推 10 天带薪假，340 万人受惠"，看了看两张空的双人椅，摇头说，还不一样？老妻说，一人占下多舒服！我没搭话，意思是天晓得。到下一站，老妻碰碰我手肘，我的报纸脱手落下。她说，还是你对。原来，空座位坐下一条大汉，身躯魁伟，三分之二江山归他。

　　芳邻太雄伟的苦头我吃过。去年从纽约机场乘机回旧金山，在候机口遇到一位年轻的拉丁美洲裔男子，体重逾 350 斤，行动缓慢。我无端涉想：万一和他的座位紧挨……登机后，发现他端坐靠窗位，他旁边是我的座位，这就是哪壶不开提哪壶。小心落座，竭力避开他那比我的大腿粗的胳膊。他一直佯装睡觉。我想站起，向空姐投诉，要求换座位。后来一想，人家并非故意，要怪只能怪他爹妈，只好委屈老妻，老两口分享一个半座位。下机时，左半边身体麻痹了。

地铁内，我注意到，大汉占了双人座，一路无人叨扰，可见庞大，天然地让人增加敬畏。大个子在麦克阿瑟站下车。这个站是两条线的中转站，停留较久。站台一片嘈杂，一群高中生模样的年轻人叽叽喳喳地涌入，把座位全占了。两个穿花衬衫的黑人男孩最后进入，把轰轰烈烈地播音乐的播放机放在车门旁。据以往的经验，他们将作一场有偿表演，节奏强烈的摇滚伴着，青春的肌肉与骨骼尽情舒展，即兴而舞。数分钟后，他们会把帽子脱下来，在过道走一圈，请乘客赏钱，车到下一站便离开。这一次，我却没猜对，两个舞者不知为何缘故，互相使一下眼色，提起播放机，在车门关上的前一秒，跳回站台。空位上的两个女孩子，指着舞者的背影讨论了一会，似乎不得要领，她们玩了一会手机，在"奥兰德"站离开了。

空位依然吸引着我，隐约感到，它寄寓着一点意思，或叫"禅意"。座位是公共的，但谁坐上，就暂时成为谁的私产。数年前，我在广州乘地铁，一位和我一样老的老头在供六人坐的长椅上坐着，两手支两边椅面，两腿叉开，状如横行之蟹，对任何尝试落座的人吼一句："不能坐我旁边，我怕热。"我不买账，作势坐下，他说："喂，已坐六人，你不能坐！"我回身看看，果然，他霸占三个座位，其余五人缩在两边，但没人向他抗议。我失去理据，只好退兵。

座位空置才数分钟，一中年白人女士坐下，取半卧式，相当之放浪形骸。我下车前的20分钟，一黑人小伙子取白人女士而代之，他比前任更放达，干脆躺下，蜷曲双腿，用夹克蒙住头睡觉。乘客多起来，站立者不少，但没人理会他。

我忽发奇想，如果车门打开时，进来一位三天两头在电视新闻露脸的市长，甚而是数名保镖簇拥的州长之类，不巧无空位。有没有乘客站起来，请官员坐下？另外，官员的随从会不会对乘客说，请阁下把座位让给日理万机的长官？答案在清人小品所载的轶事内：

"刘元，齿亦不少，而佻达轻盈，目睛闪闪，注射四筵。曾有一过江名士与之同寝。元转面向里帷，不与之接。拍其肩曰：'汝不知我为名士耶？'元转面曰：'名士是何物？值几文钱耶？'相传以为笑。"

假设真有这事，那么，每一个乘客都是"刘元"。

捞鱼记

晴朗的冬日午后，友人L来电，说他的朋友K正在海边忙着，要L开车去把鱼拉回来。问我有没有兴趣随他走一趟。我说："行，该去见识一下。"心里想，钓鱼见得多了，K不是在渔船上干活的，钓鱼是娱乐而已，有多少鱼非得动用卡车？

地点并不偏远，位于旧金山下城区边沿，和庞大的建筑群只隔一条宽阔的马路。海边有水泥做的平台，有埠头，有伸向大海的曲廊，与其说这一带是捕鱼区，不如说是游览区。岸上人不多，约15名，清一色的中国人，男人为主，三四位女子，拿iPad录影，为的是在微信晒。

前餐馆老板兼厨师长K靠着栏杆，身体探向大海，原来在撒网。我们老远向他打招呼，他没工夫作答。走近一看，以小网打鱼的有六位。被好几重石堤消解了力度的海波，懒洋洋的，连溅上岸的气力也没有。大伙儿兴高采烈，惊叫和豪迈的笑此起彼落。蓝天高远，人和人的活动都显得渺小。

我从来没有看过这般神奇的作业。网撒下，拖起来，网里活蹦乱跳的白鳞，多则数十尾，少则十多尾，阳光下闪着教人眼花的银光。业余渔夫们不必挪动，也不需要任何设备，只要能把网撒成伞形，就是源源不绝的收获。鱼大约三四十厘米长，体型细长，在大大小小的桶里，塑料箱里挣扎，好些落在地上。

　　我高声问："是什么鱼?"忙于拉网的同胞没一个理睬我，我不甘心，问K。K穿得少，本来已够仙风鹤骨，大半天被风吹，撒网收网弄得全身不是水就是鱼鳞，冷出青色的脸，鼻子下的清涕凝固在人中两旁，好在无人注意。他回答我："不知道，管它呢! 好吃就行。"K旁边的朋友，年近70，身穿专业防水服和高筒靴，可见资历之深。K吸着鼻涕得意地说："我今天早上来，才发现网破了，连忙赶去买了两张新的，花了100块。"手一直舍不得停下。

　　这几年都应招，为K当搬运工的L告诉我，大家都不金钱挂帅，鱼只留下很小部分，以盐腌了，放入家中冷冻箱。其余的送出去。我想，若以批发价卖给唐人街超市，肯定抢手，但从来没看到谁卖过。可见此言非虚。

　　今天他们会捕到多少? 以K为例，他以汽油桶为鱼篓，只要半个小时就可盛满。今天已有三位朋友先后开车来，每人搬走数百磅。L在我的帮助下，往卡车放上五袋。他预测，今天到手的达一吨左右。

　　我解不透，他们在冷风中近于疯狂地捕鱼，运鱼，图个什么? 环视绝不会就此收手的豪杰，下这样的结论：使他们着迷的是攫取本身。"无一网扑空"的成就感，鱼儿挣扎所引起的淋漓快意，而结果是一目了然的。原来，"占有"和"原罪"，是同源同级的本能。同样的巅峰（也就是癫疯）状态，也见于以下场面：赌徒在赌桌，杀红了眼的军人在战场，惯偷在摆满金银珠宝的保险库，投机家在股市。我无法投入，老觉得超出自身需要的无节制的征逐，于己无益，于自然资源有损，尽管是合法的。L送的一袋，我分送给五位朋友。不是清高，而是老得物欲大大萎缩了。

当晚，在家"按骥索图"，从网上知道这种鱼可能叫"宝刀鱼"，元旦前后是汛期，一年不过两三天。老于此道的中国人，并不是领了牌照的专业渔民，但玩票极为投入，汛期将到，白天黑夜来鱼群聚集处巡查，一旦获得准确情报，就呼朋引类前来。

微观人寰

　　午后，我把车子停在唐人街内的跑华街旁边，足足三个小时。坐在车里头，只做两件事：看书和看车外风景。二事交错着做。我早就被一文评家朋友讥为"琐碎"，也明明知道这做派以及它派生出的文字是低级的。然而，以自己的局限，想"一肩担尽古今愁"，欲"直挂云帆济沧海"，可乎？好在有雅士沈三白为前导，他在《浮生六记》这般肉麻又有趣地渲染卑微之至的"闲情"："土墙凹凸处、花台小草丛杂处，常蹲其身，使与台齐，定神细视，以丛草为林，以虫蚁为兽，以土砾凸者为丘，凹者为壑，神游其中，怡然自得。"他追求的是"物外之趣"。我却是实打实的，只有描摹。

　　我读完了木心的《即兴判断》时，阳光凶猛，好在力度被渔人码头刮来的宜人海风抵消了。我打开了车门，把脚搁在人行道边沿。陆续有人走过，一对体重上旗鼓相当的夫妇领着两个儿女，一定在附近的中餐馆吃了分量足够的咕噜肉，两个壮观的腹部之后是更壮观的臀部。一个男人，是同胞，羸弱且灰颓，靠墙坐着，姿势和我相仿，凶猛地抽烟。阳光把他塌鼻梁的黑影清晰地印在没有欲望的眼睛下。

五米以外的地下室，石级噔噔走上来一条汉子，牛仔裤上沾着油灰。他是建筑工，正在和雇主谈油漆这一活计的细节。雇主是年过80的中国女士，脸色白皙，银发闪亮。两位都是台山人，我从口音听得出。建筑工的老家该在我的村子北面，从粗重的尾音推知是大牛山下人——土式称谓曰"山尾佬"。一双骨节粗大的手，在门框上指划。我没心情偷听，他们谈的，大不了就是这个窟窿该填，那条砖缝要补。我却被乡音导引着，回到万里之外的午后阳光，狗吠，飞出窝的母鸡咯咯叫，一头水牛在池塘以尾巴划水……

一辆卡车在我的车子旁边停下，矮个子的中国人跳下驾驶舱，打开后门，露出满登登的杂货。他整理一下束腰带，上车，把一袋袋、一箱箱挪到边沿。下车，将一箱"珠江桥"牌生抽放在手推车的底部，往上叠八包食糖，顶部加一箱调味料。他拍拍手，运力，要把直立的手推车车把上端按下，然后推动。不料太重了，费尽力气还是摆不平。我差点走过去帮忙，只要他给我一个求助的眼神，然而他没有。他把调味料箱子移走，再试，还是不能动。他减去一包食糖，又减去一包，手推车终于可以控驭自如。他推上人行道，进一家糕粉店。抽烟的零余者，姿势从坐变为半卧，津津有味地看着送货工把货物叠好又搬下来，以一种高士鸟瞰天下纷争的眼神。

糕粉店就在刚才建筑工所站位置的另外一侧，它的老板也是台山人。我把车子停下后，在它门前经过几次，没有进去，因为里面的光线太暗。为了省开支不开灯，而太阳的反光并没有使它具备让顾客喜欢的亮度，两个食客和两位说台山话的店员在黑影中，有点鬼祟。如果亮一些，我会进内买一杯咖啡和一只全麦馒头。送货工推着空手推车出来，手里多了一杯咖啡和两只菠萝包，是糕粉店付的小费。和重物较量过的送货工，坐在驾驶座，悠闲地吃午餐，面包的碎屑在方向盘下簌簌落下。这阵子，快乐肯定不比刚刚赢了共和党角逐总统提名的雷米先生少。抽烟的那位站起来，活动几下胳膊。我才发现，他上衣的料子是茄士米，怪不得在太阳下闪着亮光。

这就是我们的世界，坦白地敞开。套句刚才读的木心语录："没有教皇教宗暴君昏君荒淫酷敛血流成河这些忙坏了史官的壮丽场景哪"，至于我这旁观者，可以套用另外一句："即使区区如黑格尔逻辑学中那个卖鸡蛋的妇人也自以为足够有法子让上帝欢欢喜喜地买去她的臭鸡蛋"。

我开车离开时，建筑工早已不见，地下室传来他的声音。抽烟的还在，睡着了，嘴角流下一条口水，金链子似的亮着。

你一定要问，干嘛把车停在那里，耗去三个小时？我和老妻送岳母去看病，她们在诊所等医生，我在这里等她们。无聊之人的无聊之文。如果你竟耐着性子看完，那就给足面子了。

电梯故事

　　一个城市，电梯成百上千，并非哪一辆都可以成为惊险片、爱情片、警匪片的制造场。拿我每天坐多次的小区电梯来说，平日所见，以问候、闲聊、礼让、相助居多。一起乘搭的，如不认识，就维持沉默。如果不是上下班和学生上学放学的时段，乘客寥寥，因为楼层不多，每层又只有四户。互动既缺，何来故事？

　　但今天晚间是例外。我外出回来，走向小区 1 号楼。进大门时，前头的女士礼貌地把住门，且向我微笑。我马上朗声道谢，然后，按了按钮。此刻两台电梯都在上面。妙龄女郎，从前要么没见过，要么见过但没注意，于是将彼归类为"陌生人"，遂无话可说。我看看显示电梯所在楼层的红色数字，在好几层停驻，且时间颇久。我不着急，低头查看手机里的短信，还读了微信的段子。电梯怎么还没来？两个人盯着电梯门楣上的数字，不约而同地问："怎么搞的？"一分钟过去，两分钟过去。电梯没动。我扭身向后，走向楼梯。因为突然想起希腊哲人的笨话："大山不向我走来，我便向大山走去。"

爬楼梯，本来是我的爱好，自从看了医生的警告，怕使日逐老化的膝关节遭磨损，才停止了。但只爬一次，谅不会马上被送去做换膝关节手术。为什么两部电梯都在第 12 层滞留？这是我给自己出的考题。脑筋快速转动，得出以下可能：

1. 搬运工给该层某单位搬运重物。2. 清洁工在清扫或洗刷电梯前的地板。3. 清洁工在清理该层的垃圾或把空垃圾桶放回去。4. 电梯出故障，技工在抢修。5. 该层的顽皮小子在电梯里捉迷藏。6. 该层有女子出嫁或男子迎亲。7. 该层发生刑事案。8. 乘电梯者把住门和电梯外的朋友说闲话。9. 控制电梯的电脑有小恙。10. 什么事也没有。

我一边呼哧呼哧地向上爬，一边揣测。这说明我的先天不足，何不虚拟一些奇情故事？比如，一男子住在 1201 房，和他早已断绝关系的前情人忽然来到这个城市，骗过岗亭的保安，乘电梯上楼，正要步出电梯门，遇到即将出门的前男友，两人争吵，拉扯，女子赖在电梯口。住在 13、14 层的邻居，在屋子内听到吵闹声，坐电梯下来看究竟。于是，两部电梯停在 12 层。他们要围观或摆平一场爱的纠纷……若嫌不够刺激，可以布置一个劫案，匪徒把两辆电梯都控制在同一层，以便逃脱……若嫌不够无厘头，可以在一辆电梯放一个摇滚乐队，另外一辆布置一队跳广场舞的大妈，他们在第 12 层联手表演，乘电梯上下的人被吸引住，按住"开门"按钮不放……

说话间，我走到第 12 层，衬衫微湿，气喘如牛。侧门打开，电梯前的节能灯泡亮着，我探头看看，地板干净，四个单位大门紧闭。应了我刚才所推测的十种可能中最后一种。不过，也有一点特别——小狗汪汪叫，声音发自 1202 室。也许，刚才，它是肇事者。

至于电梯，一台下到第 1 层，一台停在第 8 层。和我一起等候的女郎，早已去了该去的地方。总的说来。我的电梯，并无故事。

超市邂逅

夜晚八时多，我踏进 Saveway 超市的大门，它属于遍布加州的同名连锁企业。Saveway 这个店名，直译颇难传神（大概是"省钱之道"的意思），不如音译——"赛夫威"，或"赛妇威"。从它所出售的日用食品、百货和 24 小时营业这两点看，哪个"老公"或"老婆"都没有它的完全、专业和周到。拿此刻来说，附近所有杂货店和肉店都关了门，要买蔬菜、牛奶、肉类、水果，只能来这里；里头还有名叫"绽放之诗"的鲜花部，满满的浪漫情调。

我在店里闲逛，东西是要买的，但此前不妨享受"看"。这乐趣，惯常只属于以"瞎拼"为天职的主妇，一如猫之于爪子下的老鼠，笃定到手的好东西，不妨先玩味。在摆满了牛、猪排骨、鸡腿的冷藏柜前，负手缓行，看看价目牌。尽管不打算买肉，也须掌握行情，好给老妻供应减价情报。

一个年约 65 岁的老人在我旁边逡巡，他的神情有别于其他在场者。一众回头客，无论老少，都把探囊取物的轻松，"付得起钱"的淡定注入举手投足间，他却有点手足无措，叫我想起四五十年前故土国营食品公司肉档前的人堆，那时买猪肉要凭票证，哪怕只能买三两，是五花腩还是里脊也煞费思量。我凭直觉，断定他是大陆新移民，在这里居住才数年。为他申请移民签证的人，如果不是先前嫁过来的女儿，就是比他早到的兄弟姐妹。他脸孔清癯，偏白，从前该不是栉风沐雨的"耕田佬"，也许是小学教师。他充满好奇心，到处张望，但不买什么。我明白，他并非当家的，钱包也瘪，外国人称此为"橱窗瞎拼"（Window Shopping）。

我逛完一轮，该出手了。径直走向一排电冰箱，拿起一听脱脂牛奶。背后有人以家乡方言（台山话）向我打招呼。我回头，是曾经引起我短暂注意的老人。我暗里发笑：此公是猜到我是小同乡呢，还是怀着过时的优越感？因老金山都把台山话称为全球通用的"小世界语"。我马上恭敬回应："有什么要帮忙吗？"

"请告诉我，每个价目牌为什么有两个价格？"他语气热切，这问题困扰他好久，却找不到解释的人。"一个价格面向全体顾客，另一个仅适用于俱乐部会员。知道什么叫俱乐部吧？赛夫威为了吸引回头客，建立这个团体，免费加入，成为会员以后就能得到折扣。看到吗？一听三品脱的牛奶，会员价便宜一块钱。""我是会员，可是上次没带卡，输入电话号码，又说错了。""你输入的号码怕不对，我一直不带卡，只输入号码。""不清楚，人家解释，我又听不懂。唉，不会英语，寸步难行……"他叹气。"现在学嘛，学得越多占的便宜越大。""我不想呀？太老了！"他紧皱眉头。我无言。真想问他要买什么，我可以代他付钱，让他也得到会员的优惠。但他木然，陷进失悔中。他该和我一样，也是"老三

115

届"出身,荒废了学业,更没有上大学。接下来,下岗,下海,退休,数十年间风云变幻,一代人的多数没怎么交上好运。鼓励他学英语,比拉他打麻将要难十倍。

我排队付款时,过气的老男人不在旁,但前面的老太太引起我的另一种兴趣。她年纪和他相若,论气派却远胜于彼。她要买的是巧克力糖,本来从货架拿来五包,品牌个个不同,临到付款却改变主意,只拿两包,把不要的三包扔在购物篮里。我本来要提醒她,最好放回货架上。话没出口,听到她和黑人收款员拉呱,一口不错的英语。马上悟及,"赛夫威"并没有就此作出规定,她爱放哪里都可以。我是狗咬耗子了。

两个老人,可作超市两种风景看。

崂山道士的墙壁

　　临近中秋节，去了一趟青岛。当地的友人告诉我，崂山就在附近。我问，是不是"劳山道士"的古迹所在？回答是肯定的。于是我雀跃。那天正好晴朗，早上，友人驾车，往景区开去。入口处，穿制服的人截住我们，提醒：要避开非法揽客的无牌者。果然，在停车场一带，连续受手拿三角旗的"导游"阻拦，友人说他们就是黄牛党。走进售票厅，几经斟酌和甄别，选了沿海岸线游览的线路，当场聘请一位非"黄牛"的女士任导游，代价为 200 元。

　　导游姓林，是本地人。她坐在副驾驶座，自我介绍：来自滨海渔村，进旅游学校受训以后，拿到导游执照。车行驶着，林女士一路讲解，腔调类似小学生背课文，可见是把"景点介绍"念得滚瓜烂熟的，虽嫌生硬，但敬业精神抵消了浅薄。

　　第一站是大清宫，须走下自己的车子，改坐景点提供的免费大巴上山。从海滨遥看，怪石嶙峋的大山腹部，巨大的老子铜像矗立如峰。进入游人如鲫的景区，处处古气盎然。"孔子问道于老子"

的雕像群虽新，但旁边的龙头榆，皮似龙鳞，已在这里待了1200年。殿前的柏树更不含糊，为开山始祖西汉张廉夫手植，已历2150余载。宋初华盖真人刘若拙栽的银杏，树龄1100余年；白山茶年轻些，也400多岁了。

然后，走近这面墙壁。60年前的小学三年级学生，沉溺于俗称"公仔书"的连环图。《劳山道士》就是那个年纪读的。主人公王七拜师、穿壁的神奇之地，就在眼前！记忆中，"崂山道士"的"劳"，并无"山"的偏旁。《聊斋》中也写为"劳山"。就此向导游求证，她说从前是，"崂山"是后来改的。

《崂山道士》的故事，导游照本宣科一遍，大意是：王七进大清宫，拜"素发垂领而神观爽迈"的道士为师，开头，道士让他学砍柴，砍了一个月，手上长出重重茧子，不堪其苦，"阴有归志"。但老师的法术把他迷住了。看见老师夜里剪一个纸月亮贴在墙上，"月明辉室，光鉴毫芒"。他的酒壶，供七八个人竞饮，"往复挹注，竟不少减"。还唤来嫦娥，"纤腰秀项，翩翩作霓裳舞"。最后三人移席，渐入月中。王七决定留下。又过了几个月，还是砍柴，苦不堪言，而道士不曾传教一术。王七忍无可忍，要回家去，但请求老师好歹教点小技。道士答应教他穿墙。"乃传以诀，令自咒，毕，呼曰：'入之！'王面墙不敢入。又曰：'试入之。'王果从容入，及墙而阻。道士口：'俯首骤入，勿逡巡！'王果去墙数步，奔而入。虚若无物，回视果在墙外矣。大喜，入谢。"蒲松龄的叙述直如电影，生动无比。这位最善于讲故事的古人，他仙风道骨的雕像立在不远处，基座是八卦图。

名满天下的墙壁就在眼前——长约三米，高约一米半，状如影壁。四周为水泥做的条石,中间嵌入一块面积约为三平方米的长方形白壁,以泥灰批荡,不见砖缝。目见不如耳闻,令人失望透了——它新得不像话。不可思议的"现代",从砖头到泥灰,一望而知,年资不会超过 20 年。"修旧如旧"不是维修文物的规则吗?然而,我怕这儿连遗迹也没有,"旧"将安托?好在聊胜于无,游客们兴致勃勃地做出"穿墙"的姿势,咔咔拍照不断,回去贴在微信群,晒个不亦乐乎。

接下来的故事,和眼前无关,但乃"题旨"所在:王七"抵家,自诩遇仙,坚壁所不能阻。妻不信。王效其作为,去墙数尺,奔而入,头触硬壁,蓦然而踣。妻扶视之,额上坟起,如巨卵焉。妻挪揄之。王惭忿,骂老道士之无良而已。"

为什么在大清宫顺利穿墙,回家以后却在墙上碰出大包?林导游说,道士临行前告诉徒弟:只有一辈子没说过谎的人才能办到。我想,这一句的警拔和普适性,恐怕要把《皇帝的新衣》的名言——"聪明人才能看见漂亮的新衣,愚蠢的人看不到"比下去。我查了《聊斋》,道士的临别赠言是:"归宜洁持,否则不验。"这一回,导游"脱稿"做出发挥,细加品味,没错到哪里去。

寻找古典虽存遗憾,但这一次为时半天的游览堪称新鲜——我名之为"家庭式导游"。林女士领我们游完两个景点,已近中午,我提议去吃饭。林说可否抽十分钟后去她家尝尝崂山名茶。当地友人说行。于是走进街旁一家小店。一女士微笑迎接,飨我们以红茶、绿茶加自制小吃如小鱼干、虾干,进而推销海参和茶叶。我们没买。

下一步,林导游领我们进以农家菜为号召的滨海饭店,我们邀她一起吃,她答应,但菜上来后人不见了。我们吃完,她才现身,解释说,回了一趟家,把一件新衣服带给老妈。这顿饭花了五百元,熟悉行情的友人说,导游从中抽佣金50元。

下一个景点,要爬山半小时,导游把我们交给另外一位"能说会道"的导游,自己在山下玩手机。

下午二时多,旅程结束。林导游最后回答我们"为什么你的兄弟姐妹这么多"的疑问:品茶的不是亲妹,而是表妹;开饭店的不是亲哥,而是姐夫的弟弟;去华严寺途中担任义务讲解的中年人,是她老公的姐姐的姐夫。

出丑记

一天之内，出丑两次，实在对不起这个年龄——差一岁，就到"从心所欲，不逾矩"了。

第一次，去专事图书装订的小店，把活页记录本订成一本。接待我的女士说，马上好。我知道，这活计只要数分钟，但我有事办，说好回头拿。我递给她的，是一沓厚厚的纸。如果她不受干扰，径直拿去装订机上操作，是万无一失的。

可是，我回来拿成品时发现，开头四页的次序颠倒了。再检查，居然在这四页纸上都打上大大的叉。我的火气上来，质问女士："为什么自作聪明，乱划一通？"女士微笑着否认："不可能，我们是小孩子吗？""还强辩，你看看，谁画的？"

一个汉子介入，说，别争了，我来解决。我要求他重新装订，把页码理顺。他说没有问题，花数分钟，把活计弄好了。还拿出一个橡皮刷，要把大叉去掉。我说不必。离开时，看一眼肇事者，她依然微笑着和另一个客户说话。我暗里称赞：涵养不错，并没因我的指责恼火。

回家路上，慢慢想起，这些大叉是我打的，为的是：同一页面第一次打印出错，再次打印，用的是反面，为免混淆，我在一面打叉。于是脸红，要回头去向女士认错，但迈不开步。想起她挨我骂时的神情，原来，她一开始就把我当成"不值得计较"的。被人如此"不当回事"，心里有点堵，但错在我，活该。

第二次，参加一次应酬。别市来了两位客人——出版社的正副总编辑，副总我认识，总编辑是他带来的。碰巧总编辑昔年的学生在这里任一个部门的领导，于是有了一次官场司空见惯而我早已荒疏的会面。客人三位——出版社正副总编辑和我，在会议厅受到主人们的欢迎。

仪式之一是互相介绍，交换名片，简单的寒暄。惭愧得很，我没名片，这些年我都忘记印制这玩意了。四位主人中的一位，中年，儒雅，进来以后，和客人逐个握手，然后交换名片，和总编辑热络地聊天。可是，偏偏冷落了我，握手之后，既不和我说话，也没给名片。落座以后亦然。

我心里叽咕开了。他是谁？看派头，似乎是主角——领导，即总编辑的学生。为什么他冷遇我呢？因为我拿不出名片吗？举止上有教他厌恶之处吗？不错，我一身非名牌，头发稀疏，是座中最老即最需要为长相道歉的……此公和正副总编辑谈得越热火，我越尴尬，恨不得离开。渐渐地，芥蒂滋长为厌恶——算什么名堂？我好歹是你们邀请的客人呢！

天人交战愈演愈烈之际，主人中唯一的女性——副局长发话，对正副总编辑说："我们最近有一个活动，邀请刘老师给作家班的年轻人谈谈写作。""刘老师"就是区区，我点头，说客气话。被我不怀好意的老眼盯了好一阵的那一位接荐："题目商量好了，是……"

我一惊，原来他是本地一所大学的吴教授呢！吴教授两年前已和我在一次笔会中认识了，会议的间隙聊过一会。一年前一起吃过饭。然而，士别三日刮目相看，我居然认不出来！而昨天，他还给我打电话，商量讲课的事。我是他的熟人，自然省却递名片的手续。我的脑筋坏了！赶紧补课，和吴教授谈得特别投入。心里充满歉意，幸亏刚才不曾怒形于色。

自此，我对自己产生严重的怀疑，首先是记忆力问题，其次是火气问题。最后归结到修养。老出涵养、风度、境界，谈何容易！

钥匙的张力

　　一串普通不过的钥匙，开门用的，有什么"张力"可言呢？

　　许多年前，我在金门公园跑步，那年纪贪图新鲜，舍大路小径而在树林里钻来钻去，以增野趣。从没什么特别的发现。有一天，看到一位高大的白人男子，穿粘油渍的牛仔裤和靴子，在大道上健步如飞，每一步都带起清脆的金属碰撞声，与鸟声应和。原来他的皮带上系着一串钥匙，足足三四十条。钥匙群在金色的初阳下闪着光。我看着他远去，对照刚才在树林深处看到的一个"窝"，那是流浪汉搭的，上面一块毡布，地上，第一层是纸皮，第二层是铺盖。地点极为隐蔽，免得被巡逻的警察发现。流浪汉正在流浪，晚间才回"家"。一个有的是钥匙，另外一个压根儿不需要钥匙。这就是两种人生。前者随身带这么多，兴许是管公寓或仓库的。他底气十足，脸上老挂着自信的微笑，不知是不是钥匙的作用？

　　我口袋里的钥匙——两条开家门前的铁闸，一条开大门。如果非要我随身带数十条，那么，逐条辨认属"哪一道门"便把我累趴了。就这三条，今天也害苦了我。上午去俱乐部打羽毛球，出门时，若按我这懒汉的老规矩，只随手带上铁闸。但前些日子，地方电视台播出新闻：我家所在居民区有人白天持枪破门，意图抢劫。老妻告诫我，她若在家，铁闸的两把锁必须都锁好。于是，我掏出钥匙，把铁闸下方的锁也锁上。两个小时以后回家，搜遍口袋和车子，没有钥匙。只好按门铃，老妻开门，我告知原委。她找了一遍，也没有。

于是，展开一场辩论。我的意见：事情一点也不难，只要拿原匙去附设"电脑配匙"的五金店，打一条新匙，要价两元多一点，拢共花不了十块。老妻是"安全控"，最在乎门户，最拥护家里安装防盗警铃。为了锁门，和我不知吵了多少次。她质问，是不是在门口丢的。我说肯定不是。老妻反驳，凭什么肯定？她明白我的意思：如果钥匙不在家门口被人捡走，那么它们是"无主孤魂"，没有那个笨贼拿来试开各家各户。但她加一句："万一是，怎么得了？"我哑然。

按她的万全之策，是换一把门锁。若然，要马上去买新锁，连夜请锁匠。然后，自行打造的新匙至少七条，给老两口、儿女及其配偶，加上放在亲戚家作备用。兴师动众如此，只换来一个"安心"。我知道反驳没用，她要是为此一夜又一夜失眠，我要负担直接责任。

原来，钥匙有的是内涵，挂在身上，意味着有门锁着，那是密实、安稳的家。倘若丢失，地方对了，小菜一碟；地方错了，后患无穷。美国房地产交易有三条原则：位置，位置，位置。不料连小小钥匙也凑上一腿。怎么应对？穿长袍的古罗马人，因没有口袋，便制作指环式钥匙，像戒指一般戴着，于我这等丢三忘四为家常便饭的糊涂虫最宜，可惜不时兴。

不管怎样，先吃饭。边吃边一点点地回顾刚才出门的全过程，推断出，最大的可能是丢在俱乐部里面。打球前，夹克搁在长凳上。休息时从夹克掏手机、纸巾，没在意，把钥匙带出来。失落在那儿算得理想，没有哪个球友会拿走。无从认证之物，累赘而已。

于是，拨电话给俱乐部，一女士接电。果然，有人把钥匙交给她了。她问何时丢的，一共几条，我都答对了。她说，你现在来拿吧！

为免夜长梦多，又开车走了一趟。谢过女士，走出俱乐部的大门之前，把钥匙放进口袋，按了按。小小玩意，也要人小心侍候。忽然感到口袋沉重起来。钥匙不再是金属物，而是一首有张力的"诗"。

验票器不灵了

　　旧金山的春天多雨，好不容易盼来一个晴朗无比的星期天，中午的阳光尤其鲜艳，我在路上走，把老太阳想象为一只比庄子"翼如垂天之云"的大鹏厉害万倍的八爪鱼，它无形的"爪子"伸进最阴暗的房间，把城市人统统"勾"到露天处去。不难想象，金门公园内外人潮汹涌，阳光均匀地洒在每一张喜洋洋的脸上。

　　在犹太街，我跳上有轨电车的第二个车厢。马上发现，它是全新的，油漆鲜丽，空间宽敞。我把乘车卡贴在验票器，它没发出"滴"一声。再试亦然。毫不介意，在验票器对面落座。对着这象征着法律和车费的小玩意，想：是不是因为太新，没有调好？不过，我早晓得它的威严从来就不够强大。旧金山的公车系统的所有车辆，都设置验票器，扫描乘车卡以验证。没有乘车卡而以现款买票的，须从第一个车厢最前的入口登车，那里靠近司机和投币器，车票由司机提供。貌似规矩井然，但是，即使不买票，不验票，乘车也是有惊无险的，因专职检票员太少，而司机不管乘客有没有票。这不，我眼看着，两位乘客没拿出乘车卡就上车，坐定，十分之理所当然。

多数人和我一样，听不到验票器的"滴"也坦然上车。可是，几位老人家，所持的乘车卡是免费的，却刷得认真。一年龄和我相若的白人老太太不甘心，走向另一道车门，在另一个验票器上再刷，数次均不灵，气呼呼地走开。

在第十九街站，一位老先生从前门蹒跚而上，慢腾腾地掏出乘车卡，验票器无声，教他紧张起来。认定是自己的操作出错，环顾四周找人帮助。附近的人都低头刷手机。他急了，弯腰问一位女士，女士对他摆手，该是说"不要紧"或"不关你的事"。他不舍地走开，坐下后，双手扶住手杖的顶端，恋恋地看着验票机。我琢磨了好一阵，才明白老人的特别心理：刷卡是寻求权力的"批准"，一如移民入境须由海关在护照盖上放行的印章。"滴"一声意味着合法乘车。没有声音，则是通不过，让他平添"违法"感。

阳光从窗户和玻璃门透进来，车厢里热气腾腾。一对恋人上车，高加索人，男的粗壮，女的婀娜。上来好一阵，女的才把男士所背背包的拉链拉开，掏出乘车卡，走近验票器，当然没有反应。他们并不惊讶，转过身，沉醉于情话。这就对了，我心里说。

电车驶近金门公园附近的第九街，上下的乘客更多。两位小伙子昂然登车，出乎我的意料地，都去刷卡。分开坐，可见不是同伙。其中一位，20岁左右，坐下来，把手机举到和头部相同的高度，屏幕没亮光，可见关上了，它被拿来当镜子。小伙子不拿"镜子"的右手没闲着，将头顶上两三撮卷发摆弄不休，务必要整出满意的形状。从发亮的发脚，可知他刚从理发店出来。也许，是去公园和认识不久的女孩子见面。他如此陶醉，我蓦地记起孔夫子的故事：他问学生曾点的志向。曾点说，志向是暮春三月，穿上春天的衣服，约上五六人，带上六七个童子，在沂水边沐浴，在高坡上吹风，一路唱着歌回去。这一告白的结果是："夫子喟然叹曰：'吾与点也。'"此刻，这位黑发如乱云的俊美后生将代表我，去问候公园里盛放的樱花。

我下车，往"绿苹果书店"走去。过一会，去公园的草地上看书。验票机依然盘旋脑际，缺它一声"滴"，寻春之旅没有取得"签证"似的，直到阳光逼出一头细汗，才把它甩掉了。

冬 夜

　　女儿，女婿带上两个孩子——三岁多的小C和一岁多的小A，来看望我们。平日只有老两口，今日总嫌太静的家开始热闹非凡。夜晚十点，玩了一天的小A在我书房里的小床上终于入睡。大家明白，吵醒她可没好果子吃，随即关掉了电视。

　　家里出现了这样的场面：我在起居室的沙发上读书，女儿和小C坐在旁边另一张长沙发上。小C用iPad看卡通片，她好动，不是跳舞就是玩泥巴，但此刻聚精会神地对着屏幕。我好奇地探头看，是《白雪公主》（从米奇老鼠到朵拉姐姐再升一级）。我指着屏幕问："妹妹在不在里面？"她说："在，她就是。"指着一个胖墩墩的戴雪帽的小妞。小C旁边的女儿在看一本名叫《肚脐》的幼儿读物，这位自大女儿临盆起就离开职场的专职妈妈，在为晚间给孩子讲"床畔故事"备课。饭厅里，在企业管财务的女婿，年终业务特别多，对着电脑闷声加班。厨房，老妻在水槽洗碗，只偶尔发出轻微的碰撞声。一切都在我的视线以内。静来自大家的抑制。不是没有大的声音，鼓风机推送暖气时，隆隆响着，好在不聒耳，这么冷的天气，再响也是可爱的。户外，风声呼呼，黑咕隆咚的夜被冻出惨淡的灰白。

我扫视至亲的人，心里一颤，不绝如缕的诗情，有如户外的潮气，悄然浸漫。哦，人生在静默中不知不觉地达致圆满，一如书法家笔下淋漓的墨意，搁笔之后即脱离人的意志之后，依然缓缓湮开，渗透进全体生命体。多少年来，出没于无数梦境的"至纯"与"大美"，蓦然堆满眼前——原来，"个个干着自己的事"的亲人们，在默契之中一起往"静"注入生命的精华。

我惊讶不置，不知道这"通感"从何而来？继而把目光落在手头的杂志上——正在读文学期刊《纽约客》上一首题为《最低工资》的诗，意译于下：

我妈和我在前廊上为彼此点烟，我们正以母亲和儿子的身份，在工作间隙休息十分钟。十分钟，是从背后滴答作响的时钟偷来的自由瞬间。十分钟过后，我们又得系上围裙，戴上纸帽，洗两次手，站在柜台后面，巴望拿到小费，巴望顾客待我们不错，对我们说中听的话。在我们跟前，院子凉快，后院里，群狗遍地拉屎。我们蜷缩身子，活像恐怖老电影《猎人之夜》里的两个零余者。我从烟盒抽出第二根香烟，它像游泳池里一个泳者从其他泳者中跃出。很快，我们要回到里头去，在漆成黄色的厨房里落座，把剩余的咖啡喝光。往我的咖啡加牛奶，往她的咖啡加糖，会是"要命的"事儿。好些厨房有的是母亲和儿子，可惜他们没有嘴，没有眼睛，没有手。我们的嘴巴有如食火者的嘴巴，我们的眼睛有如蝇的千万只眼，我们的手，有如生活之手。

诗的作者是出生于 1975 年的马修·狄克曼。诗里一对母子，都在一家餐馆里当厨师，很可能如诗题，拿的是法定最低工资（加一些来自顾客的小费），也是在法定的"咖啡时间"，他俩抽烟，谈话，看风景。

我和诗的强烈共鸣，来自同一命运的母子的心心相通。我们没有香烟，有的是对小床里入睡的婴儿的关注，更有血缘，以及血缘之上的爱，心的神秘感应。

雨声潇潇的夜晚，我仿佛偷窥到宇宙的奥秘。我什么也没说，依然读书，不时抬头，看看我的亲人，为了他们的安静，我的嘴角抿住一个最幸福的微笑。

走路与骑驴

2020 年的夏季，在旧金山闭户多天。一天午间，阳光温吞水一般，清风徐徐，戴上口罩出门去。沿日落大道的绿化带缓行，自问，没在室外散步多少天了？三个星期。疫情暴发以来，从来被视为无足挂齿的小事，如上茶楼、咖啡店、羽毛球馆、超市、理发店，都升格为冒险。外出散步也是，但没那么严重。

我放弃这一持之有年的日课，还有一私人原因——坐骨神经痛复发。42 年前，还在国内生活时，有一次站在高凳上粉刷墙壁，凳子散了，人摔在地，一个屁股墩埋下隐患。此后时好时坏。我对此并不很在意，大半辈子过去，失去的够多，而这一不算大碍的毛病不离不弃，让我不至于飘飘然，实在算得福分。唯一的不方便，是走久了，右腿从酸疼变麻木，好在，街边找个消防栓，花圃的边沿，楼梯坐坐，很快过去。

走了一个小时，其间歇气三次，到了离家三公里处。在大街旁的长椅上闲坐，满眼是盛开的波斯菊和灯笼花。巴士从跟前驶过，每一辆的乘客不超过三个。我不想搭，不是怕被传染，而是没意思。

如可选择，宁愿骑驴。苏东坡诗句"往日崎岖还记否，路长人饥蹇驴嘶"，嫌太灰暗；陆游的"此身合是诗人未，细雨骑驴入剑门"正中下怀。剑门我去过，那是五年前的秋天。豪雨漫天，花伞塞途，漫步于崎岖的山路，在山坳问当地的朋友，这里是不是陆游诗中的剑门，回答是难以确定。然而，如果是诗人，透过雨帘，看群山崔嵬而连绵，诗思容易涌上心间，该没疑问。那一刻只恨自己没写诗有年，灵感枯竭。

这阵子异想天开，若骑上一头驴子，感觉如何？我只骑过骆驼，那是在甘肃的鸣沙山上。"驴友"每人骑一头，松软的沙坡上，身体随蹄子一顿一顿，节奏有如旧体诗的韵脚。可惜还是没有诗，连照片也是付出 20 元，请赶骆驼的当地人代拍的。且想想，驴子比骆驼小得多，区区以 75 公斤的躯体压在它的背脊，一路上担忧驴子受不了，哪里顾得上构思抒情诗？而况，旧金山无驴。据记忆，驴子在内华达州大峡谷的山径上有，用来驮人。是看过照片还是现场目击，也忘记了。

我仍沿陆游诗的思路想下去：骑驴去哪里？如果纯为作诗，最好是不预设目的地。古书载，王安石退隐金陵时，住钟山下，外出必骑驴，有仆人随行。要问他的行止，回答是：如果仆人牵着驴子走，那就听仆人的；如果仆人走在驴子后面，则驴子爱去哪就去哪。王安石自己有时做主，一时兴起，便驻足，地点要么是松石之下，要么是有井台的村庄，要么是寺院。

如果我骑驴，仆人当然请不起，也绝无必要，尽管"随它去"。

从我所坐处出发，无论向南还是向北都有可观处。前者以莫塞湖为尽头，淡绿水色，岚气绕着高尔夫球场上的花旗松和尤加利树。后者以举世闻名的金门公园为终点，且到名胜日本茶园旁边去，樱花的花期刚过，树下铺着花瓣和叶子，又软又厚，躺上一阵，该有销魂之感。20年前，我住处靠近这个公园，常常进来，在曲径上倒着跑步，因熟习，不必回头看路，也不会出岔子，那时没有坐骨神经痛。

想归想，但没有实践的可能。却渴望喝一杯"拿铁"咖啡。钱包里的钞票，足足一个月没有动过。于是，信步向洛吞街的一家咖啡店走去，别看那里僻静，它的生意从来不差。不料要排队，人不多，但为抗疫而严格遵守社交距离，不足十人也排了大半个街区。我向来最怕排队，只好折回头，回家喝自制的。

澳门一角

2019年暮春，一天晚间，有小雨。飘飘悠悠的雨丝，被五光十色的街灯和赌场的招牌衬着，华丽得近于梦幻。我从"骏龙"旅馆走出来，为的是解决肚皮问题。不是非要品尝风味小吃或豪华大菜的吃货，有点老的味蕾，对米其林级厨师的心血结晶，哪怕是数十道手续才成的佛跳墙，也不会齿颊留香。

随便找点。但难倒无数家庭主妇的"随便"，此刻也教我挠头。卖粉和面的，街角有一家，小家碧玉的女档主，独自忙碌。档子旁边的墙壁贴着菜单：秘制咖喱牛腩面23元、鲍片面25元、炸鱼片面23元……一对情侣点了食物，正在等候。主人慢条斯理地切葱。我不耐烦，走开了。浏览其他几家，堂食非我所欲，尤其是门口的玻璃缸养着按两计算的生猛石斑鱼的。有一家，门口贴着：碗仔翅20元，茶果汤20元，煎饺子三只10元、猪红菜面28元、蛤蜊面30元。拿不定主意，远远看到，女主人在店铺尾部洗盘子，似无心做生意。只好回到街角。档主还是忙，一位穿汗衫、短裤的本地小伙子，要了一碗"招牌鸡脚面"，"要加底"，意思是多添面条，额外付三元。我又走开，进一家卖蔬菜和零食的小店，买了一袋番薯干，18元，一袋带壳花生，20块。

　　街角的小摊还是忙。一位老头，年龄与我旗鼓相当，神色落寞地等待，他买的是"卤水鸭翼河粉"。老人把塑料袋提起来，蹒跚着消失在雨帘中。两位游客模样的年轻人靠近，指点着菜单讨论。看来，不付出多一点的耐心，今晚要挨饿。我点"猪红面"，答曰卖光。点了一份饺子面，一份牛腩面。她从电冰箱拿出一包冰冻饺子，数了六颗，放进汤锅。又伸手从铁架上掏出一把金黄的细面，放进另一个汤锅。稍后，她拿剪子，把头发丝一般的面条剪为两份，分别放进两个塑料盅。

　　这一常规事件忽然被扰动。我身边来了两个人，一男一女，30上下。女子姿色不过不失，她是这出短剧的配角。"我是老板，这地方是我的！"男子骄傲地吼叫。我拧着额头看他，为了他的身板和嗓门反差很大。太单薄的上半身可夸张为"纸片"，但崚嶒骨架上附加的，是不可能再精简的精肉，怪不得生猛非常。女的尽力讨好，求饶，只差下跪。我听他们一来一往地吵，揣摩出线索：男子拥有这个摊档，女子是"他的人"，至于是正室、小三、小四还是雇员，则难捉摸，也许一身数任。一会儿他斥责：你想当"老细"，做梦去！一会儿他逗她：你和阿娟斗，赢了再来找我。

　　两碗面做好，档主要我付48元块，我给的是人民币。按官方汇率，港币、澳币和人民币的币值，依次为：1比1.15比1.18。但这里一刀切，一比一比一。我没心情计较。

　　我像刚才所见的落寞老者一样，挽起塑料袋（两个盛热汤的塑料碗之间，放一块厚纸板），两个男女的纠纷进入高潮。男子走进档内，那是真命天子君临天下的气势。可怜的女子又是搂又是拖，非要他"给个说法"。男子只好走回人行道，女子干脆坐在水泥地上，一手拉住他的衣角，哀求他"消消气"，她不敢了。我看着男子仰向高楼顶端的头，想起张爱玲笔下的上海滩：

"一个男人，也还穿得相当整齐，无论如何是长衫阶级，在那儿打一个女人，一路扭打着过来。许多旁观者看得不平起来，向那女人叫道：'送他到巡捕房里去！'女人哭道：'我不要他到巡捕房去，我要他回家去呀！'又向男人哀求道：'回去吧——回去打我吧！'"。眼前这一幕更生动。窝囊的中国男人，唯独面对更弱势的人时，才有不可一世的豪气。

第二天一早，我路过那个小摊，这男人在里面忙着搅拌一种酱，黑得发亮的木棒。两个女子也在他身边忙碌。但不是昨晚见到的可怜虫，也不是为我的面条浇一勺带五六块牛腩的浇头的女店员。

多点了点心

　　一次，老人们上茶楼，缘由是一对夫妇从海外归来。Y先生称，远客是他半个世纪前的同窗，这一次务必让他当东道。Y一向来以待友慷慨著称，这一次，兴奋过头，在三页菜单上圈了又圈，忘记前面点了多少。待到客人到齐，点心连续端上，满满地摆在圆桌上，大家惊呼：怎么吃得了？十分钟后，才晓得有第二波。只好快吃，把剩下的合并，腾出地方。然后，是第三波……

　　座中客人纷纷发言，婉转地责备主人。没脑子、缺分寸、过犹不及，这类"言下之意"呼之欲出。Y先生在直接或间接的批评声中，坐立不安，最后红着脸，问服务员，能不能退回一些？比如炸乳鸽和炸子鸡，都没动过筷子……服务员当然摇头。充满温情的聚会，被"太多食物"引起的话题糟蹋了。

　　我为东道主难过之余，想起鲁迅的话："我独不解中国人，何以于旧状况那么心平气和，于较新的事物这么疾首蹙额，于已成之局那么委曲求全，于初兴之事就这么求全责备？"感到类似"点心点得太多"一类常见的纠葛，很有探讨的必要。

鲁迅这段名言诚然痛快，但失诸空疏。"已成之局"至少须区分两类：能够改变的，不能改变的。前者如草稿，草图，进入公听、辩论阶段的所有公共事务议题，只要尘埃没有落定，讲究策略、方式的干预自然是必要的。后者如成年人的身高、容貌，如已成交的房子一类无从反悔的交易，还有，桌面上嫌太多的虾饺、菠萝包、凤爪。热衷于当"事后诸葛亮"，除了制造困扰，别无正面作用。

日常生活中频繁出现的是这样：对不能改变的，横挑鼻子竖挑眼；对能够改变的，偏偏苟且因循。

家里，你听到多少次好心的埋怨："早就告诉你，就是不听！看你怎样收拾？"孩子不会做一条作业，母亲急眼："怎么笨成这样！"一些人总以为，有全心全意为你好的"心"，就可以乱说一气。某人参加朋友庆祝乔迁之喜的派对，以内行的口吻，在稠人广众，列举购买这栋房子的"不明智"，从地段到室内装潢，还搬出权威数据，它比某某所买的房子，面积近似，人家便宜三万五千。主人听了，脸色愈来愈难看。另一个人，因为所购置的公寓单位不在家乡，不下十位要好的发小恨铁不成钢地骂他"考虑不周""有福不享""务必重新考虑"。他们热情过度，没有顾及一个基本事实，房子并非玩具，后悔药不是说吃就吃得下。这一类只图痛快的批评，不是苦口良药，而是笨到家的废话。至于明明可防患于未然，可在决策程序充分论证的，我们却默不作声，让出参与权、批评权，听任施政者一误再误。当然，造成这样的局面，主要责任不在普通人，我只是发空洞的感慨而已。

发挥下去，徒然被讥为大而无当。回到"点心点得太多"。我们可以这样做：第一，接受既成事实，向服务员多买些外卖盒，每人把剩余的带回去。对这额外的收获，表示感谢。第二，下一次，Y如果作东道主，在旁的朋友稍加监督，不让他点得太多。

如果我们对亲密者都做到："油瓶摔了，只清理现场，不追究，不责难"，家中将免去多少闲气，多少吵闹？一个作者诚恳地请你看一篇参加比赛的稿件，如果你先问"已投出了吗？"你就比"率性而为"长进了。因为你明白，如果木已成舟，那就不要指摘，给予良好祝愿即可。

一道考题

　　星期六早上七时多，坐 N 号有轨电车，从海滨去下城商业区。车里人不多，但多数人只能站立，因为新车厢注重载客量，改变了老车厢的布局，横排单、双人座椅全去掉，只在两边贴墙处设长椅。我站了一会才占到空位。位置正对一道车门。因为无聊，我给自己出了一道考题：目测上车者在美国住了多久。没学过麻衣神相，无能效法小神仙、半仙，不敢做稍有野心的预测，如对方一生的穷达、休咎，只能缩小范围至此。

　　车到隧道口，车门开处，上来一个黑人小伙子，背背包，身材健硕，顾盼时带着骄傲和不在乎混合的可爱表情。他径直就座，没有完成一个至关重要的动作——刷卡。不是忘记，而是逃惯了票。但凡不买票的，都不从前面的门进入，以免碰到司机的臭脸孔。尽管司机按规定不管查票，但偶有富正义感的司机，不忍看到纳税人所供养的公交系统被揩油，给警察打电话。警察来了，下 100 多元的罚单毫不留情。我由此推断，小伙子是土生土长的，在旧金山住了好几年，该是市立大学的新生，同时在披萨店打半工。小伙子戴上耳机，眯着眼睛听音乐。

斯宾塞站到了，从离我较远的前门上来一个黑大汉，脸部棱角分明，颜色鲜艳的夹克在大冷天格外抢眼。他把乘车卡贴上验票器，没有反应，不罢休，把卡从钱包拔出，再贴，"滴"一声，他得意地进入，在听音乐的小伙子身旁重重坐下，小伙子给吓了一跳，往另一边挪挪。黑大叔是本地人，该是公寓大厦的管理员，刚刚退休。

上来三个女同胞，一个20多岁，两个40多。年轻人先带她们往前头走，在驾驶室旁的投币机投哐啷作响的硬币，从司机手里拿过车票。买票的全过程，年轻人都做了演示。我看出来，两个老的是妯娌，几天前从家乡来。定居这里十年以上的年轻人是她们的侄女，今天是侄女的休息日，带两位婶婶来学搭车。不久后，她们就得自己上班，第一份工作，很可能是开在唐人街附近的车衣厂。不必看动作，从表情就知道，两位女士没过水土不服期，眼神茫然，笑得勉强，但不愿忧虑露于言表，免得教人看不起。

电车离城区近了，乘客反而少起来。乘客成人潮是几个小时以后，那时，下城的大百货公司和餐馆开始营业。一个中年男同胞跳上车，脚步的轻快教我赞叹。他从衣袋拿出钱包，拔出驾驶证，装模作样地挥了挥，放回去。然后，扶栏站立，做好随时溜人的准备。我对他作意味深长的微笑。幸亏他没看到，若然，他该从中看出鄙夷、讽刺。驾驶证和乘车卡的尺寸近似，但两者并不搭界。逃票倒也罢了，装什么呢？他是做给司机看的，生怕人家抓他。

这可爱的造假者，该是没拿到绿卡的非法移民，可能在建筑工地当工人，或在中餐馆当不拿支票而领现金的帮厨，他收入少，2.25美元的车票能省就省，不敢冒大险，所以煞有介事地表演。他的脸不难看，如换上俯仰不愧的豪气，该获得许多女子的青睐。

电车开进下城区，一个中年汉子飞跑而来，在车门关上前的半秒跨入。我看出，他虽属"高加索人"（白种人的统称），但并非土生美国人，而是俄罗斯移民。美国本土的白种人，因欧洲各国移民的后裔通婚多年，血统交混，很难区分北欧和南欧裔。苏联诸盟国却是例外，由于大半个世纪闭关锁国，国内极少混血式通婚，俄罗斯人和一般美国白人的区别，一目可见。眼前这一位，我猜他来美的年资在五到十年之间，根据是：他不复具有粗鲁、蛮横的神情。放在20年前，"战斗民族"的男子，多半难脱在母国形成的气质。

下车前，记起从西班牙移民美国的哲学家、诗人桑塔亚那对美国社会的概括——每个人从开始就这般过活：先跳上火车，然后，在车停下前跳下来。既不会错过班次，也不会摔断腿。

把"火车"改为别的公共交通工具，是否贴切呢？我还没想好，车开走了。

唐人街语录

有客问我，旧金山唐人街可有"仅此一家"的景致。我不假思索，举出两桩：一是都板街一店铺，专卖活鸡，本市属独一无二。据说，早年先侨以"中国人习惯吃现杀的鸡而不吃冷冻鸡肉"为理由，向市政府力争，卒获得"每天杀500只"的限额。二，边缘地带有一闻名环宇的书店——"城市之光"。和这一由"垮掉的一代"起家的诗人当老板，60多年前"嬉皮士"全盛期出版过阿伦·金斯堡诗集《嚎叫》的"本市名片"，仅隔一条五步阔的小巷，有一家开业于1948年的酒吧，名叫"维塞维奥"，大门外有三幅设色华丽的壁画，中间一幅写上一段语录：

当蚱蜢的影子，投射于长满黏糊绿草，田鼠留下踪迹的小径，而红日升起于西方地平线之际，那瘦骨嶙峋却肌肉绷紧的印第安武士下蹲引弓向你直射，是再来一杯马天尼的时候了。

"马天尼"是美国最流行的鸡尾酒之一。尤其是女士，一只纤手拿状如倒立三角形的专属杯子，一手拿纤细型"撒仑"滤嘴烟，在吧台上安坐，是三四十年前的时髦。这种带酒精饮料我能调制，但从来不喝。此刻才下午四点，不是喝酒的时候，尽管门口的老头，一副迎人于十里之外的热乎劲。

　　语录倒是要品味的。不知作者是谁，也许因靠近"城市之光"，沾了西部的"牛仔气"加上以次文化丰盛著称的旧金山的"文气"。

　　继续走，在都板街靠南一侧，一家开在天主教堂隔壁的书店，橱窗里也有的是语录。且译录数段：

　　"真渴望变为一个小屁孩，若然，睡长长的午觉，所有人居然都为我而骄傲。"

　　"我的狗儿把我必须通晓的事都教了，比如：活着单是吃和睡，不是不可以。如果你摔倒，爬起来，耸一下身子，忘记这些，继续前行。不管你的个头是大是小，都要勇敢，去找你自己的乐子，释放你的才气，学习新事物。不管你多老，都要交新朋友，寻找新机遇。去追逐你的梦想。当你所爱的人回到家，要跑去迎接。一天终了，不管发生过什么，最得宜的方式是蜷伏于地。每一个日子都是簇新的，尽管快乐。"

　　"最近一个研究发现，稍微超重的女士，其寿命比在乎此点的男士长。"

　　"我做瑜伽，点蜡烛，喝绿茶，尽管如此，还是想揍人。"

　　"放轻松点吧！我们都是疯子，这儿并非赛场。"

　　"互联网停摆时，我和家人一起消遣光阴，他们看起来都是好人。"

"词语是免费的，至于如何运用词语，那就要花钱了。"

"一旦人生关上一道门，再一次打开它就是了，门都是这样开关的。"

"从一个人这样的行为可以了解他许多：怎样摆布太慢的网速，以及如何解开缠成一团的圣诞节灯饰。"

"许多人在自家厨房里吃饭，然后出门，去引领正常、健康的众生。"

"音乐即人生，这就是为什么我们的心脏会跳动。"

"你永远不晓得拥有什么，直到它不见了，比如厕纸。"

"打盹看上去是童龀之举，但我宁愿将之称为'生命的卧式暂停'。"

寒风吹过，我拉高衣领，对着橱窗。白色字印在大小不一的黑色方块上，沉重，庄严，一似与穿黑袍的哲人相对。

何其庆幸，物质主义挂帅的中国人社区，有灵性的宣示，有与主流社会合拍的睿思。语录的作者和制作者未必是同胞，我们沾了光。

"喝面汤"

　　从 2020 年 11 月 17 日《今晚报》副刊读到刘成章先生的新作，它从长篇小说《创业史》主人公梁生宝外出买稻种，为了给新成立的合作社省钱，只吃家里带的干粮，又喝了"一碗不要钱的面汤"这一细节，回溯它的出处：清朝乾隆年间，佳州人逃荒到了包头，常讨一碗面汤充饥，有的饭馆只图赚钱，常常加以拒绝。佳州人气愤地质问："你们准备倒的面汤，怎么还不让我们喝?"对方生硬怼道："你们舍不得掏钱买一碗面，我们的面汤当然不给你们喝!"有一个常年在包头做生意的佳州人，名叫钞启达，年轻气盛，把卖面的打了一顿。事情闹到县衙后，县官当庭宣判："以后凡是倒面汤，需朝街连喊二声，如若无人应，方可倒掉。"消息传开，人们都拍手称快。

　　这一碗免费面汤所折射的社会意识，实在丰富而有趣。由此联想到三十多年前的旧金山，一个中国人在贫民窟和闹市交界处开小饭馆，旁边是一家住着许多吃社会救济的穷人的客栈。冬天，一个寒风刺骨的夜晚，餐馆打烊，老板要回家，在门口被一位中年黑人截住。黑人穿大衣，外貌并不邋遢，神情严肃，眉老拧着，他向中国老板提问："你们怎样处理剩饭剩菜？"老板不假思索，说："客人吃过的，还能卖出吗？当然倒进垃圾桶。""我不介意，能不能送给我？每天晚上过来拿。"他指指隔壁。老板认得他，是客栈的长期住户，身强力壮，却没找工作，天天把手插在大衣口袋，庄严地游走，爱对人发愤世的议论。老板迟疑，本来，剩饭剩菜属于"厨余"，送给他不是问题，但是传开来，餐馆被视为"送免费食物"的慈善机构，客栈数十名住客闻讯涌来，在门外吼叫："为什么不给我们？"你怎么对付？处理不好，本小利微的小店迟早被愤怒的向隅群体砸掉。于是，他果断地说，抱歉，不行。大叔气得哇哇叫："好！看我饿成这样，见死不救的是你，有你好看的！"狠狠地甩一下大衣下摆，走了。事后好几天，老板不敢大意，下工以后让家人来接，生怕挨革命者的拳头。

站在中间立场看免费食物的处理，若侧重于平等，自然以送出为宜。把"发展"置于优先便有顾虑：大多数人都只喝面汤，不花钱吃面条，饭馆没面可下，"汤"将安出？鸡没了，哪里有蛋？县官的宣判，算是两害相权取其轻。

"怎么处理剩余食物"这问题，即使由高级餐馆的经理回答也不容易。比如，客户A订一个50人的自助餐宴会，按人头算，每人100元。各样冷热食物送上，食客各自拿喜欢的，都吃得饱饱的。宴会完后，A指着食物台问："吃剩的你们怎么处理？"经理想了三个答案：一，扔掉（不然会引起客人怀疑：原来你们给下一拨客人吃二手货）；二，让自家员工吃（这样回答会也会让人产生贵店打工者被迫吃残羹剩饭的印象);三,头厨会做出妥善处理(实际情况是如此,以专业眼光检查,再便宜行事,或扔或自家吃或送回仓库,原因是:大凡自助餐,所准备的食物必多于吃掉的,因食客的口味有别)。A若为人小气,一听经理说"扔掉",就要求打包带走,理由是:所有食物归我。这么一来,餐馆可能作了亏本生意。

东坡食蚝

某日，和友人进禅城一家装潢豪华的餐厅吃饭。进门时看到一幅彩色广告：新到台山鲜蚝。旁边是富于诱惑力的照片——带壳的鲜蚝堆在盆里，上面的十多只已打开，肉晶莹如珍珠。我指着广告牌对友人说，我点这个，带壳清蒸，上敷豆豉、姜葱。别的呢？友人问。我说够了。

只因为行前从袁枚的《随园诗话》读到一则：

"东坡食蚝而甘，戒其子勿告人，虑有公卿谋谪南海，以夺其味者。"

这一次，就是为蚝而来。我家乡所在县份，处南海之滨，所产之蚝素负盛名。不过，我在离大海数十公里的北部长大，1949年前我家开过海味店，算得殷实，家里人即使没怎么吃过鲜蚝，蚝豉（晒干的熟蚝）也是家常菜，但只吃箩筐底的碎末，品相好全拿去卖。到我这一代，物质日逐短缺，许多食品凭证购买，蚝成稀罕之物。

知道这一鲜美海产，是20世纪70年代当知青之后。某天，上县城拜访老师，他和我上茶楼。应邀来的有不久前从县城调往海边教小学的余老师。他和东坡近似，也是遭贬，从本县最高学府下到边远的渔村，弃英语的本行改教算术。饮茶时，倒霉的余老师没发牢骚，却带夸耀的语气说，他任教的学校靠近小江蚝场，刚出水的鲜蚝随时买得到。他咂吧着嘴，描述鲜蚝的烹调，无论是带壳蒸，白灼后蘸生抽、麻油，还是与红烧肉一起爆炒，味道都无与伦比。然后，他摇头吟哦："日食鲜蚝三五斤，不辞长作小江人"。境遇艰难的余老师，此刻容光焕发，仅仅为了鲜蚝。

数十年云烟过眼，吃鲜蚝无数次。总的感觉是，味道当然是无可置疑地好。如可选择，我以为欧美流行的"生吃"，蘸点儿番茄酱加"它爸是狗"（Tobasco的音译，一种辣酱），最能品出鲜蚝的嫩滑。但是，不管哪一种吃法，都比不上余老师那一次所提供的"耳食"。时隔半个世纪，座中所有人的神态历历在目——眼睛盯余老师的手势移动，无限向往地叹息，问：什么时候轮到我来吃？不过，要我为它而做大的牺牲，别说官位，哪怕是一次与至交的剪烛西窗，也不愿意。而况，鲜蚝再好，天天吃，久了也腻口。也许，古人娱乐的渠道比我们少得多，"喝一顿好的"成为至高无上的享受。

上述的东坡逸事，比"食蚝而甘"更引发我寻索的兴味的，是这位旷代文豪的孩子气。大快朵颐之外，怎么想到"保密"？这个"秘密"是针对京官的，生怕他们晓得了，馋涎源源不绝，往吏部钻营，为的是得处分，遭贬谪。读到这里，岂能不笑？

我们听说过陶渊明不为五斗米折腰而挂冠，张翰为了家乡的鲈鱼和莼菜而辞官，他们是归隐当平头老百姓，一竿子插到底，干干脆脆，没那么多穷讲究。古代的组织部门如何将官员降级，不得其详。对当事者而言，一要降级恰到好处，处分轻了重了都不行。二要指定贬去南海。这等"度身定做"的操作，除非他父亲当的是主管官员处分的官员。

另外，鲜蚝又不是增城的挂绿荔枝，只此一家；稍有点钱的老百姓也吃得到，多一个官儿来，哪怕是超级老饕，谅也无法吃光一个小小蚝场的产品，何必如此紧张。说来说去，东坡此言是旁敲侧击，暗示自己遭贬之后的傲岸：多亏有此际遇，才得享受天下至味。朝上衮衮诸公，如果要效仿我，只有"谋谪"一途。东坡的政敌们听到这一高论，恐怕有一两天睡不着。

东坡食蚝一典，如果不是野史的杜撰，那么，可推荐给蚝场和以蚝为主打的餐馆做广告。它与坡翁的另一绝唱"日啖荔枝三百颗，不辞长作岭南人"一起不朽也说不定。

门里乾坤

几乎每一天早晨慢跑，我都特地走上第 31 街，为的是看看一户人家。对这寻常的白人家庭，我所知极少，也从没加意打听。在美国，人与人之间所隔的"隐私"之墙，不知比后院的栅栏要高出多少。只偶然看到二三位白人女性从中出入，其中一位我能记住尊容，60 开外，相貌不过不失，因常年施脂粉，素面带上触目的白，似在青砖墙壁上刷的加上蓝靛的石灰。偶尔还看到一位年轻的妇人，推着婴儿车出门，关门的姿势很庄严，好像从事着神圣的革命。我猜前者是母亲，后者是女儿和孙子。迄今为止，我只向老的打过招呼，聊过三句天。

说我对人有兴趣，不如说对物。这人家三天两头在人行道和驾驶道之间，摆上一些让人随便拿的物件。就在昨天，我就从纸箱子里拣走一本火炬版的《英语教程》，站在苍白的天色下，翻开第一页，开宗明义是两个人的对话："阿笔，你是怎样给单词下定义的？""嗯……就是我永远想不出来的，能恰切地表达我意思的玩意。"精装本，封皮有污渍，拿在手里太沉了，还要跑下去，嫌累赘，想放回去，忽然瞥见门里头一张白得惨然的脸，眼神又是殷切又是欣慰，是那位惯常坐在门口，"监视"纸箱子的老太太呢，不好意思地向她招招手，算是道早安。为了向慷慨的主人显示，我对她"乐捐"的一切保持着可与"富比世"拍卖行估价专员比美的热忱，又往底下翻了翻，是一本平装书，关于初生儿的哺育的，从临盆之日起逐日开列，怎么喂奶，怎么换尿布，巨细无遗，我想拿走，一下子想不起哪位朋友刚生下孩子，而自己又无法制造，放回去了。随即记起来，几个月前曾经在这里翻阅过这一本，迄今无人问津，可见"生孩子"这市场何其冷落。

今天我路过，门外没有纸箱子。略感失望，却看见铁闸后面堆着好几个纸箱子，许多书摆在箱子里外，精装平装，大开本小开本，如果走近铁闸，当能浏览书脊上的书名。但不敢造次，因为这般窥探，形迹可疑，难保脸色苍白的女主人不拨电报警。我可以肯定，女主人隔三岔五地搬到门外，任路人拿走的免费物件，出处就是这简易的储藏室。那么说，铁闸后面囤积居奇的，就是主人施予他人的仁慈。我有理由揣度，于她来说，人生乐趣的相当部分，就是从端坐门外，观看人家拿走捐助品而来。有好几次，我在纸箱子里拿起木勺子，拿起越南语自学课本时，她眼睛闪着动人的兴奋，一个劲地说："不要钱，尽管拿。"让我感到不拿就是对不起天理良心，这就是证明。

"施与"是比"接受"丰沛的幸福。我想，可爱的老太太所以没有一下子把"储藏室"的物件一次过搬出，是为了细水长流地品尝"施与"。一个生命有限的老人，能这般热爱施与，又对施与巧加调度，何其可敬可爱。

情感星空

爱情的"利息"

我爱观察老人的爱情。婚姻动不动超过 30 年、40 年的一对,如果你是当年沿街追着路人问"你幸福吗"的年轻记者,问其中一方:"你爱老伴吗?"对方可能一愣,惊讶于你怎么提这样低级的问题,下一个问题会不会是:"您每天需要睡觉、吃饭吗?"资历足够深厚的中国夫妻,践行"包子馅不在褶儿上"的哲学久了,把爱情融入生命的全程,日常的所有细节,无意中忽略了总其成的形而上学。

普通日子,一切都习惯成自然。早上,赖床的是老太太,老头子 6 时起床,到外面溜达,听鸟叫去。一个小时后他回到家,餐桌前落座,热乎乎的麦片粥端上来,咖啡的温度、烤面包的成色,都有一定之规。吃完,各自读报。如果看到有趣的、新奇的、有争论必要的标题,两人会交谈,否则,起床以后,不必发一语。然后,老太太出门买菜,如果是周末,会在上超市前去社区的康乐中心跳舞,定期学习瑜伽。午后,老先生在沙发上小坐,困了便躺下,一个小时后醒来，身上总盖上一张软和的毛毯。

他们都知道，拌嘴比年轻时候多，老了火气反而大起来，不知道原因何在。好在都明白没什么大不了，孩子都已成家，搬走，后辈什么事都不劳烦他们。吵的名堂都是极小的，如电视机的声音太大，手机不知放哪里，阳台的兰花忘记浇水。较为严重的分歧在接待朋友方面，老先生要在家开火锅，老太太不愿意，为的是太多碗碟洗不赢。老头子说我来洗好了，她不愿意，理由是他把厨房搅得满地水渍，害她费三倍时间清理。

吵架，不理睬，晚上在双人床，背对背。明天起来就忘记了。老来光阴消逝越来越快，转眼间，孙儿女上小学了，满月那天被祖父母抱着照相，老人家差点坐不稳，因为太高兴的缘故，这一幕，仿佛发生在昨天。他们突然觉得，走路不大得劲，思量买拐杖。他们都没有提及爱，都认为一天到晚说"我爱你"，是外国人的过火行为。他们连爱这概念也淡泊得很，习惯已够他们安心。

原来，他们只在使用以青年时热烈的恋爱，中年的同甘共苦存下的本金所产生的"利息"。如果不出现以下的状况：一方移情别恋被发现，面临婚姻存亡的抉择；一方遭遇意外或生绝症，生命出现危机。他们就这样维持下去，直到命运摊牌的一天。

人生至此，不必牵手的配偶，以地底下不可见的根连接着。他们的姻缘，好就好在极度的平凡，因平凡而无人干扰，掺和，搅局，直到生命的终点，才豁然明白，爱情的本金和利息都花在整个美好的人生里。

悦乐的"这一刹那"

谁不喜欢悦乐？它的来处，粗略而言有三：过去，进行中，憧憬。

从前之事，若记忆不存，自当排除。已成烟云的赏心乐事，沉淀于记忆的各个层次，大抵按深度、强度排列，到了思维衰退的年纪，从"最近"开始递减或随机呈现。我年逾 95 岁的母亲，脑筋一年比一年糊涂，去年到处"找"辞世 12 年的父亲，然后，"找"从婴孩时一直陪伴到出嫁的祖母，再就是生身母亲，最近，找一起跳房子、过家家的村中小妹。难得的是，母亲记忆中的亲人都是好人，不是行为"好笑"，就是待她很好。

未来之事，只存于想象。它所提供的快乐，唯其虚渺，所以具诱惑力。前去机场迎接久别的恋人，为了孙儿女即将到达而在门口焦急踱步，歌星拉起裙角走向山呼海啸般的欢呼声，婚期临近，礼物盒将打开，破晓临海看地平线上的云蒸霞蔚……尽多这样的"刹那"。

在往昔和眼前的结合部，眼前和未来的临界处，悦乐尤其密集。杜甫《赠卫八处士》一诗，至交久别重逢，"相对如梦寐"；一场好酒后的微醺，余味隽永。秦少游词："醉卧石藤荫下，了不知南北。"说的也是这种状态。

常常为人所忽略的是进行中的快乐。知堂老人说："悦乐大抵在做的这一刹那。"不必计较"一刹那"的长度，也许远远不止几秒，但短暂是肯定的，尤其是和悲哀、忧郁相比。

只要是心态和体力均正常的人，谁没有许许多多"这一刹那"？即使是以饥饿、困顿和绝望为标志的知青年代，挥汗的劳作，无论挖渠、犁地、插秧、收割，如果让人释放饱满欲流的生命能量，从而获得自由的感觉与对人生的信心，那就产生无与伦比的"悦乐"。问题是难以维持长久，因腹内空空而涌起涎水，因连续"苦战"而极度疲倦，因收入和付出极度失衡，这一类情境逼近，乐事随即变为负累。

细考人生，晓得人的宿命乃是：悦乐必短。其理由，首先是剑及屦及地体味与制造它的过程差异太大。一锅"佛跳墙"，厨师得费多少天去采购、准备、烹饪，舀进碗里，能不能喝上半天？春节一家子团圆，和足足一年的翘首比，台上三分钟和台下十年功比，幽会和相思比，耕耘和收获比，求学和毕业典礼比，烟花的绚丽和制作的寂寞比，莫不如此。其次，在于感觉。让你度日如年的断不是它。再其次，悦乐是易耗品，与其说"天下无不散的宴席"一语要人知足，不如承认它直指"悦乐"的本性：难以延续。乐是佳酿，狂欢近乎高度数烈酒，喝高很快就不省人事，遑论享受？

物以稀为贵，我们能够做的，是制造尽可能多的"那一刹那"。

且投身于劳作，灵感袭来时的画家，身体微颤，神思飞扬，凝眸于画架，踌躇满志；老农踮起脚尖，修剪果树上的枝条。学子房间的灯彻夜亮着，外人看到，想到"悬梁刺股"的典故；然而，我认为，如果学问不提供一点愉悦，"勤苦"这条路是难走到头的。而皓首穷经，凝集了多少个惊喜的刹那，为了有所悟，有所成！且付出爱，将生命中的万万千千"刹那"，变为爱的音符。爱使人眼神清澈，心胸开阔，动作果断。新冠肺炎疫情最严重的 2020 年 3 月，一幅照片上，前线救援的医护义工，在飞机上一致亮出"爱"的手势，教人热泪盈眶！助人越多，奉献越多，美满的"那一刹那"越是频繁。

人生如果是夜，一回"刹那悦乐"是一颗星星，那么，我们以一生造银河。

柔肠百转的寂静

晚间，坐在咖啡桌后的长沙发上读书。有一种读法叫乱翻书，七八本放在桌上，看得进去就看，不然翻几页就换。惭愧的是，找到一气读下的一本不容易。一如美食当前不曾食指大动，是味蕾的错；我这"花心"是老年的短板。像寓言中站在两捆干草之间的驴子，不知该往哪边下口一样，拿不准要先读《茶香室丛抄》还是《回眸中世纪》之际，感到家里有点异样，微微一惊。抬头，灯光明亮，老妻坐在沙发另一角，专心对付一件衣服。哦，"异样"来自没有声音。然则，老两口从落座起就没有过互动，连手机上微信"来信通知"的功能也早被停掉，"静"不是理所当然吗？

对了，静来自对比。20分钟前，家里还是喧闹非常的，小的高唱从幼儿园学到的《星星亮闪闪》，在大人的叫好声中，把调门提到极限，"挂在天上放光明，好像许多小眼睛。一闪一闪亮晶晶，满天都是小星星。"我说："小宝贝，星星都给吼下来了！"她益发得意。大的自知唱歌不是强项，便在旁边伴舞，舞姿是老师教的，单腿旋转有模有样，大家热烈鼓掌。然后，女儿一家子到回家的时间。两个孩子和我们拥抱了又拥抱，说再见，爬上车，各自系好安全带。老两口站在家门口，挥送车灯在街道一头拐弯。我转身走进家门时，想起英国诗人奥登对"空旷"的比喻："像八月的学校"，八月是放暑假的月份。

如果说，对寂静的敏感来自动与静的太大落差，又不尽然。进入空巢期以来，家中氛围就以"静"为主调了。不是说基本上没有声息，而是说，寂静如消音的海绵，即使有电视机声、电话铃声，加上门外的车声，隔壁的金属乐，都被吸纳了。

那么，是因为相对无言吗？也许，和"另一半"一起过日子40多年，如今，对话很少长句，"吃饭啰""要不要喝汤""上街去""好""唔""地湿，走路慢点"。我平日在家码字，若旁边有人唠叨，思路被打断，会很不爽。老妻却很少刻意闭嘴，哪怕你正给国家元首的国情咨文提修改意见，幸亏我连写小确幸和小确不幸的闲文也未必及格，不介意她即兴的议论。

那么，寂静来自何处？五十年前，在乡村耽读穆旦先生所翻译的普希金长诗，其中有一句"保持丰富的缄默"，赞叹至今。"缄默"是表，带够厚的托底才算"丰富"。比如，情窦初开的少男少女，执手相看，脸红红的，几乎听到对方剧烈的心跳，都一言不发。家里的寂静也是这样，来自从骨头到皮肤的舒适、安妥。两个极普通的人，手牵着手，走过人生大半路程，来到这里。静意味着最充分的自由，彼此没有亏欠，不必讨好，不必看脸色，没话找话；一个眼神，一个咳嗽，一阵脚步，都那么自在。彻底的磨合之后，重新生长的自我，不需要适应别人。

少年夫妻老来伴，这"伴"，据说叫"凉拌"，"凉"是春天的气温，妙谛在：让你忘记温度。想到这里，我万分怜惜地偷偷看着妻子。她在我眼皮下，从微胖的乡村小妞变为慈祥而快乐的老妪，此刻，戴着老花镜，把两件衬衣叠在一起比较宽窄。衬衣都是我的，其中一件是她今天去大百货公司买的。最后，她摇头，说，减价 70%，不买白不买，可惜太宽，只好退掉。我笑起来，我早就说了无数遍，我的衣服穿不完，买了白买。但她永远有理由，买了又买。

灯光温柔，我心里冒出一句：永远这般，多好！

感恩为什么这么难

论"好人中的好人",吴医生算一个。他当了半辈子军医,转业到地方后当厂医。半个世纪的临床经验加上孜孜不倦的进修,医术高超,不知治好了多少奇难杂症。他至为感人之处,是不仅从来不收诊金和红包,连药也白送。于他,治病救人是义务,是天职。我和他结交多年,知根知底,对他的为人十分敬重。

最近他带着无奈告诉我,一些被他治好的病人刻意和他疏远。比如,一个男孩子,11岁那年患了癫痫病,家长知道吴医生治这种病十分拿手,慕名上门。吴医生一边坚决地谢绝礼物,理由是他已退休,治病是"业余爱好",一边爽快地应允。两个月后,经吴医生精心治疗,孩子痊愈,家长自是感激涕零。让孩子认吴医生为干爹,吴医生又谢绝了,理由是应付不来。奇怪的是,孩子康复以后,家长逐渐拉开距离,最后拉黑微信,连手机也列入黑名单。有一段日子,吴医生夫妻出国旅游,不知内情的人向家长打听吴医生的下落,他们居然说,和吴医生一点也不熟,不要向他们打听吴医生的底细。

一位 80 后女孩，患了严重的银屑病，皮肤如蛇皮，奇痒难耐。遍访中西医，都不见效，找上吴医生。吴医生为她研制新药，先自行试验，因剂量太多，晕了过去。女孩愈后，也和吴医生断绝联系。吴医生苦笑着对我说，我对他们如果有所求，早在着手治疗时就狮子大开口了。他们病好了，我高兴还来不及，只是想不通，为什么非要躲我？

我和吴医生一起寻找答案。最后达成这样的结论：为了自保。要问"保"什么，是病人的"老底"。把孩子视为命根子的父母，孩子的顽疾虽已治好，但生这样的病不大"光荣"。孩子长大以后，要升学，就业，结婚。以找对象论，如果被人"起底"，那段病史曝光，进而遭对方嫌弃，岂不毁掉前程？那位 80 后女孩，该也怀着类似的忧虑。"害怕别人知道"的心理变为病态之后，连吴医生这样的社交关系也设法封杀。

沿这一思路推下去，他们认为吴医生是唯一对病史拥有第一手材料的人，因客观条件限制，他们无法封吴医生的口，也不能径直请求吴医生"保守秘密"，遂出"断绝交往"的下策。归根到底，是人的"面子情结"。这种做派的极端，见于汪曾祺的名篇《陈小手》：土匪陈小手的老婆临盆，情急之间，请来一位男医生接生。老婆顺利生产后，陈小手却把医生杀了，还觉得自己"很委屈"。我替吴医生担忧：这家长将来如得势，会怎样恩将仇报。

为了掩盖，非要和救命恩人割席吗？这纠结的恩怨之中，糅合了多少误解与谬见。首先，是不是凡医生必以宣扬病人隐私为乐？其次，为了不让人家"摸底"，是否必须连起码的礼貌也不顾。不说感恩图报，难道一个奋不顾身地为病人奉献的好人，理该得到这样的待遇？让好人寒心的，就是这样没心肝的人物。他们最会利用人，目的达到之后，被利用者便成为随手可扔的破抹布。他们不晓得，恶果也许很快尝到，比如，万一孩子旧病复发。

要问有没有既能维系医患二者的友谊又保护病人隐私的两全之方？肯定有，只要在社会建立起码的信任，只要病人一方增加一点良心。

"沉醉"之乐

　　人生至乐多种，如：码头上情侣久别重逢，产床旁父亲第一次抱起婴儿，体育健儿站在领奖台，新婚夫妇开始蜜月，但论时间的持久，出现的频繁，代价的低廉，当数干某一种事情的"沉醉"状态。

　　我是从旁观察当建筑工的妹夫干活时做出这一结论的。妹夫个子瘦小，但气力奇大，耐力尤其了得，可以从黎明到黄昏，除了吃饭，不停不歇，连水也尽量不喝，嫌放下工具去解手"费事"。他天生是"劳动迷"，20年前，他和家小从乡村来到美国，就要启程的前一天他在自家菜地整垄，种下足足一亩地的番薯苗，正在收拾行李的家人找他找得好苦。他流汗苦干，乍看是底层劳动者的思路——赚钱，然而，他早已实现了升华，哪怕不是全部，"活计"本身使他获得淋漓尽致的快感。他在旧金山，受雇于一家小型建筑公司，天天从事绝不轻松的体力劳动，但工资支票加上上班的欢愉，就是唯一的至高无上的享受。他参加旅行团游览环宇名胜，才一个星期就叫苦连天，恨不得逃回来上班。看到他淡定地挥锤，运锯，爬上爬下，敏捷无比，且没忘记和同事说粗鲁的笑话，下班时恋恋不舍，我想起唐·赫罗德的名言："世间最伟大的东西就是工作，这就是为什么我们非要为明天留下一些。"

像妹夫一样的人，乡村为数不少，"没有吃不了的苦"是他们代代相传、心照不宣的处事哲学。大凡干活，沉酣的境界，不是马上能够进入的，需要预热和摸索。一旦建立一种独特的"节奏"，这节奏就会在下一次乃至无数次吸引你。它是封闭的，完全进入后，自外于人间所有烦忧和功利计算的小天地就是独家的，你在里面尽情地动作，释放能量，挥洒灵感，没有时间，没有外力压迫，没有仇敌，也没有朋友，只有你和你献身的对象。如饮酒者痴心的浑然忘机所指向的"顶点"也不过如此。这些规矩的、健壮的、快乐的劳动者不费什么手续，也绝不必触碰任何底线就获得了。要数上帝的仁慈，第一位的要算赐以"沉酣"。

相对于以知识、数据和仪器组合的脑力劳动，简单体力劳动尚且这般慷慨，何况别的富于创造性的知性行为？然而，我们往往不是过分强调超人的意志，如：爱迪生试制电灯，在实验室里一连工作几十个小时，实在太累了，就躺在实验台上睡一会儿。先后用了六千多种材料，作了七千多次试验，才找到合适的钨丝；就是太在乎他们"我不入地狱谁入地狱"的使命感，如：罗马军队攻占阿基米德的家乡叙拉古城时，75岁高龄的阿基米德正在沙滩上聚精会神地演算数学，罗马士兵拔出剑来要杀他，老人平静地说："给我留下一些时间，让我把算题完成，免得给世界留下一道尚未证完的难题。"然而，难以想象，如果工作本身无吸引力，无挑战性，从中无法登上灵肉一致的快感的峰顶，如何激发他们投入？一句话，尘世唯一的乐土在斯，真实的天堂在斯。

潜藏着无限快乐和诗意的工作，建立在这样的基础上：它经自由选择而不是被迫。同样是建房子，奴隶和自由人的结果没有不同，差异在工作者的情绪。灵感和智力的劳动尤其如此，秦始皇驱使奴隶建造了万里长城，但暴君的屠刀之下，限令诗人在多少个小时内写出一首"圣上即金多雨露"的颂诗，却难于上青天。

好莱坞著名制片人塞缪尔·戈德温说："满腔热情投入工作的人，对人生一无所惧。"

来历不明的眼泪

忘记了是哪年哪月发生的，场景深深镌刻在记忆中。

周末早上，我在家的客厅，打开落地窗的帘子，端着咖啡杯，边喝边看街景。大街对面起了喧哗，一辆皮卡停在人行道旁边。车里跳下三个人，三十多岁的一男一女和一个不到十岁的男孩。看出一家是南美洲人。笑语传来，两个大人，彼此对话用西班牙语，和小孩说英语。据口音揣测，是萨尔瓦多国移民，来美定居多年，孩子的英语纯正，可见不是年幼移民就是在美国出生。他们兴致勃勃地从车里卸下桌子、椅子、柜子，一个又一个纸箱子。看得清楚每一个人的容颜，洋溢的笑是发自心底的。酣畅的满足、骄傲，对于眼前的一切。

我理清头绪了。两个月前，这栋房子出卖，业主是年逾九十的白人老先生，太太去世不久，他要搬往养老院。接下来的两个周末，经纪人打开门，有心者或凑热闹者鱼贯而入。最后，门前挂出"已卖出"的牌子。他们是新主人。

对面的三个人，抬着电视机步步挪上楼梯的一瞬，我泪如泉涌，不能自已。咖啡喝不下去，把杯子放在窗台，赶紧去拿纸巾，怕家里人看到，给吓坏了。如果他们问：怎么啦？我答不出。感动如此强烈，仿佛某一根秘密的琴弦蓦地被弹，裂帛般响起，积累已久的情愫释放如大潮撞击。哭了好几分钟后，再看，他们已在屋内，玻璃窗现出身影，大人在布置家具，男孩子在蹦蹦跳跳。付出了辛勤，收获如期而至，没有意外，老百姓所要的就这么多。

我自问，为什么为素昧平生的人哭？似乎找到理由：为一个移民家庭的成功。走过艰难，走过语言不通，走过乡愁，卑微人生抵达幸福的第一站——以分期付款方式买下房子。一起走进新家，和当年手牵手走出举行婚礼的教堂，抱着刚刚出生的儿子回到出租屋，具有一样的意义。

只看一眼就打开泪水的闸门，有点荒诞。于我却不止一次，三年前，在旧金山一个团体的年会上，文友介绍把乡亲陈先生介绍给我。在会议的间隙，互通姓名，略事寒暄。对他的第一印象极佳，年约60，儒雅、谦和，举手投足蕴含沧桑，是"有故事"的角色。会后挥手告别，约好"有空茶楼里见"，这是盛行不衰的套话，谁也没想到兑现。

三天后，我在唐人街里逛。陈先生和一女孩子并肩疾行，与我邂逅。自然客气地握手，他说这是女儿，现在赶去买野营用的帐篷。互道再见。我对着他父女的背影，眼睛一热，视线顿时模糊。无缘无故地动情，于男人并非光彩。我一年后和陈先生变为无所不谈的好友以后，也不敢向他透露。有一天，他和我在茶楼，缕述七年前，同甘共苦二十多年的爱妻患癌症住院，他和女儿一边在病榻旁侍候，一边互相安慰。爱妻撒手尘寰后，父女相依。我的神经蓦地一悚。那一次为他们而哭，是不是出于直觉，被他们深藏不露的坚忍感动了？

其实，流泪的缘由未必说得清，有的感动如初恋，可予解释即意味着真情没动，只是"计算"。没失去起码的敏感，心里这个角落那个层面，立着带孔窍的"太湖石"。甚至，有一两台未被尘土埋住，弦线尚未锈蚀的竖琴。平日，这些无用之物，漠视我庸庸碌碌的作为，直到我一个不小心，撞上隐藏至情至性的场景，才突然苏醒，做出激烈的反应。情感"冷不防"的驱使下，眼泪匆忙呼应，让前者"泄洪"。

越是老年，越是巴望以这种眼泪洗涤灵魂。它好就好在：来历不明，白捡的感动。

简单加法

老友 H 去世十多年后，终于和因搬家而失去联系的 H 太太联系上了。某天，和老妻去看望这位在新移民年代予我一家许多帮助的好人。H 比我大八岁，辞世时才 64 岁。谈起 H，H 太太道及一桩旧事：20 世纪 60 年代，他们结婚不久，在村里种田。有一次，H 上后山的树林里逛，不知沾上哪种树的毒液，回家以后手臂长红斑（土名"痒漆"），痒得要命。他赶紧去生产大队的医疗站求医。赤脚医生说是皮疹，开了抗过敏药物。H 回家，按医嘱服下一颗。次日，稍有好转，但还是痒。他不管三七二十一，一下子吞下三颗，即正常剂量的三倍。事前太太提出警告，说药不能乱吃，要先问医生。H 说，还用问吗？多吃，药效增强，就好得快，这简单的道理，轮到你教我？结果是：H 晕倒在地。吓得全家六神无主，赶去找赤脚医生，问要不要叫救护车把他送往县城医院？赤脚医生到家里来，把了脉搏，检查了血压，还查了书本，才说，不必，待药效过去就没事了。他卧床一天一夜才醒过来。"他啊，一辈子是这样。"H 太太摇着头说。

和 H 太太告别，路上老想着这"简单加法"。她说得不错，H 运用它可算得心应手。那一年，我 33 岁，他 41 岁，都在旧金山的中餐馆打工。仿佛约好了似的，一起患坐骨神经痛。他比我严重，走路才几分钟，就得蹲在人行道上歇气。我去看脊椎神经科医生，他不去，说另有窍门。原来，他实行土法的"四管齐下"：服成药"抗骨增生丸"；喝按中医所开方子煎的药；去唐人街的诊所请人针灸；贴"追风透骨膏药"。一个月以后，病情好转，他得意得不得了，对我说了多次：想好得快，下药一定要加码。

中年以后，他变胖了，体重近 100 公斤。穿三件头西装在街上走，我指着他隆起的肚皮开玩笑。他说，你落伍了，这才是派头。不过，后来他部分地接受了减肥的理论。所谓"部分"，是指有所折中，比如，服"深海鱼肝油"相当灵活。有一次，他邀请我去他家，我问什么事。他说，太太和孩子去外州参加乡亲的婚礼，独自在家，没人在旁啰唆，"咱来个吃翻天！"我哈哈笑了，骂他是头号吃货。两个人吃纽约牛排。他说，超市碰巧大平卖，一下子买了三块。我看着三分熟的大块头，每块重量超过一斤，连忙说，不行，对付不了。他说怕个屁，看我。他把两块吃下以后，拿出一瓶鱼肝油，说，平日我吃三颗，今天六颗，把多吃的脂肪消灭掉。我哭笑不得。

吃大块肉的习惯，他维持到 55 岁。心脏病来了，做了搭桥手术。出院以后，他指着被拿掉一根血管的右小腿对我说，不能不投降了。打这以后，严格减肥，吃得清淡，但惯性思维的马脚偶尔露出来。有一次，我和他在唐人街的咖啡馆，他看着玻璃柜里面的蛋塔，咽了口水。我说来一块。他先是摇头，可是馋虫爬上来了。我去买了两个，说："偶尔吃点不妨。"他说，好！吃完，他从口袋里掏出一个小瓶子，倒出一片，拍进嘴里。我问是什么，他说是阿司匹林，可稀释血液。"为了保险，今天多服 20 毫克。"

H 的心脏搭桥十年后，血管又塞了。这一次来不及做手术，在医院撒手归西。如今想起这位到老不脱农民本色的诗人，他的"简单加法"式思维式是从小养成的，维持了一辈子。任何变化——无论知识面、世界观还是思想境界，都没有动摇这幼稚、肤浅、害人的"一加一必大于一"。

"摔东西"

谁在家里没有摔过东西呢？然而只有张爱玲摔得振振有词。

20 世纪 40 年代，被二十多岁、住在上海的张爱玲称作乱世。乱世中人，没有真的家。好在，因母亲与姑姑同住多年，所以她对姑姑的家"有一种天长地久的感觉"，即使母亲搬走，只剩下她和姑姑，姑姑的家于她依然是"精致完全的体系"。可是，有一段时间，张爱玲"特别有打破东西的倾向"，摔杯盘碗匙固然是家常便饭，一次还因急于去阳台收衣服，把玻璃门打碎了，人受了伤，好在无大碍。她去配了一块新的玻璃。这等可能发生在任何家庭的小事故，引起张爱玲的思考。她认为，"我只是在里面撞来撞去打碎东西"，问题不出于她的鲁莽，而是家本身不够"细密完全"。"而真的家应该是合身的，随着我成长的"。从这一逻辑推论，家如衣服，十岁时穿的衬衫套在二十岁的躯体上，不给撑破才见鬼。然则，这是人"成长"的错吗？

当然，摔东西还有别的解释——宿命。汪曾祺先生的《花瓶》，写了景德镇一个瓷器工人，造的瓷器都很名贵，又很会算命。有一次，他造的一个花瓶因窑变而色彩极美，他为它算了一个命。这个花瓶脱手以后，换了好几个主人，最后落到一个爱好古玩的大户人家。制作者找到这位藏家，登门求见。他进门以后，看到花瓶摆在条案上，别来无恙。宾主二人谈得很投机。就住这时，花瓶破了。主人大惊，连声说可惜。制作者不慌不忙地走了过去，从破瓶里摸出一根方头铁钉，并让主人看瓶腹内用蓝釉烧的一行字："某年月日时鼠斗落灯毁此瓶"。不过，这是不可当真的传说。

张爱玲也好，汪曾祺笔下的瓷器工人也好，对"摔东西"仅仅提供了理由。然而，家之为家，欲求精密完全，一般俗人所定的标准，略高于"预防摔东西"，而在合适。从便盆、梳妆台、厨房操作台的高度、电冰箱里的间隔、书架的间距到开大门锁的难易、烟雾警报器的敏感、固定电话的放置，这些细枝末节，无一不经主人的调教，一如穿衣的"驯衣"。时下的地产商爱鼓吹"拎包即可入住"，其实那地方再方便，都不可能与"家"丝丝入扣，小到挂衣钩不大顺手，如厕时电话铃响了没法接听。如果家庭主妇是左撇子，那么，一些工具须特制。

主人把家经营到家私齐全，用具方便，只到达初级层次。往上提升，要实现张爱玲说的随着人成长的"合身"。前年，我家的贴邻把一张童床放在人行道，贴上"免费"。原来，他们的独生女儿刚刚上了三年级，床换了。

我当知青时，去过一个单身汉的家。那时的乡村只有公厕，每家必有尿缸。他家的尿缸最方便，不必以手拿起带把的盖子，只需以一只脚踩壁脚一个开关，开关以铁线连着木盖。我们称赞他的发明，他翘手大笑。这汉子当过兵，退伍前，和时任公社党委书记的男子同在一个班，睡铺相连。如今书记威风八面，只有他敢当面直呼名字，且申斥其造假。半个世纪过去，这位男子特立独行的种种细节，都已忘记，却记得他极简陋的家里，尿缸上那根牵动盖子的绳子。一如张爱玲摔东西之余，想念从前的家。一本父亲买的萧伯纳戏剧《心碎的屋》，喜欢书上手写的几行字，因为有一种春日迟迟的空气，"像我们的天津的家"。

思考随着回忆转了一圈，最后归结到：所谓家，一须有东西可摔，二须为了免于摔而惨淡经营。

无差别境界

众老者在咖啡馆闲聊，约定不谈晦气事，专为老评功摆好。一个说，以交朋友而论，青年时期初次与异性约会，前一晚怎会不失眠？出门前对镜子，手头没发乳，吐点口水在手掌，也要把竖起的头发压下去。中年和异性交往多了顾忌，怕老婆猜疑，怕朋友议论，怕把持不住。晚年则是这样：某友人对你说，一陌生者名某某，想和你聊聊写作，一起吃顿饭如何？你毫不迟疑地回答，没有问题，反正老夫闲着。友人问，你连此人是男是女也不问问？你的回答是：一个样，都是人。

以前的"人伦之大防"，愈老逾蜕变为"无差别"，原因不言自明——欲望消退。老子云："吾所以有大患者，为吾有身"。随着年龄，"身"步步退让，从显意识的"吉士诱之"到潜意识上朦胧的憧憬都淡化。台湾名女人璩美凤，年轻时有过喧嚣一时的桃色事件，老来以"喝咖啡"比喻心情。过去，如果在公众场合，那是喝形象；如果和情人喝，那是喝风情；即使独处，也避不开红尘纷扰，喝得心不在焉，大彻大悟以后宣称："现在我喝咖啡，就真的是喝咖啡。"

老人看待性别，大度包容，人家看老人亦然。王鼎钧先生在94岁时著文道及："活到九十岁，亲友家中办丧事，不再发讣闻给你。九十多岁的老翁突然在殡仪馆的大厅里出现，吊客吓一跳：这人应该躺着，怎么忽然站起来了?!"于是乎，"走在街上，清心寡欲，一尘不染，仿佛飘飘欲仙。"

且释放联想力，看看其他。有一些"无差别"是人力造的。炎炎夏日，走进大城市的购物中心，数万平方米，高达五六层，待在里面有多舒服，重新走进烈日之下才对比出来。你惊叹制冷设备的神通，比人体的动静脉还复杂的管道，生生造出一个温度比外面低一二十摄氏度的天地。福特汽车公司刚刚开办时，老板说："我们只需要一双手。"事实上是这样，流水线哪里需要胡思乱想的头脑、停工去填充的胃和不安分的脚？如今，他的理想早已实现，装配车间里的机械臂胜任愉快。

当然，人为干预也会出洋相，还是以气温为例子。20世纪八九十年代，香港还未回归时，马路上有一种冷气小巴，寒冬腊月车内的冷气照开。冷得流清鼻涕的乘客抗议这一荒谬之举，售票员指着车内外所贴的标识解释：这种车收费哪个季节都一样——比普通小巴多一块，那是冷气费，不开就货不对办。

为了对付纠缠不清的家庭矛盾，老祖宗提供了这样的谚语："不哑不聋，不做家翁。"洋人给带洁癖、整天和家里地板的污渍、窗户的灰尘过不去的主妇，提出这样的建议：摘下眼镜。庄子的《齐物论》主张万物皆齐，禅宗更加彻底，把感性世界抹掉："菩提本无树，明镜亦非台。"

有一次，我为了替去世的亲人选棺木，走进殡仪馆仓库，在质地、外观、价格各别的寿材旁边流连，蓦地悟出，差别之有无，往往取决于"站位"。站在现实，葬礼的规格，从悼词，出席者的名衔、白金和扶灵者的数目，多少计较。站在冥界，却是一律平等的死亡。同理，一个追求"品味"的男士，为了身上的双纽扣西服上的扣子，该把两颗全扣还是只扣一颗而伤脑筋之时，高度近视且以书呆子自命的小姐完全懵然。

老头子们七嘴八舌地议论过，轮到一位颇通历史的人物掉书袋，他拿出大仲马先生的语录："历史是一颗钉子，挂的是小说"。大家大笑，说，原来，帝王的文治武功，草民的悲欢离合，都不过如此。

"上楼"或"出走"

张爱玲的散文《走!走到楼上去》开头道:

"我编了一出戏,里边有个人拖儿带女去投亲。和亲戚闹翻了,他愤然跳起来道:'我受不了这个。走!我们走!'他的妻哀恳道:'走到哪儿去呢?'他把妻儿聚在一起,道:"走,走到楼上去!'"

这男人寄人篱下,却开罪米饭班主。架吵完,不给对方点颜色看,下不来台。这关节上,拂袖而退有两条路,一是上楼,二是出走。前者,仅仅是一时气愤,住还是要住的,谅主人不敢做绝。待两造气消了,"开饭的时候,一声呼唤,他们就会下来的"——作者张爱玲设计好这一后路。当然,高声向楼上叫"吃饭啰"的,未必是刚才对峙的主人,可能是他的贤内助,或者佣人。一家子下楼,碗筷齐动,不愉快烟消云散。后者则难办得多,离开寄寓之处,今晚一家在哪里睡?饭哪里吃?去旅馆、餐馆,付得起吗?还有漫长的往后……

说到"出走",鲁迅曾论及"娜拉走后怎样",结论是:不是堕落，就是回来。针对的是经济上无法自立的女性。这位男家长，连沦落风尘的资本也没有，做贼更不行。比较之下，不管男女，没那么难走的路还是"上楼"。张爱玲举了以下的成功案例："做'花瓶'是上楼，做太太是上楼，做梦是上楼，改编美国的《蝴蝶梦》是上楼，抄书是上楼，收集古钱是上楼（收集现代货币大约就算下楼了）。"意思大抵是：面子和后路都赚到了。

以上谈及的，都离当今颇远。现代人如何在"上楼"和"出走"二者之间辗转呢？我有现成的例子：

旧金山的T夫妇有一独生女，容貌秀丽，智商超群。从出生起，就垄断了爸爸妈妈的爱以及其副产品——严格的管教。求学路上，可爱的乖乖牌从西海岸著名的斯坦福大学毕业，进入职场。不是没有遗憾，那就是没谈过恋爱，上中学、大学时先后被好几位男孩子追求，都遭她拒绝。她的理由永远是："我爸妈说念完书再考虑。"

她在一家大公司上班不久，即坠入情网。爱情这样降临的：她在公园里边喝咖啡边看书，不远处一个青年人边弹吉他边唱歌，碰巧歌是她喜欢的，便走近，听完，给乐手跟前的铁罐放下两块钱。乐手向她点头，笑了。真英俊！她暗里赞叹。端详他，牛仔服褴褛，长发飘飘，歌和琴都如此迷人，是怎样洒脱的浪子啊！便走得更近，聊起来。就这样认识。往下是约会。不到一个星期陷进热恋。他不羁的外表，他粗鲁中的温柔，他的口才，彻底征服了她。她连他的身世、住处、靠什么谋生，如此之类的基本资料都没有了解的兴趣。她被爱火燃烧着，从来没有体验过的激情，教她处于半醉的状态。

她还和父母同住，母亲单从她出门前挑衣服和化妆的反常姿态，就发现她有了"心上人"。父亲出面和她谈，开明地予以祝贺，继而旁敲侧击，打听"他"的底细。她耸耸肩，说，我光知道我爱他，他爱我，其他的？不晓得。父亲急了，出马侦查，很快起了他的底：是无家可归者，有酗酒和吸毒的恶习。怕女儿不信，聘请私家侦探，偷偷拍下他和一般流浪人鬼混的照片。继而与女儿摊牌。女儿噘噘嘴，说："我可以让他改好。""你，凭什么？""凭我的爱！"

父母苦苦劝告，没用。把女儿的同学和表姐妹请来当说客，没用。最后，父母在她花枝招展地赴约，即将跨出家门时，提出最后通牒：两条路，要么和他一刀两断，要么和父母断绝关系。你想清楚，选第一条，就留在家；选第二条，从此不准回来。女儿毫不含糊地甩身离开。高傲的高跟鞋橐橐远去，每一下都踩在父母的心尖。一去没了下文。父母间接打听到，女儿正常上班，放心冷战下去。

一个月后，女儿跌跌撞撞地回到家。原来，她与吉他手私奔的日子，由她出钱租下廉价客栈，算是开始蜜月。她在经济上全力扶持，要让他成为台上的明星。他平时还算正常，一旦喝高或嗑药，那就变成野兽，咆哮，斥骂，掌掴，可怜她，从父母的掌上明珠变成卑贱的奴隶。最后一次，她被打倒在地，不省人事，醒来以后，看他烂醉如泥，便拨电报警。警察上门，把他逮走。她大梦初醒，坐警车回到父母的家。

她捂着脸走进家门，没说一句话，上楼去，在自己的卧室躺下来。父母进去，看她脸上的血迹，已明白一切。几天以后，她心情终于平静下来，下楼和父母一起吃饭。两口子不敢多说话，要问，也只是"喜欢这个菜不？"

这年轻人，以独特的方式完成从"出走"到"上楼"的蜕变。

至亲至疏

　　唐代诗人李冶的《八至》诗："至近至远东西，至深至浅清溪。至高至明日月，至亲至疏夫妻。"以"东西""清溪""日月"来做"夫妻"的铺垫。夫妻组成家庭，同床共枕，是凌驾所有"亲"的"至亲"；反之，感情极度冷淡，身体靠近而心各有归属，二者的残忍对照下，只能以比所有陌生人都不如的"至疏"来表述。这样的体验，众多热吵的、冷战的、分居的、离异的怨偶都有过。即使白头偕老，漫长的共同生活中，也难保没有过"疏"的经历，或长或短。那么，决定夫妻亲疏的关键词是什么呢？

　　刚刚看的两出影片提供参照。一是好莱坞电影《情人》。一对结婚 30 年的白领夫妻，年轻时因热恋而结合。儿子长大以后，丈夫渐渐不安分，多次出轨。妻子开始时哑忍，后来对丈夫绝望，也找了一作家当情人。多年来，两人都深藏不露，维持着表面的"正常"，同睡一床，睡前礼貌地道晚安。到了后中年，两方的情人不愿继续维持地下状态，下了最后通牒：必须离婚，不然一刀两断。

他们也各自向情人发誓尽快解决。然而，夫妻一场，多少美好的记忆，想及当初种种，无限依恋。拖下去还是了结？两人陷进拉锯战时，他们的独生子带上女友要来看望。他们分别与情人说好：待儿子与女友离开，就开始向配偶摊牌。

重场戏在儿子与女友到来之后展开，儿子早就因父亲多次背叛母亲而积怨，如今一眼看穿双亲在他俩面前"演戏"，愤怒爆发，一拳捅穿墙壁。他痛骂父亲，指斥母亲。质问他们，你们互相欺骗何时到头？为什么不敢面对现实，为什么不敢抛弃伪装，当堂堂正正的人？说罢夺门而走。老夫妻呆住了。然后，丈夫收拾被儿子暴怒时搅得一团糟的客厅，妻子在旁饮泣。年轻时立志当摇滚乐手但后来改行的丈夫百感交集，边弹琴边唱年轻时流行的情歌。两人重新回到当初的有情天地。

怀旧的气氛益发浓重，我的悬念随着乐声更加强烈。下一步，是不是两人醒悟，毅然和情人分手？铺垫已足，旧爱被唤醒，其冲击力分明压倒了对新爱的憧憬。我乐于看到峰回路转，复归原点。但是，戏码没有更换"覆水难收"的逻辑。夫妻在这之后，友好地分手了。丈夫搬进跳芭蕾舞的情人的家。妻子和老情人同居。最后，一个个镜头摆脱了前部分的阴冷，尽情展示双方与新配偶的欢乐。

第二个是连续剧《爱情》中的一集。一对住在洛杉矶的年轻情侣，男的在电影片场当童星的补习教师，虽有编剧的才华但未获赏识。女的是一家电台的节目经理，酗酒，多疑，精神不稳。两人在情路上磕磕碰碰。一次，男子带女友回老家庆祝父母结婚40周年。男子在家庭聚会中，被问及什么时候要孩子。他期期艾艾，最后说，四年以后。女友听了大为光火，说他这一"愿景"包藏祸心——不信任她戒酒的决心，不把她看作未来的妻子。男子百般解释，不被接受。女友愤而把他赶出卧室，次日声言马上独自乘机回洛杉矶。僵持之际，男子在全体家人面前自爆其短：离家这些年遭遇诸多失败，如在片场砸了一位女编剧的电脑，为路怒而引起车祸，自任导演，制片亏本……但是，为了面子没有向任何人透露。事后，教他极为惊喜的是：正是这坦诚的忏悔，让女友洞察他的心灵，顿时回心转意。

两个片子，说明一个秘密：夫妻的"至亲"，是两颗诚实的心缔造的。夫妻的家，是人间唯一从外到内都可赤裸裸的处所。出以彻底的坦诚，才有心的零距离。真诚，是感情的最后依凭。

退化的味觉

新冠肆虐的日子，闭门不出，"吃"是每天的重头戏。关于吃，张中行先生《负暄续话》一书中道及：

"三十年代之末，我与妻及毕君，穷极无聊，在西单一带闲走。近午，由天福号买酱肘子半斤，西行过街，走入路西的小饭馆兴茂号。吃叉子火烧夹酱肘子，佐以高汤海米白菜……"——《老字号》

设若有人布置我做类似的作文，吃在唐人街，是这般："在奥巴马买过一百一十多元外卖的'迎宾阁'，与友人 XX 饮劣质菊普，吃烧卖、绿茶饼、煎堆、鲜虾肠粉。一时毕，入联兴超市，买冰冻黄鱼三尾，芥蓝一把。在拿破仑饼店，买全麦馒头四只。乘车回家。"

吃在旧金山意大利餐馆密集的北岸区，是这般："张爱玲光顾过的'拉维奥利作坊'，吃沙拉一小盘，肉丸加香肠片加番茄酱'思把噶地'面一客，浓缩咖啡一杯。餐毕，路过面包店，购被称为'旧金山名片'的长条酸面包，提在手中，状如 AK47。"（"拉维奥利"和"思把噶地"均是著名意大利面食,前者状如广东馄饨,后者是粗面条)。

吃在珠三角 F 市,是这般:"傍晚坐友人的车子,穿深巷,为避让来车数次退后,卒来到'堂记'。老板娘笑迎,延入座,对友人道,均已按您吩咐备好。少顷,端上火锅,将高汤煮沸,倒入猪腰片。友人掌控火候。猪腰蘸姜葱生抽食之,合座惊呼。此等胆固醇奇高之物,向来敬而远之,想不到嫩滑无比。旋上萝卜牛腩一煲,台山椰菜花一碟。大饱方归。"

拙文与张文并置,高下立见。我在表达上的欠缺不谈,差的是所吃之物,无"特指"只有笼统的称谓。问题在哪里呢?首先是,当今的"品牌"难以造成强烈印象。张文列举京城百年前的老字号:"月盛斋的酱羊肉,六必居之酱菜,王致和之臭豆腐,信远斋之酸梅汤,恩德元之汁包子,穆家寨之炒疙瘩,灶温之烂肉面,安儿胡同之烤羊肉,门框胡同之酱牛肉,滋兰斋之玫瑰饼,同和居之大豆腐,二妙堂之合碗酪……"时代无品牌由来已久,早在我的童年时代,别说老字号,从前五花八门的食店名号,如香江小酌、大方茶楼、佐记,变为清一色的"门市部""食品店"。彼时物质极端匮乏,稍好的食材,如鲍鱼、海参、对虾,连名字也没听过。摧毁美食实在太容易了,只要人人吃不饱。按理说,经过 40 年的改革开放,餐馆林立,竞争激烈,谁不想出奇制胜?老字号相继恢复,美食家辈出,情况大为好转。

可是,就我自己和狭小的社交圈子而言,外出用餐,绝少冲着"独一家"的招牌菜。我和朋友只能到达较浅的层次——某一类菜式,如刚刚离炉的烧鸡,涮河豚片,清蒸东升斑。我的美食地图，从来没有近似张中行笔下"金家楼汤爆肚""便宜坊烤鸭"的标示。

更深层的原因，恐怕在于我味觉的退化，再脍炙人口的菜品，品之也只觉"平平而已"。而本色的美食家如何。新加坡作家何华笔下的蔡澜是这样的：去深利餐馆，点了潮州菜，计有卤水花生、五香卷、蒸鹰鲳、海参烩蹄筋、咸鱼粒炒豆芽、炒粿条及甜品白果芋泥。还有蔡澜"吃相"的第一手资料：

"自从踏进这家店，他的眼睛一直就是警觉的，流露出一种'动物性的猎食本性'，我想这是一个美食家的基本条件。"

从笔到"墨写的谎言"

　　有关笔的典故中，较新又著名的是：1991年圣诞节，苏共总书记布尔巴乔夫，在加盟共和国纷纷宣布独立，连新成立的俄罗斯联邦也宣布退出苏联之际，不得不签署了一份解散苏联的正式文件，他手拿苏联制的圆珠笔竟写不出字，只好向CNN（有线新闻网）的摄影师借笔。这一支以布氏签名的线条划分了时代的笔，是水笔还是圆珠笔，无从考证。摄影师不靠摇笔杆吃饭，满世界跑，带墨水瓶多不方便，从实用着眼，似应是圆珠笔。但在严重之极的文件上签名，准不准用圆珠笔，又是疑问。不管哪一种，都够格进入国际最高级拍卖场，是可以肯定的。

　　近来翻自家早年日记和习作簿，发现从20世纪70年代到90年代，横跨两个国度，从青年到中年，笔迹显示的都是圆珠笔。前20多年所用的尽是便宜货，能出水就行。后10多年爱上"高士"（Cross），写稿非他莫属，一年换笔芯不下一打。近20年用上电脑，什么笔都弃置了。直到2017年初才晓得，太原钢铁集团刚刚

194

成功研发并量产"笔尖钢",中国开始自主生产圆珠笔的笔尖珠芯。而此前,年产 400 亿根圆珠笔的中国,笔头和笔头墨水都是从瑞士、德国和日本进口的。

我的圆珠笔时代,日记本内有若干页留下的线条,毫无章法,是儿子和女儿学步以前的"作品"。那时在乡村,妻子有时太忙,要我抱抱孩子。而我正在写作,不舍得中断,就把孩子放在膝盖上或干脆让他坐在案头。孩子哭闹,我把圆珠笔送出作玩具。于是乎,他们先后在我的本子划下不知所云的线和点,我哪里敢干预?不撒泡尿在我的"仿艾青体"新诗上,就是天大功德了。好几次我为孩子的杰作加注:这一块,是"滚滚长江东逝水";那一处是"岱宗夫如何";躲在天头一角的,名为"草色入苍青"。

更教我吃惊的是,事隔三四十年,笔迹竟无不清晰,读来毫无障碍。看来,再过半个多世纪,这些毫无保存价值的文字,也不漫漶难辨。这是可以理解的,这些簿子都放在书架上,没经水火之灾。而异国,连白首穷经的蠹鱼也没有。如保管得宜,三数百年后依然完好。想及此,有点"预悸"——往下数世代依然看到我昭彰的"狗屁"。不过,我不急于当焚书的秦始皇,由它去吧!

往下想,有点悲观。圆珠笔的笔迹使我怀疑一个雄辩的论断:"墨写的谎言掩盖不了血写的事实。"从非技术层面看,这一口号无论于记录,于励志,都应予以肯定和坚持。抛弃它,无异于纵容说谎,向骗子示弱。但是,从技术层面着眼,"血"写的未必胜于"墨"写的。血迹是有机物,年深日久的化学变化使它模糊、褪色。不需作繁琐的考证,单看中国文人所用的墨。周作人 1925 年作的小品文道及:"去年买到几块道光乙未年的墨,整整一百年,磨了也很细黑……"故宫博物院所藏的西晋陆机的《平复帖》，书写年代距今 1700 余年，以秃笔写于麻纸，我们今天依然能读。我们敢说古人的墨迹都是老实话吗？

乐观地看，"血写的事实"当然能够击败"墨写的谎言"，只要做到：第一，把事实记录下来。需要很多人都写，从各个角度，层面为"事实"作证。第二是让写下来的"事实"留在世间，一代代地传下去。而况，"墨写"的非谎言，能够长久流传，乃是良知的胜利。王鼎钧先生20世纪50年代在台湾的报社供职，他晚年在《诗手迹》一文忆及，那时进口纸和派克墨水笔都是奢侈品，名诗人余光中先生的诗，用钢笔写在自印专用的稿纸上，纸质紧密坚固，墨色鲜明不褪，报社的人背后笑他"准备不朽"。王鼎钧先生指出："而今看来他的诗势将不朽"。

美国作家安布罗斯·毕尔斯《魔鬼词典》这样解释"历史"一词条："名词，往往是无赖的统治者和往往是笨蛋的军人所造成的、往往不重要的一串事件的往往是假的叙述。"

愿我们以它警诫。

良辰美景奈何天

　　早晨，走进后院。这一刻，有如帝王出巡。阳光是灿烂的冕旒，垂挂在每一棵树四周。鸟声和风铃是乐队，花和草是永远不会造反的子民。我凭着白色的栏杆，以大人物接见老百姓的姿势，向在电线和松枝上表演杂技的松鼠们问好，松鼠理也不理。好在邻居的狗适时地叫起来，权当是逢迎。通体碧绿的一对鹦鹉，在枝头卿卿我我。栀子花稍嫌太浓的香气，在特定的区域盘绕。屋子里头，家人还在呼呼大睡。我照看的六个月大的宝宝，躺在小床上蹬一会儿脚，以现代派诗人欣赏自家杰作的劲儿，品味自己的手指，然后，睡着了。

　　"良辰美景奈何天，便赏心乐事谁家院"——这当儿脑际居然冒出《牡丹亭》里杜丽娘的唱词。《世说新语》里的笛子演奏家恒子野，"每闻清歌，辄呼奈何。"那是欢喜到"不知如何是好"。杜丽娘的"奈何"，含着深重幽怨。谢灵运云："天下良辰、美景、赏心、乐事，四者难并"，杜丽娘拥有前两种，但不赏心，无乐事。

我呢，取最低标准，自认此刻四者兼备。然而，心头冒出一种渴望：有一个伴多好！同样的心理，产生于同一天午前独坐星巴克。我祈求的"伴"，不但和"外遇"无关，也和性别、年龄不搭界。只想适时地出现一个人。在后院相对而坐，我要告诉对方松鼠怎么狡猾，风怎么刁钻，我多么想大笑；在星巴克，我要和对方一起探讨，咖啡各种烘焙度的优劣，还有，一对对地进出的顾客是什么关系。鉴于一路老下去，和别人交流的愿望，与情欲同步衰减，难得有分享的冲动，所以格外珍惜。当然，又是想想而已。谁能善体人意如此？不招自来，而时间恰到好处，我又能以微信或手机请谁"马上现身"？古人王子猷忽忆戴安道，即便夜乘小船就之。经宿方至，造门不前而返。"人问其故，王曰：'吾本乘兴而行，兴尽而返，何必见戴？'"这回答迹近强辩，背后可能是人情练达的"知趣"，大冷天的凌晨，实施突然袭击，此"戴"被吵醒，披衣起床，上下牙打架，开门纳客之际肯定欢欣鼓舞吗？

　　我姑且把自己当作客体，分析一下这种心情。并非我胸怀特别开阔，偏爱"独食难肥"哲学，这是人之常情。30多年前，第一次到香港，和老友漫步维多利亚港畔的林荫道，恍如梦中，两人异口同声地说："XX要在多好！"指的是一位共同的朋友。既然是空话，两人就没有进一步发挥想象力。三人行有什么戏？聊天该是主轴，再就是找一家大排档，吃一顿干炒牛河或艇仔粥，那时还不会喝咖啡。

　　好了，不说废话，回到眼前。如果这样一位在今天早晨，推开木门。我喜出望外，回身进屋，研磨去年从巴厘岛购得，一直舍不得喝的上等"公"咖啡，泡制两杯。面对美景，从他沿途所见的繁花说起，见闻，心事，了无顾忌。停顿的次数，赖于谈兴。除非默契有如老夫妻，片刻的无话可说也许尴尬。最佳的对手，该是韦应物诗中的客人："浮云一别后，流水十年间。欢笑情如旧，萧疏发已斑。"久别而情笃，且都老到火候，言下不尽沧桑之慨。

但歌颂友情的旧体诗，很少触及这样的问题：谈兴能维持多久？天下无不散的筵席，谈完了怎么办？我预测，以谈话作为良辰美景中的赏心乐事，长度充其量是一个因一杯好咖啡而神清气爽的上午或午睡后的下午。关键在于内容。而一个彼此兴趣都浓厚的话题可遇不可求。彼谈赌场的手气，钓鱼的窍门，我要谈明清小品文。我说菜市场的价钱，彼抱怨岳父母的抠门。然后，要分别了。不然，要以麻将，高尔夫或卡拉 OK 接续。短暂的聚会后，总须回到独处的常态。

这么说来，稳妥之计是自己找乐。孤独是最奢华的享受，但要会才行。前提该是：放弃不切实际的对"共享"的渴望。

文人乐事（二题）

其 一

　　朱熹尝云："一为文人，便无足观。"据说，以新诗名世的朱湘沉江，某文士的悼文有一句："择术不慎而为文人兮，又奚怪其堕落？"其实，文人若以写作为业，这工作和世间形形色色的差使一样，并不特别高尚或卑贱。此层搁下，且看看这个群体，有哪些别的行当所无的乐事。

　　诗人最大的乐事之一，该是唱和。这里有讲究，循场面上的客套，你一首我一首，一如各自喝闷酒，未必精彩。清人秦朝釪所著的《消寒诗话》有一则："江西蒋翰林士铨诗笔奇秀，语必惊人。在京与顾侍御光旭为邻，诗词唱和，一韵至十数往还，僮奴递送，晨夕疲于奔命。曹庶常锡宝室宇相对，亦与焉。"三个京官为邻居，有空就"斗"诗词。蒋翰林一首"赋得"，顾御侍一刻也不耽误，和上一首。受苦的是家中书僮，被抓公差，得手拿墨汁未干的诗笺，一溜小跑，到另一官邸，敲带铜环的大门。被仆人领着，去见也在埋头斟酌的另一位"大人"。官至御史的顾大人拿过来，拈须诵一遍，哈哈大笑三声，略作沉吟，吩咐来者"稍待"，挥笔写下和诗。快递小哥小心拿着，怕墨汁濡开，还怕被风吹破宣纸，急急赶回。走到书房门口，没喘过气来，又听到主人传召。小哥入内，负手徘徊的主人以下巴示意，他看案头，又一首和诗已成，墨香扑鼻。看主人得意的神色，可知他认定这一首足以镇住对手。小哥开始又一轮"快递"，一天要跑十多趟。姓曹的官阶低些，只是翰林院的见习生（庶常），凭着比邻而居的优势，也参与游戏。三位诗家，赛得天昏地暗。遗憾的是，"未己，蒋请急奉母归，而侍御出守宁夏，胜事不常，然其一时笔墨挥洒，颖竖飘发，可称佳话。"

秦朝釪（1721—1794），清乾隆年间进士，当过工部主事，在同一诗话中，还忆及自己：在北京当官当了十八年，住过好几处，最后一处在横街的朋来胡同，相当寒酸，"仅可容身"，但邻居缃桥的府邸是豪宅，里头有一座楼，名"朝爽"。打开后窗，往下看是平野，往远看是景色秀丽的西山。朋友们"花月晨夕，辄于此流连觞咏。"其间，发生一桩毕生难忘的轶事：

"一日薄雪，午后遣人邀余看雪，分韵赋诗。余饮少辄醉，醉后诗成，颓然假寐，风雪洒面，惊起，则雪深数寸，几案飘屑俱满；而缃桥尚据案苦吟。所谓语必惊人，将毋是耶？"

写诗到这份上，够拼了吧？

上面说的，是文人之间的乐事。要问：写作者和读者的交往，哪一种最教前者欢喜呢？毛姆的《读书随笔》记载了巴尔扎克和一位女士初次见面的情景：

"那天他如约到了说定的公园，然后发现了长椅上坐着那位夫人，她正在专心致志地捧着一本书阅读。随后，她的一块手帕不经意地掉落了下来，他走过去帮她捡起来，接着发现她读的恰好是他的作品。于是两人开始了交谈，很快，他得知，原来她就是和他通信的女人。"

比之早就建立了交情的评论家和一起酒酣耳热无数次的朋友，陌生人"不经意地"读自己的书，无疑是作者最引为骄傲的。接下来，如果读者对作者侃侃而谈读后感想，哪怕不全是揄扬，作者也是喜不自胜的，因为它排除了功利和表演。

类似的事，也在我身上发生过：某作家来我家小坐，在洗手间看到几本书，其中一本是他朋友的著作，他拍下照片，发上微信朋友圈，让作者看到。我并不曾事先布置，而"恭读"（出恭）之书，当然是真心喜欢的。作者见此，该泛起巴尔扎克式的微笑罢？

其　二

古人谓："一日无书，百事荒芜。"书籍给予文人的快乐，最为丰富、圆满。明代竟陵诗派祭酒谭友夏，在为《选语石居集》所做的序言中，这般描写自己批阅这本奇书的经过：

那是寒冬腊月，漫天飞雪，手脚被冻得像打鱼人一般龟裂。被寒冷围困的长夜，谭友夏独坐书斋，一手翻书，一手拿朱砂笔。朱砂已成冰，须放在火上加热。他不断以笔蘸朱砂，在字行旁边加密圈。"所逢艳惊目秀可餐，风神肃肃，忠孝迸裂者，歌之，声出篱外，绝不知有寒夜。"又是画圈，又是吟唱，得意忘形，连丫鬟送来的热酒，也不知拿来取暖，什么杂事都不能让他分心。酣畅淋漓的一夜过去，翻翻批阅过的书卷，墨痕和朱砂之迹，"如古木槎枒可怪。"

好书固然教人销魂，但如果死抠字眼，充其量也只是书蠹，读时要生发开去。谭友夏读了宋代诗人方岳的诗集《方秋崖集》，集中的咏梅诗教他爱不释手："古心不焉世情改，老气了非流俗徒；三读《离骚》多楚怨，一生知己是林逋。"然后浮想联翩，要把这首诗送给唐朝的梅臣。让他作如是想的，是梅臣的诗："拙吏津头不嗜钱，浮囊布被恒夷然。论文结客清寻研，硕人逸叟中流连。"于是，"日在吾口中吟讽不去，遂觉秋崖、梅臣二老，来往雪天手眼之间，不知何以遇，又不知何以不遇。"

"不知何以如此，又不知何以不如此"的状态，今人木心先生做了诠释：

昨天，我和她坐在街头的喷泉边，五月的天气已很热了，刚买来的一袋樱桃也不好吃，我们抽着烟，应该少抽烟才对。满街的人来来往往，她信口叹问：生命是什么呵？我脱口答道：生命是时时刻刻不知如何是好。无言相对了片刻。她举手指指街面，指指石阶上的狗和鸽子，自言自语：真是一只只都不知如何是好。细想、细看，谁都正处在不知如何是好之中，樱桃怎么办，扔了吧。

文士之乐，还蕴藏在友谊中。钟惺和谭友夏是湖北竟陵的同乡，比谭大14岁，两人不但同为竟陵派领袖，也是极要好的朋友，交情长达21年。钟去世后，谭写了30首丧友诗，且看引言："循省情事，每别必思；思必求聚，将聚必倚槛而待；聚必尽欢，欢必相庄。片语出示，作者敛容；一过相规，旁人失色。于是天下人皆曰：'此二子真朋友也。'客有善潜者，钟子笑应曰：'吾两人交，所谓虽苏张不能间也。'钟子死，余亦年四十。不能多哭，又不能已，乃漫笔依上下平韵，为绝句告其柩焉。"

要问：哪一种快乐最彰显文人的本色？宋代笔记小说有一则，说的是大书法家米芾："米元章书画奇绝，从人借古本自临拓，临竟，并与临本、真本还其家，令自择其一，而其家不能辨也，以此得古书画甚多。"这样巧取，遭许多名人诟病，苏东坡、黄山谷都曾写诗嘲笑。后者戏赠他本人的诗有句："澄江静夜虹贯月，定是米家书画船。"米芾别名"米颠"，设想他把临本和真本放在一起，让主人认领的场景。熟知他品性的主人也许带来行家，一起仔细辨认，间或讨论，争吵。米芾在旁不插嘴，捻须微笑。主人终于立定主意，但是，拿走的"真本"，却是摹本。造假者看着主人的背影，哈哈大笑。除去"贪便宜"的世俗评语，我倒以为，这里有爱书画成癖者的真性情。文士逞才，狠狠地任性了一回。

纪弦老人的"绿帽"

　　"我有十几顶帽子，各种颜色，各种质料，各种季节用的。其中有一顶绿色的（Made in U. S. A.），我最喜欢。可是不幸得很，已被老婆扔掉。问了她，就说：'不许戴！'

　　"哦，太座，别那么认真嘛！"

　　　　　　　　　　——《绿帽》（载于纪弦先生散文集《千金之旅》）

　　我睡前就着床头灯读了，笑得腰弯成虾公，次日想起还笑个不止。纪弦老人写此文于1993年，时年80整。那年代，在旧金山初识这位中国现代诗的开山祖师，从此，他于我亦师亦友，情谊绵延30年。我及本地诗友不时和他在广式茶楼聚首，谈诗，说笑。有时他喝酒我们喝茶。2013年春天，我陪同纪弦老人的远房外甥女拜访他家，他已中风数年，脑筋糊涂，但三天两头嚷着"要写诗"，家人给他纸和笔，他涂下几行，无人看得懂。来自中国内地的外甥仰慕"老舅"多年，曾多次收到老人的亲笔信，这次终于见到面，向纪老的女儿、女婿请求和老人拍一张合照。主人婉拒，理由是：只能把诗人的"美好形象"留在世间，卧床的模样太颓唐，不宜拍照。数月后，一代诗宗去世，享寿100。

此刻，我苦苦回想：可爱可亲的老诗人，其生平行谊之中，有哪些值得重提？对他的总印象是这样：率性，天真，热诚，终生将"诗人"的秉性与使命付诸言行与文字。再具体些，想起这些：他具有强烈的自豪感，某文化学者恭维他是"中国有史以来最长寿诗人"时，他乐不可支，进而问"在全世界算不算?"他爱夸张地描述早年贪杯所闹的笑话——某次醉倒在餐厅的楼梯上，头朝下滑。幸亏两位上楼的妙龄女士，把他挡住，免于头撞地。此事上了报纸的《本地新闻》，他读报后笑骂记者太笨，不会找"亮点"——救下诗人的是"两双玉腿"。1963年，他创办《现代诗》刊物，诗友给他送来两瓶"金门高粱"。下一期刊物刊登的送酒者的作品，额外加了大方框。此事是数十年后《创世记》诗刊"揭发"的，我当面求证，他严词否认，声称从来是就诗论诗，与酒无涉。但凡谈及往事，即便是他出糗，他也仰头，眯眼，笑起来，胡子仿佛槟榔树上微颤的叶子。

可是，如果以《我所知道的纪弦先生》写长文，我就抓瞎。原因是多方面的，首先是记忆力的限制。其次，"锦心"的诗人并非必有"绣口"，平日交谈，不可能出口即警句。他所达致的境界，主要地，体现于文字。诗才是他生命的主体。

今天读《绿帽》，对老诗人的顽皮感受格外强烈。假装"无辜"的幽默感，乃是他的本能之一。这种颜色的帽子，太太如此处置，是因为背黑锅的是她。这又是人间的滑稽——妻子出墙，丈夫自动戴帽。欲解这千古难题，可参考李敖在《不讨老婆的三十三则"不亦快哉"》中一则："不可能自己戴绿帽子，可能给别人戴绿帽子。"话说回来，纪弦夫人极为正派贤淑，他素以"惧内"闻名于诗人圈，夫妻俩绝无这等纠葛。

　　2002年前后，旧金山诗人、摄影家王性初和纪弦老人聚会，在他谈笑至为酣畅的当口冷不防抓拍，我将这一照片视为最能体现老诗人神采的经典之作：眯眼笑着，胡子似在抖动，布帽子的鸭舌置于脑后，颜色为灰。

有一种"绝望"太像"希望"

　　人到了"绝望"的田地，未必是前路已断，很可能是患上严重的抑郁症。想起雪莱诗《有一个字常被人滥用》中的句子："有一种希望太像绝望／慎重也无法压碎。"（穆旦译）。且反过来说：有一种"绝望"太像希望，只要换上一个词——听天由命。

　　且举例。林语堂先生在《回京杂感》中道及，去国两年，要回北京去。行前许下三愿，一，得西直门驴子而骑之，二，得东兴楼虾子豆腐而食之，三，得天下英才而拜访之。

　　联想到自己，出远门前也有"愿"。去年夏天去纽约，有三愿：拜谒前辈作家，探望动过癌症手术的老师，和一老同学联袂去马里兰州看一群老同学。圆满完成。秋天回国长住，愿望就多得多，无法胪列，好在，也一一兑现，因为都不奢侈之故。参加一位年轻的华裔英语作家第一本长篇小说中译本在广州举行的新书发布会，算是愿望中含有较大变数的，幸赖主办者的执行力，如期划上漂亮的句号。至于吃某火锅店的羊肉煲，公路旁某餐馆的黄鳝饭，湖上看枯萎的莲叶，这类"小确幸"，凭一己或友人之力，轻而易举地完成。稍有非分之嫌的，如在阳澄湖啖不止一只大闸蟹，在苏州河的花艇上一掬带花瓣的水，因列入旅游项目，也办到了。

回过头看林语堂，他来到风物与人文荟萃的帝都，想骑骑驴子，其难度谅低于眼下招"滴滴"网约车；去某老字号，连正宗烤鸭也不要，只一味不算稀罕的虾子豆腐，也不难。最后一愿，貌似"嘴嚼大蒜——好大的口气，"其实，拜访三数位故旧也交得了差。尽管抵达以后，他很快知道，"好些往日理想中之所谓'名士'，却已被发现不过是些候补名流而已。"略感失落。

一般人的愿望，其大小，大抵与年龄呈逆向的态势。我自己，年轻时气吞山河过。中年只盼望以分期付款方式购买的房子，早日付清本息。晚年呢，长程计划越来越不敢制定，"到时再作计较"。临近了，有多一些把握了，便立下以琐屑、微末为特征的愿望。

"愿望清单"上开列的项目，规模趋于小和密实，是人生的一般性逻辑。愿望之树总是这样：从蓬勃发荣，结累累之果，到落叶纷飞，只剩光秃秃的枝干。人为了因应，愿望从强烈、广阔到微弱、狭窄，是不是必以"绝望"为终结？这是一道玄学题，鲁迅的回答是："绝望之为虚妄，正与希望相同。"

好在，把"绝望"改称"听天由命"，就顺耳得多，豁达得多。其实，它和"绝望"，二者无本质的差异，所指向的都是自身的行动力。认清了人生曲线的走向，洞察老年的局限，渐次减少欲望，首先是物欲，让日常生活变得简单、清淡；其次是超出自身能力的、为"不朽"所做的钻营。每天从起床到就寝，只遵从一种节奏——"自然"所赋予的、本能所需要的，而不强迫自己"闻鸡即起"，表演"老当益壮"。

听天命的修为到较高级阶段，就是"无求"，不追寻欲望所滋生的"目标"，大而至名利，小而至花鸟虫鱼；然后"品自高"。林语堂谓之"有涵养"。何谓涵养，他用了一系列排比："如面条、如汤团、如肥猪、如家禽、如驯羊、如蜗牛、如西湖风景、如雨花台石、如绣球、如风轮、如柳絮、如棉花、如悬疣、如谭延闿、如黎元洪、如好好先生，如一切圆滑的东西。"不要以为林公打诳语，这就是他的本色幽默。

孔夫子所说的"从心所欲不逾矩"，是为 70 岁所设定的，这里的"矩"就是顺其自然。到了这个境界，少了主动进击式的欲望，就多了一点平安。对于老人，这未始不是心理上的平衡。

有一种快乐叫"担惊受怕"

　　兰姆散文《漫谈读书》告诉我们,有一种快乐是"在担惊受怕中寻求到的"。说的是他所生活的英国,因为没钱买书或租书看,只好站在街头书摊前读书的人,"书摊老板那冷冷的,充满了妒恨的眼神不时落在他们身上,心里暗自叽咕着他们什么时候才能罢休。这些街头的多数人战战兢兢地一页页翻阅着手里的书,时时都在担心着老板会不会下逐客令,可还是禁不住内心的渴望……"兰姆的好朋友,伦敦一位著名律师,小时候就是以这种方式,日积月累,读完了两大本《克拉丽萨》。这位名人后来深有感触地说,他这一辈子,"读任何书都再也没有体会到当日在书摊惴惴不安地看书所得到的一半"。

　　类似的体验,从匮乏年代过来的人都可能有过。我上小学时,在小镇三天两头就发生一次。那年纪酷爱小人书(粤地称为"公仔书"),《三国演义》《水浒》《西游记》都出版过整套连环图,然而没钱买。我家开文具店,家境算得殷实,但向大人要零用钱,每次只得一分钱。碰上感冒，发烧，照例被祖母按在床上刮痧，全身布满被她太有劲的手制造出的条条褐色"蚯蚓"，这种非常时间，会得到五分钱，外加从货架上拿的一副最小扑克牌。凭这等经济实力，除非一个月得感冒十次，一本写诸葛亮的《安居平五路》断乎买不到，只能偷看。

去哪里"偷"？首选该是书店，但店员鬼精，把公仔书统统放进柜台后面的玻璃柜，只能"临渊羡鱼"。其次是理发店，和我家隔一条街道的"洪记"，为了招徕小顾客，准备了小人书，为防被偷，每一本都钉在比书大一倍的木板上。可惜，一如感冒不常来，五分钱一次的理发一个月摊上一次，坐等时拼命多看，无发可理就跟着要理发的同学来，一人打开书，两个人看，直到师傅发现我是揩油的，用鼻子哼两声作为警告，才不舍地开溜。教我大大过瘾的，是上四年级时，无意间发现一位同学家里有的是公仔书，但他妈妈有言在先，不外借。于是每天放学后赖在他家，拼命地看，直到被他妈妈连催带赶，才摸黑离开。

和英国老式书摊的势利老板一般的人物，我也见过三四个，那是上中学以后。在县城，新华书店以外，还有若干家出卖旧书的，不知道是私人开的，还是属于合作社的，我常常在里面流连。依然没买书的闲钱，只能在老板貌似"无所谓"的鹰眼下，伪装出"在买与不买之间"的模样，狼吞虎咽书中汉字。有一次翻到一本破烂的诗集，薄薄的，纸页发黑，直排的繁体，诗行一下子攫住十七岁的灵魂："现在他开始了，／站在蓝得透明的天穹的下面，／他开始以原野给他的清新的呼吸／吹送到号角里去，——也夹带着纤细的血丝么？／使号角由于感激／以清新的声响还给原野，／——他以对于丰美的黎明的倾慕／吹起了起身号……"我双脚铆在书架前，至少大半个小时不曾动弹，背着手的老板在旁边踱过几次，脚步声越来越重，只差跺了。我舍不得放下，偷偷捏了捏裤袋，只要两个一分硬币。进来之前受不了小食店的香气诱惑，掏出最后一毛钱加一两粮票，买了一碗净面，找回这两分钱。而书价是一毛五。我的眼睛怕冒出火焰，要把诗行点着。老板终于发话："这小哥，想买就付钱，小本生意经不起……"我的脸发烧，把书合起，放回书架，逃了出来。庆幸已把全书读完，尽管潦草。许多年之后，才知道诗集的作者是艾青，这首诗是《吹号者》。

关于读书，袁枚有名言："书非借不能读也。"着眼处怕是"期限"带来的紧迫感。担惊受怕中读书，快乐来自冒险的刺激。但凡冒险，都或多或少满足人突破局限的渴望。所以，从"雪夜闭门读禁书"这一人生乐事稍事推衍，就是"书非禁不能读也"。

不过，书店老板如有文化怀抱，是不会为难"白看者"的。也是在英国，一位后来成为名刊总编辑的著名作家，小时候因家贫，只能去书店"蹭书"。他爱上摆在橱窗内的一本新书，贪婪地读完打开的第一页。老板看到，记在心上。第二天，小孩子发现书翻到接下来的页码。就这样，他每天来，都读到新页，终于读完。

流泪的骆驼使我流泪

关于骆驼，我知道多少呢？两年多前的秋天，和众友游甘肃的鸣沙山，骑过一回。无非套路式的猎奇。山岭连绵，海拔不高，土石均无，尽是白沙，踩在上面，起初软绵绵的，舒服得很，不消数百步，就感到温软中可怕的吸力，每一次拔出鞋子，都费力气。抬头看看，前面布满蹄印、脚印的路好长。乖乖地听从导游连哄带吓得提议，每人花100元雇一匹骆驼。

旅游旺季，山下骆驼据说多达三千头。踮脚往围栏内望去，骆驼茸茸的黄毛连成茫茫一片，望不到边。想起郑愁予的诗句："山是凝固的波浪"，在这里，浩瀚"波浪"乃是驼峰。游客们排队等候。驭手把骆驼牵来，拍拍它头部，它恭顺地屈下四腿，背部低到让人抬腿就能跨上。我们各自稳稳坐在两座小峰中间。驭手下令，骆驼弓腰，身体一挺，站直。升上高处的乘客顿时伟大起来，由此可见，打天下的英雄不骑在马上，是难以威风八面的。一行骆驼上路，节奏舒徐，一步顿一下。少见多怪的游客，当然要拍照，首要任务是为自己留一张，在微信上晒。深谙赚钱之道的驭手，把游客的照相机、手机、平板电脑拿过来，嚓嚓不停。说好的，每人收20块劳务费，这钱当然省不得。

虽说骑在骆驼背上睥睨群山两个小时，但对骆驼知之甚少，更无互动。起初，是为它的驯服感动，久了，难免有点悲哀，它们只是主人赚钱的工具。太程式化的动作，无野性，匹匹雷同，一似大多数同胞。骑骆驼这项目，经多年操练，业已熟极而流，驭手和骆驼只是迎合好奇心的工具。这个环境，容易使游客也失去热情，来一趟无非是了结一个任务。

可是，今天，不曾触及骆驼的身体，仅仅看了一个关于骆驼的视频，我就泪流满面。视频是这样的：蓝天白云下，五六个牧民赶来一只体型巨大的母骆驼，在平地停下。随后，有人牵来一只毛色偏白的小骆驼，它是前者刚刚出生的婴儿。母骆驼要么不会，要么不情愿，不肯给孩子喂奶。小的在母亲身边磨蹭，套近乎，但母亲全无感觉。一位男牧民拿起地上的马头琴，以一根蓝色布带，把琴系在驼峰下。风过处，琴仿佛铮铮而鸣。十多位或老或少的人围坐着看热闹。琴师从驼峰下解下琴，坐在近旁，稍调调音，轻轻运弓。一位年轻的蒙古族姑娘站在母骆驼旁边，以手不停地爱抚鬃毛。同时唱起无字之歌，旋律温柔，婉转，如泣如诉。琴声伴着歌飘扬，整个草原凝神聆听，观众们的眼神迷茫。这是怎样的氛围？对牛弹琴据说是笑话，对骆驼呢？却是爱的极致，音乐与动物毫无隔阂的交感！

我必须说，这是迄今第一次眼见为实的神迹！歌一定是这样的：把母骆驼的婴儿时代还原，再现母亲哺育它的情景，倾诉母亲对孩子无限的疼爱。母骆驼的眼睛滚下真实的泪水，黑褐色的眸子犹如一个深邃的泪湖。一位男牧民把孩子牵来，让它钻进妈妈的腹下。开始时，婴儿找不到乳头，但母骆驼不再抗拒。渐渐地，随着歌声和泪水的流淌，孩子终于吮住乳头，贪婪地吸起来。歌手和琴师交换了一个满意的眼神，老奶奶的紫色脸膛开成菊花。

老实说，一开头，从知道这是为申遗而精心炮制的纪录片起，我就刻意和这一切保持距离。服装簇新，脸部做过化妆的歌手和琴师，都是挑选出来的演员，再逼真也难脱"摆拍"之讥。但是，骆驼的眼泪不是辣椒水或万金油催出来的，即使别的造假，但流泪是真的，婴儿吃奶是真的。我否定了刚才的疑虑，涌出比母骆驼还要丰沛的老泪，电脑旁边一堆湿纸巾作证。

骆驼和音乐，骆驼和人，母骆驼和婴儿，这些关系，凸现的是真情。原来，人与动物从刻意虚构之中脱颖而出的真情，应了爱默生的名言："真实之为财产，不属于任何个体，而属于全人类。"

涉　水

　　暴雨过去，满目清新。加上积水，这里那里，大街小巷水洋洋的。我要到对街去。面对着数寸深的水。看了看足下，一双凉鞋。下水去，沁凉的水，软软的波，两只长年被袜子包裹的脚，变成畅游的鱼。没有比这更好玩了！想想，"上一次"是什么时候？面临太平洋的旧金山，市内除了金门公园及相类的园林，有迷你和短距离的水渠之外；真正意义上的"溪"，我迄今未见过。两个月前，到市郊的一个国家公园去，登了半天迤逦的山头，看到水花鸣溅溅，但是，牌子竖在当眼处："禁止涉水"。游山可以，玩水却不行，为什么？不见两岸怪石嵯峨，长满苔藓，踏足其上，滑自不待言，"溜之大吉"绝无保障。

　　然而，涉水不但是儿童着迷的活动，还蕴含着丰富的文化密码。我从水中拔腿，泼起第一阵水花时，第一个想到的，不是屈原的《涉江》，"乘舲船余上沅兮，齐吴榜以击汰。船容与而不进兮，淹回水而疑滞。"他满怀忧愤地坐在带窗子的船上，我哪里配？而是徐志摩的诗《鲤跳》：

> 那天你走近一道小溪，
>
> 我说"我抱你过去"你说"不；"
>
> "那我总得挽你，"你又说"不。
>
> "你先过去，"你说，"这水多丽！"

然后，"她"有所动作了：

> 一闪光艳，你已纵过了水，
>
> 脚点地时那轻，一身的笑，
>
> 像柳丝，腰哪在俏丽的摇；
>
> 水波里满是鲤鳞的霞绮。

和涉水有关的恋爱，甜得近于腻，色彩的瑰丽，迷幻，无以复加！这样柔靡的诗，我第一次读，可不是从正儿八经的徐志摩诗集，如《猛虎与蔷薇》，而是从一本封面被撕的《批判资料》，出版日期为20世纪60年代前，是一所大学的语文教研室编出来，供师生口诛笔伐的"毒草"。里面有长篇评论，指这首诗是典型的剥削阶级恋爱观和生活方式大暴露。我出于青春期的本能，对这些上纲上线的文字不买账，只神往于二人世界的绝顶自由。

是啊，就两个人，在溪边，在水中。读它时，才22岁，也三天两头和溪水打交道。上山打柴，一路伴随的，就是山溪，极清澈，完全可以移用柳宗元《小石潭记》的形容：如果有鱼，肯定

"一若空游无所依"。归途上，从柴担一端解下一个晃荡不已的布袋，掏出一个塑料盒，那是拂晓走出家门前作的午餐，有米饭、番薯和不多的菜，极少肉，一来买不起，二来没那么多肉票，早已变得又冷又硬，但饥肠辘辘哪会计较？吃罢饭，照例下到溪边，拨开水面漂浮的草梗、落英、松针，掬上几口，那甜是无可比拟的。怪不得樵夫不从家里带水壶来，哪怕盛的是最消暑解渴的"清明茶"。再把头埋进水里，洗洗汗污，继续上路。

一年年这么下来，但在我当知青那一年冬天，打柴这一行传来消息：山溪的水不能喝，喝了脚发肿。不由得你不信，村里号称"铁汉"的德针大哥——他是唯一在一个月内连续上山 20 天的强悍家伙，挑着一百多斤的柴担进村时，脚一瘸一瘸的，我亲眼看到，被磨出好几个洞的汽车废轮胎做的"上山下水鞋"四周，脚的皮肤近于透明，有如被打了气似的突起。根由是：松树上的毛毛虫害了传染病，纷纷死去，尸体跌进水里，造成污染。至此，连"在山泉水清"这简单的真实都不成立时，人生的沉重无以复加。

汽车在积水边沿小心地经过，尽量不送我一身水花，我欣赏司机们的礼貌。兴冲冲地走着，吟着至交周正光绝句中警策的一句："涉江人去未褰裳"。河边站湿鞋，涉水湿衣，乃是常规。此刻偏偏连裤腿也不提，带起的水珠就是诗意。

"虎妈"和"猫妈"

    中国女孩苏珊的童年，是在学校、中文学校和餐馆这"三点一线"间度过的，平时上课，每个星期六去离家一小时路程的中文学校补习，从上午九时半到十二时半。星期天到父母开的兴华餐馆帮忙。

    "我跳上爸妈那家光线昏暗的小餐馆的吧台前高脚凳，鼻涕流个不停，鼻子各种不通气，还得使劲控制着，让呼吸慢慢平稳下来，总之，自我感觉丑爆了。就连眼前吧台上摊着的中文课本也在笑话我。在擤鼻涕的间隙，我还得继续大声读课文，但妈妈总打断我。'错了！'她吼道。""还有一天，妈妈一边为餐馆中午的营业做准备，一边问我前一天中文学校的功课。她疯狂地指着书上所有我读不出来的字，用中文骂我：'这个字你怎么到现在都没学会？'还说：'今晚之前，你要是学不会这些字，你就啥也别想干！'"

    上述资料引自海外中文报章。读至此，我想起了近年来有关"虎妈""猫妈"的争论。还没理清思路，接下来的一段教我茅塞顿开：

"不过，虽然我妈要求高，要求严，但是，她绝不是冷酷无情的'虎妈'。她知道我是一个敏感的小孩，所以骂完我就疼我，跟我说她这么做都是为了我好。'早晚有一天你会懂事，然后感谢我的。'每次她都用这句话结尾，然后就推给我一碗大米粥和一盘蘸着酱油的虾。吃吧！不管她多生气，都不会饿着孩子。"

由此，我要就纠缠已久的"虎猫"之争下一结论：这是和母性相悖，没有实际意义，徒然扰乱为母者心神的伪命题。所谓"性格决定命运"，此说虽未必完全成立，因为没有把决定命运的另一个要素——偶然性纳入；但说性格决定教育孩子的方式，该是工稳的。彪悍型和柔顺型，急躁型和温吞型，外向型和内向型，个性的差异必然体现在母亲和孩子的全部关系上。这么说并不是否定育儿课程；而是说，母亲是老虎还是猫，从根本上说，是学不了，练不来的。唯一有效的就是从各自的个性出发，糅合与之相匹配的"方法"。否则，勉强为之，不能持久，反而"画虎不成反类犬"。而母亲的最强大的天性——母爱，是通过个性来体现的。我注意到上文的母亲，教训没有学好中文的女儿以后，"推给我"粥和虾。一个"推"字何等传神地表现妈妈放不下架子又心疼亲骨肉的矛盾心理。

不过，无论母亲是虎是猫，归根结底是为了孩子的福祉，除此之外，争论岂止没有意义，而且带着"光宗耀祖"的封建式自私乃至暴虐。从孩子的健康、全面的成长出发，且来检讨上文那位被女儿描写为"半个虎妈"的餐馆老板娘，我以为，她诚然用心良苦，但有以下问题：

首先，出发点不正确。她没有意识到，她是中国人，但儿女是

"华裔美国人"。第一代移民离乡背井，带着诸多连根拔起的痛，从个人事业的瓶颈到语言隔阂。这是不能不付的代价。至于下一代，当务之急和关乎生存与发展的主题，是如何融入主流社会，和美国这个多元社会各族裔和谐相处，公平竞争，实现人生价值。父母应该做的，是围绕这个中心，制造便利，鼓励孩子进入，而不是拽她离开。而望子成龙的传统思维，将为自己洗雪"流落他乡，成为二等公民"的耻辱，为渺远家山的祖宗神位增加荣耀悬为目标，这本来无可厚非，但只能是后一代成才以后的自然"结果"，而不能成为管教儿女的出发点。非要这样做，就脱离"儿女本位"的主旨，闹不好只暴露了家长丑陋的自我中心。所有打着"我还不是为你好"的旗号，根子大抵在此。

如果真为孩子好，那就该正视他们每天所面对的"文化撕扯"。写出上文的女孩子这样诉苦："一方面我想让同龄人接纳我，另一方面我也很想缓和与爸妈的关系。但我真的很想做我自己。这就意味着会让爸妈失望"。使后一代身心交瘁的精神拔河，一头是"不让"她融入主流的父母，另外一头是社会和学校。困于餐馆一隅，执着于中国情结的父母是把孩子拽回来，还是松开手？值得深思。

其次是学中文。在华人聚居地旧金山，许多同胞都把孩子送到中文学校去，且以此为傲。我也未能免俗，儿女上小学时，趁寒暑假送他们进唐人街的中文补习班，他们噘着嘴去了，也学了几个方块字。但离家上大学以后，渐渐忘记掉。如今，已不认识中文字，回到"文盲级"；还好在能结结巴巴地说家乡话，特别是面对一点英语也不懂的爷爷奶奶时。如今返顾，向孩子强灌母国语言，基本上是浪费。相较之下，女儿在大学毕业以后进香港中文大学开办的粤语补习班,学得一口流利的广东话,尽管认不了字,此法反而有长久的实效。

基于类似事件,我们不妨采取较具弹性的做法,首先,让后代心无旁骛地拥抱主流文化,让他们化为美国人,毕竟,新大陆才是他们的安身立命之处。至于学习母国文化,则因地制宜,以引导为主。比如说,把汉语和其他语言并列,让他们在上学时作为外国语的选项。

千万不要动不动就骂后一代数典忘祖,他们及他们的儿女,和我们这些"一世祖"的不同,首先是身份,其次是语言。

而虎妈猫妈的争议,若脱离母性所赖以呈现的个性,徒然教母亲进退两难。让个性柔顺的妈妈发虎威,偶然"装"尚可,天天如此,实在是精神的酷刑。反之亦然。

非风花雪月事件

——我和一位 90 后陌生女孩之间

　　两个月前，我上网，以"刘荒田"为关键词作搜索。此举一半出于无聊，另一半，想看看哪些报刊发表（含非法转载）了拙作，以及读者的反馈。在新浪网，一名叫《麦离的夏天》的博客，在"别人富有洞察力的思想"一题目下，罗列了从我作品收集的 10 多条句子或段落。博客的主人，如果在"关于我"项下的内容没有掺水，应是一位 90 后女孩子，上大一，住在上海。

　　于是，给收集鄙人"语录"的博客主人留言："我是 XXX，能否给我电邮？"我列上自己的电邮信箱。皇天在上，老妻在旁，我绝不是要借机经营一场网恋，无非是想表示感谢。素昧平生的读者，喜爱你的作品，和"利用"绝不搭界，这是写作者最大的欣慰。附带地，我想问问她，这些"语录"是怎样收集的？次日，我上她的博客，知道她已看到我的信息，但表示"不大相信"。

　　我可以想象她的心理活动：自称"刘荒田"的家伙，是不是意图行骗？骗什么呢？多了去了！建立联系以后，要么以"辅导写作"为幌子，自任导师，要你交学费；要么打感情牌，虚拟一场忘年恋，许诺浪漫的私奔。人家动情之后，苦着脸报告经济困境，吁请借款或捐献……是啊，我怎么证明自己的纯洁？只好缄默。好在，女孩子犹豫以后，终于给我发来电邮，只一句话，刻意保持距离。我不敢乱套近乎，以外交辞令回复。

事情似乎告一段落，之后，她对我的信任反而增加，原因简单——我和她隔着大海，距离创造安全。最近，她给我发电邮，讨论一个形而上的问题：她一直喜爱文学，下决心写小说。她问我：这样投入好不好。我很少写小说，所以回复她：尽管写，不妨碍课业就行。（小说家王小波曾劝他的粉丝不要写小说，以免被抢饭碗，我大方地鼓励，是因为网络太大，无法独霸）。她回信谈了看法。

一周无话，她突然来一电邮，称意外地接到我的电话。她不能够和我见面，也不想通电话，希望我谅解，以后仍以电邮联系，云云。我大惊，我从来没有和她通过电话，也绝无"骗"的兴趣和能力。随后，出于好奇，问她事情的经过。

原来是这样的：一中年男子给她致电，操带广东口音的普通话，要她"猜猜我是谁"。她问是不是"刘荒田先生"，对方先含混以对，后来正式承认。她就此和"刘荒田"打起交道来（可惜她情急间忽略一个基本事实——她从来没把电话号码告诉我）。那个"刘荒田"说从南京回广东，路过上海，想顺便和她见面，吃个饭什么的。她婉言谢绝热情过度的邀请，理由有几条，如台风将到，不能冒险出门，家里不允许她见网友等。"刘某人"失望地打断她的解释，挂了电话。事后，她可能感到有点唐突，特地来电邮做解释。

邀请从未谋面的女孩子吃饭的"刘某人"肯定是坏人，开宗明义一句"猜猜"乃是千篇一律的骗局开场白。如果读大一的女孩子答应见面，刘某人能干出什么好事？不外乎骗财骗色。也许有人反驳我，网友初次见面，不过是聊聊天，稀松平常，何必杯弓蛇影？我不同意，冒用别人的名字会网友，骗子哪有和你"建立友谊"的闲心？不能把女孩子弄进房间，最低限度以钱包被扒，没钱乘车一类借口，向她借钱；还可能施加暴力。幸亏"阿拉上海人"绝非浑噩的网虫。

遭遇过另外一个"刘荒田"的欺骗的女孩，不能不回到原点，与开始时一样对我小心防范。用一个饶有诗意的说法，叫"和你见面，以一个盾牌"。我也乐得清闲，宁可让"刘语录"一书胎死腹中，也不再和她打交道。

从"近乡情更怯"到"转致久无书"

　　《随园诗话》中有一则，把"只因相见近，转致久无书"和"近乡情更怯，不敢问来人"（原文为"近乡心更怯"）并列，称二者为"善写客情"的典范。后者早已脍炙人口，常读常新。即如今天，通讯科技发达，手机、视频、微信唾手可得，哪怕远隔万里，"乡"的即时信息依旧了然，哪怕是离开多年的游子，行近早已迁离的家乡，"怯"还是自然而然地从深心涌出。

　　从前，或怯于音讯隔绝，亲人生死未卜；或怯于老屋的残破，乡亲的冷眼；甚而，只怯于积累太多的乡愁，生怕乡梦里的情景和即将揭晓的谜底全然两样。今天，所"怯"当然没那么沉重，但多少有一些。以我为例，无论居住海外还是离家乡百多公里的城市，返乡早已是常事，但每一次视野中出现靠近老屋的灰黑色碉楼，它如此俨然，庞然，似在隔空发问："回来了？"我心中就波澜骤起，审问自己：此去可对得起祖宗与家山？顿时脸红耳热。

　　诗句"只因相见近，转致久无书"，指的是一种社交现象：朋友住得近，相见容易，所以彼此没书信来往很久了。书信在现代早已过时。我一年到头，用去的邮票不足五枚，且都是为了付账单或寄报税表。朋友之间的通信，转为电邮、微信。信笺、钢笔搁置多年，手写技能退化，固然是大势。然而，最近因新冠肺炎疫情趋向高峰，每天自囚于家，如顺应逻辑，本该多与朋友联系，却是相反，一如既往地"无书"。本来，无论拨打手机还是利用微信的通话功能，二者均免费，依然兴趣缺缺。放在二三十年前，和朋友通电话是何等迫切的心灵需求，买了无数张电话卡，和投缘者一谈就几个小时。今天整天，手机放在家，我只拿起过一次，接听一个自称快递公司的诈骗电话，和骗子聊了三分钟，被问快递单编号，我报以 12345678，他挂了。此后电话铃没响过。

要问缘由，该是自然趋势，人际交往需要投入激情，老来欲望陆续退场，幸存的几位老友早已心心相印，却不复仰赖"倾诉"。乐观地说，这是人格独立的表征。心灵已自给自足，独处时所潜心的，是读书，书写，看剧，思考，难以进入深层的泛泛之谈成了累赘，更不必说礼节性问候了。

回到引诗去。"只因相见近"二句，我只在袁枚这本书中读到。开头怪自己读书太少，但从网上搜索，也没有任何相关信息，不知出自何诗何人。别说深度远逊"近乡情更怯"二句，也比不上《随园诗话》所引的一首："有客来故乡，贻我乡里札。心怪书来迟，反复看年月。"（《接家书》，彭贲园作），袁枚称赞它"写尽家书迟接之苦"。住得近就不写信，乃人间常态，人之常情，一如饿了要吃饭。"近乡情更怯"精准地表现了归人近乡这一特定时空的微妙心理，道出人人口中所无而心中皆有的情愫。中国古典诗以表现普遍性人性见长，因高度概括而获得最大公约数，适用性广大。

《随园诗话》还把以下诗句列为"善写别情者"："可怜高处望，犹见古人车""相看尚未远，不敢遽回舟"。论诗情，它们超过"只因相见近"少许。

"我不秃谁秃"

一篇随笔这样道及国内某位名作家对自家"地方支援中央"式头顶的感想：秃的优点甚多，如说明聪明用功，因为富矿山上不长草；是对人类雌化的反动；还说："我不秃谁秃?!"石破天惊的宣言，几乎教我笑岔了气。

这一名言的放达体现在数方面：首先，"秃"不是主观意志可控驭，尽管并非绝难补救，可植发，可以药物使毛发再生。不过，多数男人实行听之任之主义。其次，若"无毛党"上了死神的黑名单，那当然不可等闲视之，但"秃"不会危及健康，充其量是头部御寒能力稍逊。第三，秃主要的麻烦在观瞻，只要换一种审美观，视为可增加威仪的雄风。所以，它轻松占据舆论的制高点自不待言。

不过，细审此语，觉它不可和类似句式"我不入地狱谁入地狱"同日而言，后者乃聚焦于"行动"的选择，戴荆冠的耶稣就是这样，扛起沉重的厚木十字架，走过耶路撒冷的街巷，承受死亡前的痛苦。下一步，铁锤高举，长钉打进手腕和脚腕。

"我不秃谁秃"这一豪语，教我联想到的，倒是另外一些被广泛引用的诗句："你再不来，我就下雪了""想起昨日的遗憾，转眼间秋叶落满群山"。雪与落叶，干卿底事？然而，把与个人情感渺不相涉的外部事体拉来为自己效劳，乃诗人的惯技，好看是不用说的。拿它当真，是因为你不懂诗。

"我不秃谁秃"的思路，可总括为这般：不要推理，一步到位。说是啥就是啥，铁口直断。我又想到不朽的阿Q了，且看他无往不胜的精神胜利法。"我们先前比你阔多啦！你算是什么东西？"他被赵太爷打了，不敢还手，就自语："现在的世界太不成话，儿子打老子……"但我没谈言微中的本领，不拟将之引申到"国民劣根性"，不过是普通人从心理上摆脱现实困境的一种办法，积久相传，和任何"方法"相似，具不关对错的中性。

想到这里，混沌的世界变得清晰起来。原来，世间诸多纠结，是可以靠抛弃逻辑来摆平的。有一天黄昏，我从小区的大门走出，三个五六岁的女孩子在树丛里玩捉迷藏，看我迎面而来，其中一个大声叫："你就是—坏—人！"我转身看四周，并无他人，我是唯一的"坏人"，摸摸有点发热的老脸，自问："凭什么？"正要过去拦住勇敢的小法官，要她拿出证据，她们嘻嘻哈哈地走了。我为担下这一罪名，就寝时还愤愤。老妻说："说你是你就是了？"我适时地想起，自家癞疮疤被闲人拿来寻开心时，阿Q石破天惊的宣言："你还不配！""癞疮疤"怎么比得上名作家的秃顶？从"我不秃谁秃"再往前，"你还不配"更有四两拨千斤的神通。

于是，我这"半秃"老人的精神自疗室，多了一件标签为"我不 X 谁 X"的药物。其用途广泛，可以以之抵消自讼：抽筋了，感冒了，摔跤了——我不倒霉谁倒霉？飞机误点了——机场的板凳我不睡谁睡？花落了——不为我受过为谁？可以之实现自我感觉良好：擦身而过的陌生女郎——她不向我抛媚眼向谁？邻居家的苹果树——它不为我结果为谁？中秋夜——月不为我圆为谁？南极雪崩——海洋不为我升高为谁？……

"不相干"

在旧金山一次文化人聚会上,和一位新认识的作家聊天,先互通姓名和籍贯,他说他是四川大足人。我说,这地方我近30年前去过。他问我印象如何。我当然说"好极了",可是,搔头苦思,对那次一路顺畅的团体游,只模糊记得石窟内的释迦牟尼佛,还有文殊、普贤等菩萨像。可是,两桩小事在脑海中活灵活现。

一,离开石窟,和团友们排队登上巴士,车门口,一个十一二岁的男孩,手拿一个碧绿的网状方块,向旅客兜售。我拿起一看,知道是蝈蝈笼子,很喜欢,问多少钱,回说一块。我从口袋掏钱,却没有一块,打算向太太要,她已上了车。我对孩子说,等等,上车拿钱去。开大巴的司机吆喝:人齐了没有?我说,稍等。司机不耐烦,对车外的孩子凶巴巴地说:"以后不准来!"孩子做个鬼脸,离开了。我在车门口叫他回头,他转身微笑,高声说:"送给你。"车已开行,我只好落座。拿着笼子端详,是儿时熟悉的玩具啊!那时我也会编,先去菜园篱边,从状似剑麻的"茛古"上割下一两片

233

带尖刺的剑叶，削掉刺，剖成篾片，编成盒子，作蝈蝈的房子。当然，用途不限于此，昆虫如牵牛，还有聒噪的知了，来者不拒。更感动我的是放学后客串小贩的孩子，圆圆的脑袋，清澈的眼睛，把笼子果断地放到我手上时纯真的笑。

二，当晚，旅游团在石窟附近一个小镇的旅馆过夜。晚饭后一起外出，街上冷冷清清，路灯的光影凄迷。一行人走累了，坐三轮车回去。碰巧用光了人民币，以"两元"面额的美元付车资。车夫拿着钞票走到路灯下，坐在门外纳凉的街坊们围上来，一边传看钞票，一边低声议论。次日打听到缘由——从来没见过"二元"，怕收到伪钞，集体研究一番。

这些小事，别说和进行中的游山玩水没有联系，对以后的生活也没产生影响。可是，张爱玲说："人生的所谓'生趣'全在那些不相干的事。"如今想来，我那久远的记忆舍本逐末，根由恰在趣味。偏离主线，逸出常规，无意而得的经验，一个不小心就产生戏剧性效果。河的回澜、树的旁枝、文的闲笔、报屁股的补白，多是这般鲜活、本真、自然。"不相干"并非来自刻意。先有剧本的不算，预作酝酿的不算，务必攻其无备，谁也料不到。"艳"是惊出来的。

原来，这里藏着一种人性的"密码"——表层是对"旧"的厌腻，对"新"的喜好；骨子里是对"独立"的关注，对"秩序"的逆反。"我真希望我们能成为更好的陌生人"，莎士比亚这一名言透露的就是尽可能地与他人"不相干"的渴望。无依赖，无因果关系，无明显的互动，不能说绝无关联，此刻我的家就是这样。我在书房里读书，妻子在厨房里炒菜。女儿在地板上做瑜伽。女婿在餐厅打开手提电脑办公。大的外孙女一会儿打空翻,一会儿用剪刀裁开向我"买"的白纸（她拿得太多,我说一块钱一张,她打开钱包付款,我暂时扣下）,加上数字和图案,制作一副扑克牌。小的外孙女用订书机把从我手里拿走的白纸(不愿意付一块钱) 订成一个信封,再向我要一张白纸（还是不愿意付钱）,趴在地毯上,给姐姐写信。谁也没有下命令,谁也没有刻意配合谁,呼应谁。这些"不相干"拼合起来,就是家。

死得其时

今天，和数位同龄人在茶楼上，从白居易诗："赠君一法决狐疑，不用钻龟与祝蓍。试玉要烧三日满，辨材须待七年期。周公恐惧流言日，王莽谦恭未篡时。向使当初身便死，一生真伪复谁知？"谈到，某些人如果提前死于历史的某个时刻，当可避免后来的不堪。进而作一个假设：何谓"死得其时"？

以唐人街的 A 会馆为例，它的主席须是属下次一级会馆的现任主席，取轮值制，任期总计为半年，但分三次履职，每次两个月。坐庄时间太短，若要办稍大一点的实事，走完向董事会提案、辩论、表决的程序，时间已耗得差不多，所以被人视为给就任者镀金的"荣誉职位"。好在，即使仅仅着眼于"风光"，也蛮有看头，至少有两个高潮：一曰交接仪式，请市长、市议会等本市头面人物出场作监誓人，旧主席向新主席移交印信，新主席发表演讲，重复三次。二曰庆祝就任，主要举措之一是侨社团体、名人、亲友付钱，在各大报刊登全页贺词，之二是举行庆祝宴会，也是三次，开销由各团体和新科主席分摊。主席上任，马上炙手可热。社区各种活动，从五花八门的同乡会、同学会、联谊会领导班子竞选，医院、图书馆、学校扩建，到选美，一一亲自出席，发表讲话。到各市拜会同级团体，参加恳亲会，祭祖大典。五花八门的捐款，堂堂主席当然要身先士卒。

而海外社团均非官办，最教普通老百姓欣赏也最教"主席"们烦恼的，就是基本上没有"自肥"的门路，谁当都是大年三十的"福"字——倒贴。主席上任以后，滋味如何？我们均感好奇。座中一位在某同乡会当"总长"的朋友，揭开一些秘密："昨天我在唐人街和新任主席聊天，他哭丧着脸说：'知道我为风光付出的代价吗？迄今已是六万美元。'"

我们一边喝普洱茶，一边分析这位动用自家最后积蓄（也叫"棺材本"），加上儿女资助才勉强对付任期开销的主席的处境，一致认为，人生需求诸层面中，"满足自尊"高于饱暖和其他，老先生既将"此生务必当一回主席"树为最高理想，又自甘破财，绝无贪腐的劣迹，当然值得充分肯定。鉴于主席芳龄八十有八，生的辉煌之后，如果有一个美好的死，那就更加圆满。至于死成"鸿毛"还是"泰山"，不是他本人说了算数；但如果他追求一个完美的"收场"，那么"死得其时"既省力又符合"效应最大化"的原则。

我们私下认为，最佳时间点是"任上"。某次慈善或助选大会上做慷慨激昂的演讲之际，或者在就职仪式，上千人起立鼓掌祝贺的高潮之中，或者在接待别州别市同类主席或官员的宴会，酒酣耳热之时，心梗适时而发，辫子合时而翘。这么一来，报上的讣告以及地方中文电视的新闻节目上，一定获得"鞠躬尽瘁，死而后已"

的美名。

如果说，文字的影响力日渐式微；那么，至高级别的礼遇就非"死于任上"莫属。何以见得？A会馆的主席采轮流坐庄制，一年就出五六位。50年下来，往生的不算，从"主席"转任"元老"的数以百计，"现任"和"前任"主席比，前者的葬礼，花圈至少比后者多100个，挽联多50副。市长和议会议长不敢怠慢，必在追悼会致辞，所有官员出席遗体告别仪式。出殡那天，会馆将以公款聘请最好的管乐队，在闹市奏乐。车队少说有300辆各式车子，市警察局将委派上百骑摩托车和驾驶汽车的警察沿路维持秩序，保证他往天国一路畅顺。遍观唐人街葬礼，几人有这等气派？单有钱办不到，头衔更大也办不到，关键在于时机。而况心梗没有预警，在人生的高潮戛然而止，无痛苦，无恐惧，允为最佳死法。

我们把茶壶里浓酽的普洱喝成白开水时，为可爱的主席做的"死亡设计"也近于完成。"且慢，人家可不想走呢！"是啊，这是彻头彻尾的伪命题，谁愿意在人生高潮中撒手？即使愿意，谁能度身定做死亡。说了白说，只赚来哈哈大笑。

每天多一点 "新"

梭罗记叙瓦尔登湖畔风情的散文，有一段写"回家"："黑夜来临时，人们总是不约而同地从附近的田间或街上，驯服地回到家里。……我们应该每天从远方的探险、猎奇和新发现中，将新经验、新性格带回家来。"联想到我们常常念叨的"生活质量"，把每天多一点"新"作为重要的参照，实在是大好事。

和平的环境，尽管"苟日新，日日新，又日新"成为口头禅，细加检索，方明白知易行难。得到多少"新"，只要把"今天"和"昨天"做一对比就知道。且看自己，早上从起床开始，泡一样的咖啡，吃一样的烤"背狗"，喝一样的鲜榨果汁，走一样的路，读一样的报纸，见一样的邻居，看一样的酢浆草和美人蕉，看一样的电视……不是说月历上排列的日子，后一个总是照抄前一个，存在差异是肯定的，如果天天"外甥打灯笼——照旧"，那倒是求之不得的福分。每天的新闻不同，杂货店的标价，花草的荣枯，日出日落，月圆月缺……变化大小不同，变是绝对的。问题在这里，我难以清晰地回答：一天过去，可曾从中获取新的感悟，增加新的智慧，哪怕仅仅是一点点？我可以把"了无新意"归咎于日常生活吗？如果可以，那么，如何解释大哲学家康德的行谊？他过日子"刻板"到无以复加，每天午餐后外出散步，当地居民拿他行经某一地点，来核对钟表——精确无误的下午三点半。然而，他博大精深的著作源源不断。

怎么办？且略举数端：

吸取新知识。简便如查字典，上网搜索，掌握若干新词汇，流行语。刚刚在微信群读到若干刚刚出炉的英语单词：Stupig（笨猪）、Animale（野男人）、Shitizen（屁民），不知能否获准流行？造词者中西通吃的本领不能不佩服。读书更是主要手段，这是最廉价的娱乐，最长久的享受。读书之于心灵，一如锻炼之于体魄。

观察外界。梭罗对野外生活极为着迷，他跋涉于隐匿着鹭鸶和山鸡的沼泽地，倾听射鹬的叫唤，嗅着薰衣草的气息，观察水貂将腹部紧贴着地面爬行。这无疑是簇新的体验。

与人交往。尽可能多地了解人。如果你熟悉一个"他者"的命运、品性和体悟，特别是经历与你很少雷同的一类，无形中多拥有一个人生。哪怕是交往多年的朋友，你也未必达到"同气相应"的地步，探索另外一颗心，和探索自己的，一样有趣。

所谓"条条大路通罗马"。只要你有灵敏的触角，那么，无论独处一隅还是穿行闹市，无论跋山涉水还是漫游太空，都有新的知识，新的感悟涌现。而关键之处，是梭罗的著名论点："到内心去探险"。形诸诗，是这样的："将你的目光扫视内心，／会发现心中有一千个未知的地方，／那就去周游吧，／成为内在宇宙的地理学家。"

　　大体而论，一切艺术都以"新"为生命，艺术家的伟大在斯。写作者，倘若每一天都能将从生命之树所采撷的"新"，酿制成散发独特香味的"美酒"，以供养、激励、升华人的精神。那么，他可以骄傲地宣告，无愧于光阴。如果这"新"不够鲜活，不够精警，不够醇厚，那么，只要你于心无愧地说："我已尽力。"也算有了交代。毕竟，这"新"不是纯粹的人力所造就，神秘难测的"天意"也左右它。

　　"必须每天每日去争取生活与自由，才配有自由与生活的享受。"

——歌德

是什么偷走我们的"自然"

上午，去旧金山国际机场接机，被接的小刘是外甥女的男朋友。天色极好，没有流云，蓝色一鼓作气地伸到和大地交接处。上了高速公路，风景更开阔，呼吸更畅快。哎，是游春的时候了！今天是阴历二月十一，后天是惊蛰，湾区展现无处不宜的温度和风景，雷是没有的，雨昨天草草下过，无论人还是土地都嫌不过瘾。我和妻子把车开到机场，小刘在人行道上等候。把他送到妹妹的家，聊聊天，吃点东西。随即告辞。

中午的太阳把最均匀的金色洒下，车厢内有点燠热，把玻璃窗拉下一半，软风马上把睡意煽起来。一路想着，不能再猫在家里，要出去！去哪里？多着呢！金门公园里，临水的樱树，一个星期前光秃秃的，白树皮闪着幽冷的光，万一它突然变色呢。海滨，写满海鸟爪印的沙滩，细浪的呢喃，20年前我爬上去打太极拳的排水站平台，风车，水泥路上巨大的树影，所有这些，只要开车10分钟，就能站在滨海的围墙旁边尽情收揽。还有吗？再远一点，有野鸭子群聚的塘子，有白色游艇密布的金山湾，有飘葡萄酒香的纳帕谷。一处儿童游乐场上，一架旧滑梯粘满孩子的嬉笑，从回忆召唤我去怀旧……还没想好，到家了。

打开电脑时，蓄满阳光的后院在骚动，玻璃门上迷离的光线仿佛在敲，我赶紧把门打开，风款款进来，隐隐看到裙裾，裙裾带着被日头搅浑的香气。我眯眼对着远处一排屋宇的后墙，想，不如坐在后院看书。阳台挡住阳光，正是时候。可是，椅子呢？除非我随便搬一张凑数，现成的都是椅背笔直的。为了不辜负春光，没有一种帆布躺椅是说不过去的，我要卧读庄子的《齐物论》，枕边放纪伯伦的《先知》（万一被庄子的艰涩整累了，以这位哲人清明的思绪作调剂）。风是澄明的，面对的一棵看得烂熟的桃树，棕色树叶总是被人咯吱似的抖索。几排栅栏外，有人在锯木板，也许锯片不对，老像被夹住，响声粘腻。没有问题，没有鸟声，权且让它充数，贴邻的月季花开得很灿烂。我还没想好用哪一张椅子，妻子走过来，咋咋呼呼："看，它飞进来了！"砰地把门关上。是啊，一只黑头苍蝇成功入侵，在玻璃窗上施展带毛的脚。

看来，只有出走一途。就在我快要拟定去海滨的计划之际，"百度"上居然在放映《午夜巴黎》，能不看吗？这是2012年的最新电影，一个星期前的奥斯卡颁奖典礼上，获得"最佳剧本奖"，锋头之劲，仅次于最佳电影《大艺术家》。谁是捉刀者？大名鼎鼎的任迪·艾伦。这位从影数十年，一直拒绝出席奥斯卡典礼的全才、奇才，两个星期前在纽约尼克斯队和亚特兰大老鹰队激战那一场，坐在篮球场的看台上，其貌不扬的小老头而已。然而他炮制的电影，必有独特处。我下定决心，取一个慵懒之极的姿势，从头到尾看完。

"是什么偷走我们的自然？"是我对着片头时发的疑问，也是"入戏"前的叹息。不错，是快得不可思议的网络，把还在电影院放映，门票少说也要10美元的热门电影，免费提供给网民。以我而论，代价是牺牲一次春游。网民就这样沉溺在"方便"中。

　　把我从户外活动诱回电脑前的电影，说的是一个纠结的故事：美国来的作家吉尔在巴黎旅游，居然遇到海明威、毕加索、莫内、高更一类西方经典人物。要看懂这部天马行空、包罗众多不朽作品的电影，非把西方艺术史和美国现代文学史通读不可。主人公的一个疑问是：所谓"黄金时代"，是指过去还是现在？结尾处，决定留在巴黎写作的书呆子和一位巴黎女郎漫步雨中，算是从形而上回归现实。我最后的欣喜，是不必上电影院就解决了一部非看不可的新片。最后的悲哀，是没有了去电影院的理由，因之错失一路好阳光，还有"21世纪剧场"崎岖的扶梯，走廊里爆米花的香味。

一根头发的战争

老温两口子，是人见人羡的神仙眷侣，都四十出头，事业均有成，男的当律师，自己执业之外，还当五家大公司的法律顾问，女的在政府机构当办公室主任。女儿上大四，法律系的高材生，老爸早说好，他所拥有的人脉编植本市上下的事务所，将来由女儿掌管。至于"咱老两口"，还不赶紧享福——旅游去！每次酒酣，他都这般宣告，豪迈之情溢于言表。

可是，在今年一个普通的星期天，老温夫妻的缘分差点到了尽头，起因于一根头发。事后，老温又气又恨，都冲着自己而来。那天清早，老温夫妇要去茶楼饮茶。老温出门之前，和往常一般，面对妆镜梳理又黑又密的偏分头，满意了，正欲离开，摸摸上衣口袋，牛角梳子不在，便进卧室去找。他走进公共场所之前，务必要把头发整理好，这是他的招牌。而梳子，乃是和信用卡、驾驶执照一般必不可少的随身物品。"自己找，万事大吉，偏偏要老婆代劳！"老温最后悔的便是这一细节——老婆问："梳子会不会掉在床上?"老温不置可否。老婆把被子拿开,细细寻觅,找到梳子的同时,在白床单上捡到一根头发。

温太太把头发放在一个秘密角落,不动声色,照旧和丈夫出门。中午回到家,趁老温睡午觉,把那根头发拿出来,放在老温用来读报的放大镜下看了又看。首先肯定,不是她的,她因为脖子短,早听从美容专家的建议,从35岁起,"清汤挂面"便成固定发型。这一根,长达一尺,细且润泽,年轻女子才可能有。做出这个结论以后,天塌下来了。晚上,她纵情想象,一年轻美貌的女子,瞅一个空隙来这里和丈夫共赴巫山。哪个空隙被钻?第一个可能,是一个半月前她和办公室的三位同事到姐妹市去考察图书馆收费的改革,有一个晚上没有回来,这么快就被取而代之了?第二个是九天前,局里有应酬,她晚上过了12点才回家。想下去,老公偷腥,不一定在这双人床,他的衣服上粘上她的头发也不是不可能。往下,想到自己所受的伤害,越想越气。丈夫在身边轻轻打着呼噜。她悲哀地起床,在洗手间里,关上门,呜呜地哭。

第二天,老公起床,在洗手间梳理宝贝头发时,发现老婆眼睛红肿,问了一句:"怎么啦?"她不回答,走开了。从此,她不爱说话,动不动就发火。老公开头很急,追问许多次,她都满含忧怨,摇头了事。慢慢地,老公麻木了。老公的表现更加教老婆肯定,他另有心上人,才这般决绝的。于是采取更极端的行动,以受不了他的鼾声为借口,分床睡觉。一对恩爱夫妻,经过大半年的冷战以后,终于遇到一个爆发的机会。

那是除夕,吃过毫无欢乐气氛的团年饭,女儿早就被父母莫名其妙的持久冷战烦透了,躲进房里,进入QQ的聊天室。老温忍无可忍，说："你究竟是什么心病？说是更年期，你又没那么老。是我对不起你吗？尽管说。"太太叹口气，眼珠子向着天花板，意思是：你干的好事，还装傻！

"如果是我伤害了你，那考虑分开好了，不过先说清楚，是什么问题。"

"问你的情人去！"老婆猛然冒出一句，然后，是重重的关门声。老温懵了，干笑着，故作轻松问："你送我一个？在哪？"

"问你自己去！说，长头发哪来的？"她指着双人床，吼叫着。老温反而感到从来没有过的轻松，原来根子在一根"头发"。他呵呵笑起来，"哎呀呀，何不早说，何不早说！"

说啊，现在！不说个明白，饶不了你！

"这个，这个……"老温成竹在胸，却说不下去。

老温以为身正不怕影斜，从来没带别的女人进卧室来，床上绝对没有冒出这根头发的可能，可是，怎么证明呢？

老婆大人从床上捡到一根长头发，却是和太阳从东边出一样的事实。怎么办？老温发起慌来，指着天，说："我发誓，如果有这样的事，我一出门就给车撞死。今天死不了，春天一打雷我就给劈了！"

"我有的是证据，你要否认，也得有。"老婆坐在扶手椅上，看着他戮力表演，心里更恨了。

好的，我拿证据。老温气鼓鼓地说。

老温到底拿不出洗脱自己的证据。好在老婆这么一爆，累积的压力纾解了，没看出老温有什么新的劣迹，也就不再苦苦相迫。两口子照样过日子，但双方的心病，是没法治的了。

五个月过去，温太太的疑团终于被破解，因为极其偶然的缘故。

那一天，温太太回娘家，给70岁的母亲庆祝生日。她娘家是大家庭，她的四个姐妹，两个兄弟，加上配偶、儿女，十多口聚集在一起。吃过晚饭，尽欢而散。离开前，温太太打开手袋找纸巾，发现底层多了一只别致的发夹，镶嵌着亮晶晶的铱金小珠子，价钱虽便宜，但做工极好，她十分喜欢。只是，她怎么也想不出，这发夹是怎样走进手袋去的。她以寻找长头发的主人的热情，问遍在场的所有人，没一个承认。"凭什么送你一个发夹？开玩笑！"嘴快的姐姐批评她。

她为了这迹近无聊的案子，足足耗费了一个月，包括直接和迂回的询问，旁敲侧击的打听，秘密的查访。

有一天清早，她忽然想通。老公有头发，我有发夹，都来路不明，扯平算了。

简洁的写作，简单的人生

尼采的笔记有一段话："简洁地写作。……谁说'我没有足够的时间把这封信写得更短'，谁就肯定知道简洁的写作方法要求的是什么。"意思是：唯"足够的时间"才写得出"更短"的信；时间不够，只能写更长的信。

怎样使文章"简洁"？鲁迅此说，是被许多人奉为圭臬的："把可有可无的字句删去，毫不可惜"。只涉及语文老师教的技艺，较高层次在于思想的清晰。脑子里头搅浆糊，概念缠夹，思路乱搭，行文也许够短，却和简洁不搭界。

局限于"一封信"，欲求简洁，确要花较长时间去推敲命意，构思框架，斟酌语言，最后来个去芜存菁。苏东坡云："余亦谓唐无文章，唯韩退之《送李愿归盘谷序》一篇而已"。韩愈这一不朽之序，即使当时一挥而就，也是平生蕴积所化。来自简洁的短，是以深厚为依靠的。不然，短要么意犹未尽，要么干枯蔫巴。

如果简洁成为写作风格，更大有讲究。它来自丰富，即古人所谓"落其华而收其实"。秋天黄叶满阶，万木萧疏，疏朗的枝条贴在澄碧的天幕。没有夏天的繁茂，何来简洁？没有宽厚的思考，丰赡的学养，强求简单，恐弄巧成拙。

由写作及人。进入老年，人生做的是减法，这已是共识。于是，有了许多以"原地不动"为"最大优势"的段子，如：

昨晚和几个大老板一桌吃饭，我问他们：你们这么有钱，你们的理想是什么？他们说：再奋斗几年，就去农村，买个小院，养点鸡鸭鹅狗猪，种点花草，春天挖野菜，夏天钓钓鱼，秋天扒苞米，冬天扫扫雪，没事的时候约几个朋友斗斗地主，喝点小酒，聊聊天，农村生活多美好啊！吃完饭我回家琢磨半天，土豪的理想就是我现在的生活，还奋斗个什么？上床睡觉！

从段子可见，"我现在的生活"真够简单，获得它，段子手标出两种途径："我"只需株守老地方，而"大老板"却非要累死累活，绕一大圈。设若去掉铜臭，加点哲学内涵，这段子所宣扬的"简单"，一如写作一步到位的"简洁"，并不可取。

段子里"上床睡觉"的我，和不辞艰险地奋斗的"大老板"的区别，不在钱财，而在生命的境界。靠着村西的墙根，同是晒万古不变的太阳，打一样酣畅的盹，浑浑噩噩地活过来的"润土"，和曾闯荡天涯，历经万难的同龄人，一样苍老，伛偻。然而，不说贡献，单就活出来的分量，可以相提并论吗？唯奋进的人生，不主故常，敢于舍弃，突破藩篱，进入自由，肆意挥洒生命力，尽情拓展生命的广度。哪怕伤痕累累，一路落败，也比蜷缩一角，靠天吃饭强一万倍。后一种人，未必当上大人物，当了难保不栽下来。可是，有什么要紧？只要打过美好的仗。然后，繁华落尽，回归真纯。这就是正道。

不错，段子中的"大老板"过上"农村生活"以后，再往前就是终点。活泼的生命归于泥土或骨灰瓮，比之生前在乡下，再简朴也得花钱，如买煤气，交电费，小酒的品牌和年份，斗地主的赌本。比较出手的爽快时，"我"未必不自惭形秽。死亡是更彻底的平等。然而，平面地简单地复制岁月，一般不会使人提升生命质量，从阅历、眼界、襟抱，到为他人服务，给社会造福，都是如此。

由此可见，我们首先着眼的并非简单，而是丰富。否则，简单就成寡淡，单薄，主次不分。

然后，如夏过渡至秋一样，如繁缛删至简洁一样，顺理而成章。

为快乐制造理由

你别马上批驳，说是理由制造快乐，而不是有了快乐才去制造理由，说我这题目，一如先立罪名再找罪证，先离婚再找配偶不忠的证据。我说，快乐作为一种状态，是可以建立在理由前头的，皇帝不是做定了再去找"天纵圣明"的征兆吗？这里的问题是，你"命令"自己快乐，果然快乐起来，但心里不踏实，觉得这唾手而得的快乐，不怎么光明正大。所以，你要证明给自己看：哪，快乐是天经地义的，既非从将来透支，也不是为过去作补偿。此时此刻，是非快乐不可。

举我自己的例子吧！早晨起来，自我感觉十分之好。天阴着脸，是为了不使我出门后吸纳逾量的紫外线；风没有起劲地吹，是为了万一我忽然来了打羽毛球的兴致，不使球无所适从；电话直到八时后才响，是不给我加上任何世俗的麻烦；脚跟的骨刺停止疼痛，是放我去林荫道上跑上几圈。我在门前屈膝，站立，神完气足得很！

走过几个人家，一位白人老太太拿着水管，给门前汽车道两旁的草坪洒水。我搬来这里三年，打照面不下数十次，她一直摆出凛然不可犯的架子，每次看我走近，忙把身子别过去，不然就低下被皱纹吃光了美丽的脸孔，害得我把嘴皮间的一声"哈罗"吞回喉咙。今天，她肯定预先测定我的心情，居然把面孔对着我。我适时地朗声道："早上好。"她回了同样的一句。真好，水管里的水花也扭起秧歌。我加了一句："你的草坪真漂亮啊！比起旁边那块，尤其……"她把话头接过，甜甜地说："谢谢。"说时慢，那时快，她的碎布裙子旁边，草地鲜丽无比地绿起来。贴邻的一块却灰不溜秋的，"草须绿"这基本义务不贯彻不说，还疏落落，好些地方露出泥土，名正言顺的草坪成了荒原，一丛丛的草反成点缀品。

我轻盈地跑过，脚步拖着和老太太互相讨好的话语的余音。忽然想起，哎，草地为我而绿也说不定呢。昔有降旨令全体花在严冬开放的武则天娘娘，今天不能有迎合我的草地吗？

是的，一切都是快乐的理由。世界是一席自助餐，你干吗不拣标签为"快乐"的菜？姑且说日出是生机，日落是衰亡，何不剪一段灿烂的朝霞，装饰内心？"存在"就是快乐成立的理由。你给故国友人寄上支票后，为了他不回信而耿耿于怀，何不想想，有给予的动力，有帮助别人的能力，乃是上苍对你最大的眷顾？拿着孩子的成绩报告表，为了上面几个 B 而生闷气，思量给贪玩的家伙一顿有效的教训时，何不想想你所拥有的——心智健康的孩子，相当理想的学习环境，相当美满的家庭；"闷气"本身，也证明你具有余暇，或者说特权。缠绵病榻，有心情生气吗？辗转于生存的巨大压力下，有功夫生气吗？

即便不幸，也是快乐的理由。外地人嘲笑乐天的广东人，说他们再倒霉也有个"好在"。摔伤了，说好在没摔死。做生意血本无归，说好在人没事。"好在"的思维方式，乃是快乐的制造厂。一个朋友，前几天和我等一起喝酒，到了晚上，我送他到地铁站去。两个小时后，他从家里打来电话，说出了地铁站，回家路上被一位黑人少年迎面揍了三拳，他昏了过去。放着钱和驾驶执照的钱包、放着通讯录的提包，都给抢了。两天后，我陪他到交通局申请新驾照，他说损失不大，挫折感可大，老想着，怎么被一个毛头小子整得这么狼狈？我看看他微黑的眼圈，说，你该快乐才是，他没捅你几刀；你倒在地上向他嚷嚷，要他把驾照还你，他没掉头给你一枪；出手也不算重，损失几十块和一些证件罢了。你到美国来，团聚有了，身份有了，工作和房子有了，职业和乡愁有了，劳累有了，欣慰和欢愉有了，女儿不是替你生了个又胖又乖的混血外孙？可是，你此前没遭过抢。人家南非的黑人领袖，在曼德拉执政前，把没坐过白人政府的监狱作为莫大遗憾呢。人生经验，以"完全"为极境。也许老天爷特别照顾你，才让你以低廉的代价补上一方面的空白。我的朋友裂开有点肿的嘴唇笑了，说："我的女儿也说我走运，她的两个年轻同事，在地铁站里头，就给剪了径。"最妙的还是，过了两天，一大早，他出门上班去，记事本摆在门口，管它是不是人家在草丛间拾到送来，自己不妨认定是劫匪偷偷干的，他这一"良心发现"，恰恰成为伤口上称职的绷带。

是的，你下决心快乐，就能获得快乐。世界会为了你的快乐，准备下雄辩的理由。这不是阿Q的自欺欺人，而是明澈的人生智慧。看，这个贯彻"快乐主义"的早晨，一切都这么顺眼，顺心。

为了适应我的快乐，报纸的头条没带上例行的血腥，菜店的菠菜分外新鲜，鱼店的鲫鱼泼喇出更白亮的水花，面包店更豪爽地放出烤墨西哥包的焦香，五金店门外的塑料制品，在阴沉的天色里闪亮着深谋远虑的喜悦。

我快乐地回家，手里挂着一束色调不亮丽的枸杞菜，它是为了我爱减价的过时菜而蔫的。近家门口，对笑甚为齿齿的老太太居然还在路旁，她是为了给我一个微笑而留在这里的。一条世故的狗，在树丛里办见不得人的事，我无比幸福地注视着它不好意思地抬起的腿儿。感谢生活，为了这无所不在的快乐。是的，太阳不必非要在东方升起，只要你心里铺满晨曦。

感谢癌症

一位母亲，给电台的"心理热线"主持人打电话，第一句是："感谢癌症"。她说，九年前，她在体检中查出患上乳癌，已到晚期。那时儿子刚刚出世。她和丈夫商量停当，马上辞掉压力极大的市场推销员一职，回家当全职妈妈并专心治病。如今，她的癌症已彻底痊愈，儿子也成了小学三年级的学生。最近，她的 39 岁生日到了，儿子问妈妈，要怎样的生日礼物？妈妈说，你写一封信，把"爱妈妈"的理由写下来就够了。

儿子写了，开列这些理由：妈妈陪伴我，没有一天离开过。我看见幼儿园、小学的小朋友，妈妈把他们送进来，就匆匆忙忙地说再见，上班去了。我的妈妈却总在我需要的时候出现，送我上学的是她，接我回家的是她，送我去棒球场，去郊游的也是她。我在学校得感冒，正在发烧。老师一个电话，妈妈就赶来，把我带去看医生。妈妈说，当妈妈是神圣的，这职务任何人都不能代替。我每天睡觉前，妈妈一定坐在床边讲故事。那些故事可吸引人了，我听着听着就入梦乡了。妈妈教我拿蜡笔画米奇老鼠，扶着车把教我骑自行车，教我滑雪，教我打篮球，妈妈懂得东西可多了。我的小伙伴对我有点妒忌，说他们的妈妈只有周末才能陪他们。妈妈是我最好的朋友，我最喜欢和她说悄悄话。妈妈不板着脸训人，我做错了，她总是小声说道理，让我完全明白错在哪里，该怎么改，鼓励我勇敢地改正过来。我妈妈真好，我从出生起就"卡"在妈妈这里，真是最最幸运的人！

在这封让妈妈读一次流泪一次的信里，孩子用上"卡"（Stuck with）这个貌似贬义的别致词语，描述他和妈妈不可须臾分割的关系。妈妈读到这一句，主持人乐不可支，和听众们一起大笑。

妈妈深情地说，如果不害癌症，我不会果断地回家。我终于明白，人生中有些场所，比如职场，你早一些或晚一些进入，并非那么要紧，充其量是少了些收入。但是，后代的成长，可是一次性的要紧事，错过了就是一辈子的缺憾。我放弃了事业上的拼搏，却赢得了儿子的爱，这绝对是值得的。我今天拥有幸福的家，健康成长的儿子，每天每时的快乐。这是癌症赐予的福祉。

"锻炼失忆"

　　此语从杂文家黄一龙先生的作品中第一次读到，不禁莞尔。按常规，"失忆"和"老去"一样，是水到渠成的；甚至，失忆是病，再轻也和感冒同级，难道要以"锻炼"获致？与之相反的事确如逆水行舟，记忆力就是，以体育锻炼、药物和食物等人工干预才可抵御势所必至的遗忘，也未必收到预期效果。31岁的英国德男子本·普里德摩尔，参加在伦敦举办的"英国记忆锦标赛"时，只花10分钟就记住了七副扑克牌中每张牌的顺序，这位超人上大学时曾因功课不合格而退学，功夫全是练出来的。

　　然而，我终于服膺黄一龙先生的提法，也主张加紧练就"失忆功"。是一位老朋友激发我这种颇为另类的热情的，朋友是结交近半个世纪的退休老人，他多次对我说，最不愿意回去的地方是家乡。"一进它的地界，受伤害的记忆就复活，搅坏心绪。"我是了解他的底细的，在通过高考逃离家乡之前，差点导致他精神崩溃的，该是失恋，从此他终生对家乡产生深刻的恐惧。

我想，他晚年的重要日课，是在散步和太极拳的同时，把负面记忆逐步驱除。怎样实行？精神层面的"伤害"，按精神分析学鼻祖弗洛伊德的理论，通过催眠等途径，诱导病人把创伤"说出来"，是关键的一步，但指的是隐藏极深，发生在久远的童年，连病人本身都已忘怀，转而潜伏于下意识的事件。我的老友所受的伤害，却是"秃子头上的虱子"。

　　我以为，但凡引起不愉快情绪的负面记忆，予以清除，第一步是理解。如果这记忆属于"怨恨"，最好把事件还原，加以分析。只要设身处地地为加害者想想，便明白，揆于彼时的形势，对方未必存心害人，是迫于家庭和经济的双重压力而离开他的，也早已因癌症弃世。

　　当然，昔日所受伤害中，有一类出于人性的最黑暗处，那就是鲁迅所称的"损人不利己"式，出于妒忌而制造的谣言是其一。多少年以后思及还要倒抽一口冷气。但是回过头来想想，连不共戴天者都可以原谅，那些小伎俩早成陈迹，只合付以一笑。从前你没有被伤害打趴，到今天还活得好好的，这不就是成就吗？而且，漫长一生，你未必从头到尾都无愧于人、于心，何妨以对自己"不体面行为"的反省代替对别人的怨恨？

　　知易行难，理解和宽恕二者，实践起来并不轻松。所以，我们要像从事经常性体育锻炼一样，一步步清空扰乱平静心境的记忆库存。你想起人家的种种"不好"时，先别发火，做三次深呼吸，问一句：难道他没有一点"好"吗？你午夜梦回，一桩桩数此生的"倒霉事"时，不妨作一停顿，换一种思维，算算从家庭到社会，你的贡献。

且说家乡，老朋友望之却步的出生之地，狂啸青春悲歌之地，一次失恋，几次失意，难道可以遮蔽它的永恒魅力？远看如黛青山，多像我们打柴时的披肩布啊，小路就是流淌的汗。问题是：要把还乡变为灵魂的清洁日。

我思我在

找到"对的"自己

在网上读到一段妙文,作者的名字并不显赫,但意义值得细细思考:

"我们常说没有碰对的人,会不会是没碰对自己。你还没碰到对的自己,我还没有碰到对的我,所以,碰到对的人还是不能成就。"这一段议论所针对的,恐怕是人寻找伴侣时的困惑。但我早已是不必另行寻觅另一半的老头子,且将思路放开,从人的一生着眼,看有没有找"对的"自己的问题。

什么是"对的"自己?我以为,就事功论,是指生命的进程与初志大抵相合;就爱情论,是指与伴侣相处大体融洽。就心境论,自身和外部环境大体和谐。

相对的,自然是"不对的"自己了,何谓"不对"?先举先天的,较为典型的是性向颠倒,肉体是男性,灵魂却是女性,或相反。他们一辈子为了调解灵魂与肉体的冲突,耗费多少心力,却流于徒劳,只好服从灵魂的指令,成为同性恋者,或以易装、变性来折腾自我。

后天的，较突出的，是爱好和职业水火不容，如爱护动物者被迫当屠夫，视学术独立为生命的学者为了生存而阿谀，正派企业家为了生存制造假货。这些不幸的人，心深处不是没有一个"对"的"我"，然而造化弄人，他们只能长年累月勉为其难，内外相悖、知行相反地充当"错"的"我"，使日子充满怨恨、懊悔、不甘。而"对"的自己因长久隐没，废弃，要么消失，要么沉淀为永久的梗。"不对"的人怎样完成七颠八倒的一生？最后是：长年戴的"面具"取代脸皮，变为身体的一部分。

且观察一个和"盖棺论定"关联的社会现象——退休群体的生存状态。但凡找到"对"的自己，（或者没找到，但懂得"要成为什么人"，无力践行却活得明白的老人），有爱好，有宽容，有悲悯，有充实的精神生活，而浑浑噩噩地活过来的那些，失去目标，不甘寂寞，愈老愈难以和自己相处，而向外求助又碍着面子，于是郁闷，小气，记仇，动辄骂人。这种人的灵魂被一个"不对"的自己绑架了。

"对"的自己，只有极少幸运者自然而然地得到，一如一见钟情的配偶白头偕老。多数人需要自行寻觅。以起步论，在个性得以自由发展的社会，你发现自己"喜欢什么"，又通过自己或者外力证明能够干好所喜欢的；下一步，你将之立为终身事业，而环境又允许你，鼓励你，成全你这个"对"的自我，你就是灵肉统一的幸运儿。虚伪，浮浅，双面，人格分裂，心理畸变，这些现代人难以身免的流行病，都没找上你，因为"对"意味着强大的免疫。

寻觅"对"的自己并非个体的秘密修行，这样的"对"折射到他人生的全部关系。他或她有"对"的另一半，爱情的滋润，使得奉献的双方的人格，在太阳下"正确"地长大，而不必扭曲；他或她有让自己骄傲的事业。一路走来，不可能每一步都没有瑕疵，而是以曲折、坎坷排出"对"的人生；他或她的朋友，其中必有肝胆相照的知己，不管彼此相隔多远，心灵总能呼应。

一旦找到"对"的自己，自我内部的斗争便具备理性，叛逆青春对秩序的反抗，负重中年对陈旧人生的厌腻，衰颓晚年对老病的忧惧，都可以不假外力，关起门来让灵与肉和平地对话，取得和解。

不说终其一生，哪怕是以一个"顿悟"为拐点，只要你觅得"对"的自己，从此你的生命逐渐变得圆融，你的内心丰富而整饬，心脏以神所指示的韵律搏动，你的人生近于完美。

恰 到 "坏 处"

通用的词是"恰到好处"，指"好事情"上的中庸——既无过也无不及。恰到"坏处"是我胡编的，意思是：在坏事情中，有一部分，坏得分寸刚好，坏得让人偷偷欢喜，甚至让人想起金圣叹行将被处死时的欢呼："砍头者，至痛也，无意而得之，不亦快哉！"在人间，"不如意事常八九"，但凡脑筋无贵恙的人，都明白不会总是洪福齐天，总得和坏事周旋。既然坏不可逃避，那么就有"如何坏""坏到何种地步"的讲究。这方面，鲁迅举的例子是：要杀人莫如当刽子手。

以上妙谛，是我那一次手臂摔伤以后体悟的。那一跤也够呛，右臂肘关节脱臼，复位后肿痛，难以动弹，吃饭穿衣都只能用左手，苦头是吃了些，但我不得承认摔得恰到"坏处"。仍旧是从鲁迅老夫子的论调延伸来的，他曾批评郭沫若早期一篇"革命加恋爱"的小说，说它的主人公在战场上负伤，带着打上绷带的左手回到家里，谈缠绵的恋爱，过分讨巧。确实如此，四肢之中，伤了脚难以行走，伤了右手，如果不是左撇子，也感诸多不便。

我那一回拣了便宜，第一，如假包换地"伤"了。由专门诊治工伤的专业医生仔细观察过，拍X光片作佐证。"伤者"的资格确立，我就不用上班，领取保险公司支付的伤残保险金。二是伤得叫人放心，除非有意外，不会导致身体垮台，肿块逐渐消去后，我赋闲时可正常生活，打字，上网，看书，拿筷子，睡眠，动作稍慢而已。

右臂之伤固然美妙，但不是孤立事件。所谓"祸不单行"，同一年我还上了医院的手术台，给左眼割除白内障，这是外科中最小最安全的。割下眼球内壁带阴翳的视网膜，换上人工晶体时，我岂止毫无痛楚，全程35分钟，还带着微笑听主刀医生说他叛逆儿子的故事。

我一直倾向于把"完美人生"定义为"尝遍人间百味"。血肉横飞是伤，右臂脱臼也是，我以后者成为伤员，颇具"以文官资历获授将军衔"的气象；再说手术，换器官、割肿瘤是手术，割白内障也是，我以后者获得躺手术台的待遇，岂不像花买冰棍的钱进了一趟罗浮宫？

以上两种"恰好"的"坏"发生在十多年前。最近读梭罗的随笔集《种子的信仰》，才晓得人算远远不如天算，老天爷使的妙不可言的"坏"中，有一种叫"牛群撞树"。

事情是这样的：供牛群吃草的牧场，因风或松鼠送来种子，各种树木老实不客气地遍地生长。而砍伐费工太大，主人多半效法爱尔兰的赶马人，穿过田野时一路上击打树木。让牛来干却省事得多。牛群喜欢冲进常绿林，在里面顶来顶去，把树木撞断或施以彻底的破坏。"经过牛角这样粗鲁的修剪，我常看见几百棵树在很短的距离内全部折断，它们还可以在旁边另寻目标。""牛爱撞树，这种现象非常普遍，你可能会认为它们简直和松树有仇，其实它们的生存依赖草场，所以本能地要攻击那些侵略了牧场的松树敌人。"

梭罗家的前院就是这样，他最近栽的一棵金钟柏，吸引了一头路过的奶牛，奶牛在离地不到一米处把树撞断。自此，这棵树贴在地上的许多小枝慢慢围拢中心竖起来，形成茂盛而完美的雏形。梭罗的邻居也种了这种树，常常修剪，都不能满意，向梭罗求教。梭罗说，当牛儿路过时，打开院子门就可以了。

相通不相通

鲁迅《而已集》中的《小杂感》，有两条语录，颇堪玩味：

"楼下一个男人病得要死，那间壁的一家唱着留声机；对面是弄孩子。楼上有两人狂笑；还有打牌声。河中的船上有女人哭着她死去的母亲。

"人类的悲欢并不相通，我只觉得他们吵闹。"

虽分段但紧接，因此可认定，从奄奄一息的男人到哭着她死去的母亲的船女，都被鲁迅"觉得吵闹"。当然不必拿阶级斗争、阶级感情一类"大词"，或同情心、博爱之类，蠡测鲁迅的精神状态，无非是人之常情。他老人家本来就有许多烦心事，憋着火气，或苏东坡的"一肚皮不合时宜"，周遭偏一个劲制造噪音。也许他骂娘，埋怨邻居们只顾自己发泄悲哀或取乐，却一点也不谅解他的心情。所以，他下了结论："人类的悲欢并不相通"。

我多事地问一句，设若"相通"，那又如何？站在作者的立场，是否感同身受，进而做出反应？如：病男人将死，他在隔壁要经受临终的绝望与哀切。留声机如果唱的是梅兰芳，他须捏着嗓子跟着唱"海岛冰轮初转腾，见玉兔，玉兔又早东升"。人家弄孩子，他要在旁边助兴或助威。楼上有人狂笑，他大打哈哈。人家打牌，他要下注。船上女人如此悲痛，怎能不去吊唁？至不济也送上奠金。可是，鲁迅什么也没有做。其实，换上任何一个人也不会做，因为不可能。除非有孙悟空的本领，拔一把毫毛，为"相通"而变为成百上千个"鲁迅"。

鲁迅停留于罗列世相，因而留下陈述上的大憾——没有进一步指陈，人类悲欢的导因均大体相近，至少不相悖。病得要死的男人不可能欢欣鼓舞，开留声机的人不会忙得要死，狂笑不会起自九曲愁肠，失去母亲的女人不会开庆祝会。至于"弄孩子"，因太笼统，不知道是"下雨天打孩子，闲着也是闲着"，还是三娘教子，但无论如何，都有理由，有骨子里的亲子之爱。人间如网络，同理心与同情心是其"纲"，如果抽走这一超越价值观的"最底线"，人与人之间连起码的交流也不可能，社会连架构也没有，遑论互助互爱？

其实，问题不在生命个体各自呈现喜怒哀乐，而在：

一，并置时所造成的对比。所谓"不患寡而患不均"，"均"与否是比较的结果。所谓"朱门酒肉臭，路有冻死骨"。我们从来大而化之地断言是前者造就后者，下一步是劈开朱门，抢走库房的酒肉，分送给准饿殍。人类的历史却不是这般非黑即白，财富的分配不是水浒传里英雄所宣言的"杀去东京，夺了鸟位"。回到鲁迅的现场感觉去，所有的"吵闹"，在特定时空都与他格格不入，只引起厌烦，教他急欲逃遁。

二，呈现之际的互动。一旦进入"关系"，因接触而产生摩擦、渗透、碰撞，在所难免。如此，错位就是问题的根子。枯辙之鲋要马上获得"升斗之水"，对方却要到南方去游说吴国和越国的国王，引来西江水。对冬天连鞋子也没有的人推销防晒油，在无人读书的村子建图书馆，一厢情愿的好意，在时间、对象、手段上，与对方的需求难以契合，所以作用要么是零要么适得其反。

回到鲁迅的语录去，我们可能提供一个解决的办法？答曰，釜底抽薪之策是没有的。"吵闹"是不能消灭的，不躲，就只能把门窗紧闭。除非你忽然变得"人溺己溺"起来，走出去，给他们以力所能及的帮助。

"报纸"之喻

在瑞典裔诗人隆克维斯特的散文诗《今天》（秀陶译）读到："一张折叠得好好的像是不曾打开过就被抛弃的报纸"，它是一连串譬喻"今天"的排比句中的一句。我读了，愈是琢磨愈是惊心。

报纸，每天都出版的报纸，尽管纸媒业日逐式微，但兼职中学生骑着自行车，在住宅区一些人家的门外稍停，把放进塑料袋的报纸一甩的旧时景致，还偶尔见到。如果报纸不曾被任何人寓目就安卧于专盛可循环再造垃圾的蓝色桶里，即使订报人因花费小而不介意，报纸自身可会为自己的命运而忧伤？一份报纸的正常遭遇，恰与此相反。如果开印前已是万众期待，刚出印刷厂就被抢购，如"日本投降"的号外；如果读者争相传阅，报纸粘上数以百十计的指印；如果报纸缺了一块，那是被人剪存；如果被没收，封杀，那就从反面证明了影响力。为数极少的报纸，被各级图书馆装订成册，成为编年史充满活色生香的底稿，除非戈培尔所编的那些。

从报纸推想到物。两种状态，你欣赏哪一种：刀子，钝了，带缺口，把子被磨得光滑且带光泽；还是崭新，连刃都没开？日记簿，要一尘不染的空白，还是填满文字，杂以劳动者来不及洗净的泥垢或油污？土地，要长满野草，还是遍植饱满的稻穗？我当过知青，看过老资格打柴汉子的扁担，微弯，通体金黄，多少年两端挂重物，中段与古铜色的皮肤及棱棱瘦骨厮磨，最后成了"精"。

从报纸推想到人生。日报也好，周报也好，最后的去处，在环保的潮流下，多数进入纸厂再度成为纸浆。放在过去，一部分被当燃料。30年前为赶时髦，往家里客厅的壁炉塞进大量旧报纸，不但省钱，还看到纸灰飞舞如蝶。再早一些，国人"敬惜字纸"，报纸送入特别的炉子。且循"燃烧"的思路，所谓百炼成钢，人的灵魂须一次次地被烧。以烧旺，烧透为上品。

童年，拥有备受家庭呵护，不愁冻馁，天性不受压抑的环境，可疯疯癫癫地玩耍，全心投入出乎天真的游戏，天天发出无忧无虑的笑声；还是像大饥荒年代的小孩一样，哀求爷爷："不要吃掉我，我给你洗衣服"？

少年，既可像蜂酿蜜一般吸取新知，又可培养独特的爱好，干喜欢干的事，还是成为肩负生活重担的小大人，以学骗人代替求真理？青年，郁勃的生命力用于正道，成为堂堂正正的人；还是蝇营狗苟，低眉顺眼？然后，是奋斗的中年，加班的疲倦和家的温暖……

有过刻骨铭心的爱情吗？哪怕它伤筋动骨。有过对正义事业义无反顾的投入吗？哪怕它教你备受误会与摧折。可有过长别前的依恋，可有过恸哭长夜，可有过痛不欲生，可有过欣喜欲狂……每一次感情的大起大落，理智的急剧震荡，壮士断臂的割舍，使灵魂获得洗涤，使生命攀上新的层次。一如痛快地成灰烬的"报纸"，较之潮湿的同类呛死人的"闷烧"，你要哪一种？

想及这些，感慨无限。人到晚年，返顾时如何使遗憾"尽可能少一些"？那就要在年富力强之时最大限度地"使用"生命，并非酗酒，赌博，出轨这一类带罪恶的欢愉，而是发现自身潜能，进而培养它，让它成为事业或者爱好，穷一生之力，把它推到所能达致的高度。如此，如果仍拿"报纸"作譬，你从一天的新闻变为永久的信史，至少于个人如是。

许多年前，在一个文学演讲会，中场休息时，看到两位老作者。一个让对方看自己手腕的茧子，那是每天敲键盘结下的；另一个说，我还是用钢笔。伸出右手的两个手指，指甲旁边也有厚厚的茧子。人生的答案在这里。

生命的空隙

　　和友人讨论生命的内容。从具体可见的入手，日常的累积就是人生，每一天，如无意外事件，起床，洗漱，早餐，前去上班，工作，午餐，上班，回家，晚餐……中间也许加插"咖啡时间"，在家，加上陪孩子做功课，玩耍，看电视……且自问：不管时间耗费在多少"行为"上，日子会不会被填满？且举一个极端的例子：一个死囚，在最后一天，他能点尽可能丰盛的菜，加上饮料，终归会给撑得没了胃口，有没有心情海吃大喝还是疑问。此外，他要做的都做了，如立遗嘱，见必须见的人，说非说不可的话。既然奈何桥近在咫尺，万念俱灰，最佳的消磨方式是死睡，睡死，或烂醉，醉死。如果要死出不朽来，效嵇康，在刑场弹《广陵散》是上上选，前提是真地风雅，且手指不颤抖；又有不怕被告发，体恤特立独行者的风雅行刑官。也听说过，某人上刑场前给囚友写对联，时间到了，他说稍候，从容蘸墨，把字写完，才振衣上路。无论怎样，死囚也有一段时间，不得不待在特定空间——和自己相对。这就是生命的空隙。

平常日子，这一类空隙更多的是。周末于繁忙的职场生涯，是小空隙；假期于轮轴转的庸常日子，是中空隙；退休于填满压力的生命，是大空隙。一如星辰，是铁板一块的天空的空隙，溪流和湖泊是缺乏灵动的大块土地上的空隙。小区里面的小树林下，大妈正挥动大扫把扫落叶，三步开外，一个两岁的孩子咿咿呀呀地和她"谈话"，她布满汗珠的脸笑成菊花。我想，孩子晶亮晶亮的眸子，映射在母亲的心灵里头，是一块小而纯净的空隙吧？

空隙，有的人视为享受，有的人视为罪恶，更多的人是视而不见。最近一次堪称完美的游玩，教我对这一形而上概念产生新的感触。我和六位同龄人所去之处，是一位友人的度假屋。1700多平方英尺的大宅，建在运河边。打开后门，往前20步，是每户必有的迷你码头。晶蓝的河水里，系着两只小船，还有一只游艇，停在岸上车库旁边的棚子内，被塑料布盖住。可见主人何等热衷水上活动。钓鱼，是他的首选。前几天，他在微信群"晒"一条六斤多的金目鲈，倒提着战利品，神情却是满不在乎的。

访客们凭栏看水上风景，赞叹连连。在阳台上落座，喝毛尖，品纳帕谷的"梦露"葡萄酒。午饭是羊排，晚饭是一块至少一斤、火候恰到好处的纽约牛排，都是烧烤炉上煎出来的，主人在肉上撒上五花八门的佐料，肉香夹在花香里。昨天气温暴升，热得人不敢离开冷气充足的室内。今天清凉如秋，清风轻拂。

人生至此，夫复何求？这一群，都有过饥寒交迫的青春，有过劳累与乡愁均丰沛的中年，才走到这宁静的水边。我岂敢说，最后一段的"无遗憾"是自己挣来的？没有命运的眷顾，我们也许是茅屋里孤苦无依的老人，一如此刻，倘无长于钓鱼与烹调的主人，我们只好在公路上转悠。

然而，总感到有所欠缺。我把码头上拴的钓鱼线提起来，线端有一条能动弹的小鱼，这是钓饵。我把线放回去。直起腰，凝视三只野鹅后面的涟漪，顿时想及，即使是无懈可击的销魂时光，依然缺不了一个间歇，让思想飞扬，而感情沉淀。物质的、行动的、木实的人生之中，必存在着非意志可抑制、取消的空隙，那就是对超越的渴望，对"归宿"的诘问。问题在于，你须珍惜它，善用它。想到这里，我从豪爽的碰杯声中走开，躲在水边，直到海鸥掠过头顶。

"喝咖啡"与"工作"

　　"鸡汤"式文字常常遭人嘲笑。若论鸡汤的祖师爷,可追溯到这样一句,我们小时候就听老师说过无数次:"哪里有天才,我是把别人喝咖啡的工夫都用在工作上的。"

　　考其出处,不见于鲁迅的著作;据说出自《鲁迅先生珍惜时间的故事》,"故事"是谁写的?会不会是许广平先生?且待新一代考据家翻故纸堆。

　　我刚才边喝咖啡边胡思乱想,忽然福至心灵,就此发起疑问:鲁迅夫子这一名言有没有疏漏?把"喝咖啡"和"思考"对立起来,进而把"思考"排除于"工作"之外,是否允当?

　　且看嗜咖啡如命的巴尔扎克,他曾预计自己将死于三万杯咖啡。据后人估计他一生饮用的咖啡超过五万杯。诗人艾略特有句:"用咖啡匙度量生命",用来描写他恰如其分。一般人认定,他喝咖啡为了保证写作时头脑清醒。其实,只要向若干专业写作者,或扩大范围,向脑力劳动者,尤其是以创意维持生活的艺术家、广告与时装设计师作一个问卷调查，就可以发现，喝咖啡岂单是简单的"提神"？咖啡往往是灵感的催化剂，精神靠咖啡因的刺激而苏醒，振作，飞翔。退一步说，咖啡室的氛围，闹哄哄也好，宁静也好，也常常成为艺术的温床。

喝咖啡本身可能就是"工作"，如果你呷一口那阵子忽然悟出什么，从而突破构思的瓶颈；或者"咖啡友"的妙论启发了你，或者你透过咖啡的热气所读的报纸上，一处新闻教你拍案而起，进而奋笔疾书。喝咖啡也可能不是"工作"，如果你神游于九天之外，如果你一味发呆，如果你只顾听邻座高谈阔论，如果你忙于思念恋人……然而问题来了，以最后一句的假设论，思念恋人如成为一首旷世情诗的契机，那么，"这一杯"难道可与主业做机械的切割？即如此刻，我"喝"出一个疑问，进而将之写成一篇文字，尽管它难脱"狗屁"之讥，但说是"工作"也不算离谱，只是不够庄严。

总之，"喝咖啡"是休闲、是解渴、是娱乐、是工作，抑或诸般因素的混合，殊难界定。除非是这样的"工作"：咖啡店门外，有一堆重100吨的沙子，你要把它铲起来，运上卡车。你要么为了省掉咖啡钱，或者为了完成死任务——若不按时完成，而在旁手执皮鞭的奴隶总管又不限于"以鸣鞭为唯一业绩"。那么，你尽管把喝咖啡的时间用上去。只是，搬运沙子出大汗，但没听说过出"天才"。同理，也是这位奴隶总管，把一位业已被封为天才的"情诗王子"关在咖啡店，来一次命题作文，让他在限定的时间完成一首声讨他仍然爱着的姑娘的诗篇，必须气势汹汹，必须写足一百行，你说，他能写出怎样的文章？

放在网络时代的语境，纠缠于喝咖啡的时间该不该"省下来"，用于工作，更近于滑稽。重提旧事，并非厚责贤者，而是澄清一个成见：针对创造性劳动（即无法量化的知性活动），试图规范它的运作，不但徒劳，而且可能引向钳制思考，消灭思考的极端。

苹果砸在牛顿的头上，世界上有了万有引力定律。为此，引出许多疑问：苹果树是不是为此定律而种，"这一颗"苹果是不是特选，树下有没有预先摆下椅子、桌子，有没有咖啡或英吉利红茶、小点心之类？你可能回答这些无聊问题？所以，让后世的万万千千个"牛顿"阅读，考察，思考，质疑，讨论，发表，这就够了。至于他喝不喝饮料，什么时间喝，那是无关紧要的。

"真"各各不同，"假"大多相似

　　且走向山野，每一棵树，每一朵花，每一株稻穗，形貌与姿态极难找到一模一样的。且走进制作塑料花的车间，无论技术精良到"几可乱真"，模具的数量总归有限，批量生产，难免"千花一面"。人也一样，所谓"人之不同，各如其面。"这"面"，当然是真材实料，别说戴面具，连整容也没有过才算。假的人呢？当然，不是体现在脸部化妆，遮掩，而是从言行到内心的虚伪。擅长于装假的人，说假话，摆假表情，做假动作，本领即使出神入化，差堪乱真，教人把"万般皆假，只有骗子是真材实料"一讽世语的奥义聚焦在骗子的"成色"上。然而，和各适其适、千姿万态的"真"比，"假"较为类型化，单一化，表面化。

　　比如，假的人过分在乎外表，以攫取对方的第一印象。欲扮演有钱人，外面必须名牌，至于内部，衬衣破旧、肮脏不是问题；甚而晚礼服里的雪白"衬衫"，只有熨得坚挺衣领及袖子。老到的骗子，出门必"身光颈靓"，宁可坐租来的礼宾车也不会开中档以下的车。入住的旅馆必四星五星，但可能是里面最便宜的单房，他只要对方看到他"在那个高级地方进出"。

比如，假的人言辞闪烁，动作虚浮。两面人生有如两只手同时挥毫，各写不同的字，一个脑袋哪里顾得过来？所以，骗子的精神活动只涉浅层，这么一来，就从无真情流露，除非天赋"说流泪就流泪的"的异禀，他们为了效果，要在擦脸的手帕上偷偷洒上辣椒水。中国有一个传统戏码，道破真与假的实相——两个女子带上一个幼童，对簿公堂，都坚称自己是幼童的生母。清官遂令人在堂上画一圆圈，让幼童置身圈内。再令两女子各拉幼童一只手，以"力气"定输赢——谁把幼童拉到圈外，谁就拥有幼童的抚养权。拉拽开始，幼童痛得哇哇大哭，一女子受不了，松手。幼童被另一方顺利拉出。胜利者得意洋洋，以为孩子归她。不料县官一拍惊堂木，把幼童断给没用力的一方，根据是：真母亲怎么忍心折磨亲骨肉？

比如，假的人活得很累。作假最大的麻烦，是怎样使人"信以为真"。而一旦骗人成为专业，谎一天到晚说无数次，必前言不搭后语。为了掩饰已说出口的假话，不能不编造新的谎言；长此以往，假假相叠，以许多种"版本"的假来埋藏一个简单的真。越描越黑，越说心越不踏实。此所以有一说：浓妆女子不能大哭。

比如，假的人专注于短期行为。行骗者自知久必露馅，所以讲求速战速决。他骗你投资，一旦你开始相信他，他就出手迅疾，把你套牢，紧接着，他要把你的血汗钱和房产证弄到手，目的性过分明确，每次出手都要从被害者身上刮到东西。

比如，假的人只有能耐施行有限的套路。电话诈骗的团伙，不外乎几个固定的脚本：冒充法庭、公安局发传票，"猜猜我是谁"，假扮发生意外的亲友。

假的人，技术含量有高低之分，真正的麻烦在于活得七颠八倒，里外不是人。长此以往，到说假话过分顺溜，一似面具嵌进皮肉，再也拿不掉，就完成了从假到傻的蜕变——把自己也骗了。

假的人能够售其奸，获得巨大的利益，盖因在"假如我是真的"这一极具讽刺的悖论里，"真"可以胡作非为，让这些渣子实现利益最大化。如此，驱逐"假"之前，须把无恶不作的"真"清理掉。

"没有感觉"考

"没有感觉"这一相当普遍的"感觉",不是如中风者的手足，飓风中的峭壁一般"无所感"，而是对某种感觉的忽略，错置，删除，转移。形诸交往过而以分手收尾的男女，这是过硬的理由。形诸结合多年的配偶，是"左手牵着右手"。形诸习见的人和事，是视而不见。形诸日常言行举止乃至生活方式，是"习惯成自然"。

"没有感觉"，有时是因为"从来没有过"。非洲的多瓦悠人，到了现代仍然坚信部落里的巫师可呼风唤雨。塞在牛角里、未经阉割的公羊的毛，用来召集云。来自数千前的祖先的蓝色小石头上，抹上公羊毛油脂能造雨，用红赭土涂镰刀可造虹。他们推理的链条是可笑的环形：有人问"你为什么这样做？""因为它是好的。""为什么它是好的？""因为祖先要我们这么做。""祖先为什么要你这么做？""因为它是好的。"不用说，他们对现代文明毫无感觉，一个煤油电冰箱被视为"妖怪"。再看从前的百姓，遇到不公不义也好，身负天大冤枉也好，只幻想包青天来搭救，不然就让老天爷六月飞雪，却不会诉诸法律。从来没有经历过，体悟过，思维系统不存在这一类信号。

"没有感觉"，有时是因为长久地失去参照。对陆地的安稳，离船回家度假的海员很有感觉。对家里饭菜的香味，在学校吃食堂的学生很有感觉。回到同床共枕多年，恋爱时的"触电"早已消失的老夫老妻去，"左手"摸"右手"，什么时候有"感觉"呢？对不起，一方在病榻上，一方来探望，坐在床边轻抚缚输液管的瘦手之时。我永远忘不了祖父，他69岁那年，祖母因心梗猝然辞世。祖父开始并没有强烈的反应，只独坐发呆。深夜，他回卧室，目睹并排的两个木枕头，哇一声号苦："睹物思人啊！"

"没有感觉"，多半因感官不复敏锐。如果说，面临巨大的天灾或人祸，人对遍地尸骸没有感觉，心肠变为铁石是为了自保的应激反应；那么，承平日子，你处于太多的"好"包围中，若失去对爱的敏感，对善的感知，那是要不得的缺陷。不错，我们吃轻信的亏太多，一代代受骗使得基因中的"提防"增加，领受别人、特别是陌生人的恩惠时，条件反射式诘问是："哼，说不定有所图。"久而久之，"好心当作驴肝肺"成了正常。

我的朋友告诉我一个故事，30多年前，他在美国留学，取得学位，要办转变身份的手续，所需费用浩大，但手头拮据。签证快要过期，他急得要命，便向一位律师请求费用缓交。日裔律师却说，我替你办，完全免费。事后，他上门道谢。律师对他说，你不用谢我，我只要求你也这样帮助无告无助的人。这里面，含有太多的人生感慨。

"没有感觉"的，如果是遍尝天下美食的饕餮者，要他节食一个月，每天吃寡淡的青菜。如果是被娇惯的孩子，让他明白父母的呵护何等周全，让他去独立生活，连零花钱也要自己挣。缺乏自省能力的人，容易变为不知恩不感恩的白眼狼。唤醒他们的良知，恢复他们的感觉，较有效的是送他们去重温痛苦。

黄河上逆流行舟，岸上人看到的是曲弯前行的船，"感觉"聚集在纤夫的肩膀和赤脚上。

"甩锅"解

久没见面的朋友在电话向我诉苦。上个周末，他那上大三的儿子借了他的多功能车，和三个同学去160多公里外的小镇游玩。归途上的一段，由一位女生驾驶。女生拿了驾照已五年，技术不能说生疏，但从一停车场开出时，错把油门当刹车，他的车和人家的车都遭殃，女生受了轻伤。本该快乐的周末完全变味，儿子把女生送进医院包扎，把撞凹的车子开回家。

次日，友人和儿子去女生的家探望。女生的父母都没好脸色，谈起这次事故，用了一连串"如果不……就好了"：如果她不开车就好了，如果她开车时有人从旁提醒就好了，如果不在那个停车场停下来，去麦当劳就好了，如果车子是最耐撞的"沃尔沃"就好了，如果同学没拉她去就好了，如果她不认识你家孩子就好了。最后，归结到：你如果没车就好了。说千道万，缺了他们的宝贝女儿开车技术"不怎么样"这一条。这次探望，虽然带来鲜花，友人也声明不需闯祸者埋单，让保险公司理赔，宁愿自己以后多付保险费，依然败兴而归。

"知道吗？这桩事我琢磨了一夜。"友人苦笑道。"可有结论？"我问。"有的，那就是：甩锅是普遍的人性。""哈哈，非要将'个别''偶然'推得这么开吗？"我不解地问。友人说，且扪心自问。再予以引导："你当过媒人没？"

我说，当过。滋味如何？我想起来了。30年前，我居间牵线，使一位广东女子越洋嫁给美国一位白人男子。不到三年，婚姻泡汤，为离婚和给孩子付赡养费打官司，卒两败俱伤。事后，白人男子每次和我谈起，必痛心疾首，骂够她没良心，总带出一个结论：千不该万不该，当初瞎了眼。这不明摆着，锅由介绍他认识她的人背吗？自然，我不认账。从他们两人通信开始，我就反复提醒：恋爱和婚姻是你们的事，好坏均与我无关。从它，我想起家乡的俗谚："不做媒人三世好"。友人补充：坏的婚姻如此，好的呢？一般而言，不会饮水思源，只归功于自己。

友人说，所谓普遍的人性，指的是人面对自己所犯错误的直接反应。未经理性的筛选，来不及权衡利弊，一如被火炙即缩手，不须由大脑下达指令。业已铸成的错，人最先做出的是掩盖，否认，力求撇清干系。如果难以做到，就得自行承受巨大压力。压力来于自责。由于无可挽回，责任全在自己，须赔偿，须受追究，颜面丢尽，这是极痛苦的。为了躲避，务必把"锅"卸掉。这思维惯性可能源于基因。你小时候走路摔倒，痛得大哭，大人怎么安慰——使劲拍打地面，骂："是你不好，打你打你！"于是有俗谚："屙屎不出怨地硬"。"锅"甩给谁？要么是实实在在的人，没人？那就甩给"命运"。太大的锅，如死人，破产，叫"命不好"。败走乌江的西楚霸王自刎前叹道："天亡我，非战之罪也。"小的锅，如破财，六合彩不中，遗失东西，叫"不走运"。甩得出去心里才好过。归根到底，这是人为维护内心免于崩溃而建立的机制。

友人最后说：对这一人性黑暗面之所以有所警觉，是因为"未能免俗"。"前天，一旧同事邀去喝咖啡，我走向星巴克时，没留神路旁一块石头，摔倒，膝盖破了一层皮，幸亏老骨头没断。我一瘸一瘸地进门。旧同事看到，问：'怎么啦?'我生气地说：'都怪你!'话一出口，就脸红，赶快改口：'开玩笑，没事。'"

找"封套"

　　英国十九世纪最出色的随笔作家兰姆，这样描写一位书呆子："纹丝不动地站在古旧的书架中间，活脱脱就是一本书。我真想把他塞进一个俄罗斯羊皮封套里，在书架上给他找个安身之处。"书呆子面对书架，为何变为"雕塑"？我想来想去，只好这般解释：某个瞬间，他要么被眼前某一本神奇的书摄去魂魄，要么正为了书而祈祷，要么对着书想入非非。但不可能长时间如此。书呆子，顾名思义，是爱看书的，较常见的行状，该是把书打开，一页页地翻开、阅读、沉湎其中，最大的可能是沉默，但不排除出位的举措，如喃喃自语，如高声朗诵，如绕室徘徊。无论怎样，手里有书才切题。不过，找一个合适的"封套"，把人塞入，插进"书架"，这一奇思妙想，引起我的兴味。

　　这样的"封套"，上面的"书名"，无疑是某一种"人"。兰姆用上俄罗斯羊皮封套，上面所列的书名该是什么，不言自明。同是"书呆子"，还可细分，如：炫耀型，沉思型，文抄公型，掉书袋型，食古不化型……放开来看，一样米吃百样人，我们可否仿效兰姆，用封套，将类型化的"人"塞入，加上不同的标签？

我们小时候，从看电影，看小人书，到面对一个不明来历的陌生人，好奇心聚焦于"是好人还是坏蛋"。如今是信息化时代，找"封套"更容易。随手可拿出：任何时间和场合都忙于低头刷屏的，是"手机控"。而且现在不是遍地皆"粉"吗？忠诚于某种货物，如苹果产品，叫"果粉"；狂捧某歌星，影星的，叫"X粉"。"粉"有级别，如入门级、铁级、骨灰级。同样，"渣"可细分，头上长疮脚下流脓的，放进"人渣"的封套。因功课不好而自惭形秽的，放进"学渣"类。为人温和，不走极端的，放进"佛系"。得不得理都不饶人，在微信群包办辩论的，放进"杠精"。

人的本性虽然难移，封套却可更换。鲁迅笔下的一群人，但凡有热闹可看，"领颈都伸得很长，仿佛许多鸭，被无形的手捏住了似的，向上提着。"其中有的"竟至于连嘴都张得很大，像一条死鲈鱼"的"看客"，如今叫"看瓜"。

发挥到这里，却踌躇起来，"归类"即把五花八门的"封套"插进"人样博物馆"里头的"书架"，是哲学家、社会学家的专业。从如今热门的"大数据"归纳而得的"封套"，偏于表象、片面，只着眼于最大公约数，给人的一个或数个方面贴标签，却难以反映全貌和本质。而况，在流行"墓志铭式的郑重表扬"（张爱玲语）的社会，烫金"封套"华贵有余，而里面恐怕是谎言的集合。文学却相反，专注于单个的、具体的、有血有肉的"人"，其功用和"封套"恰恰相反——把"标签"毁掉，致力于深入的挖掘，立体的表现。仍然以"书呆子"为例，他不可能总是面对古旧的书架

"纹丝不动"，而迟早要走出书斋。若然，他的人生是这样的呢？比如，被剥夺拿书本的权利以后如何，凭学问赢得上面的提携，当上"文胆"以后又如何？即使"呆"没有大的改变，也应出以不同的形式。

外国人云："爱整个人类容易，爱某位邻居却难。"前一句和"封套"有关，源于概念的抽象；后一句就是文学了，难处在于：以满怀爱意的笔，触及不可爱的"邻居"那可爱、可悯的心。

"得奖"与"蛀牙"

　　说起得奖，除去特殊情况，如奖杯和奖金来自不共戴天的仇敌，以及21世纪较为流行的"内定"、桌下交易之类，一般来说并非坏事；但张爱玲在晚年，把获得台湾时报的"文学特别奖"这"意外的荣幸"，视为"一只神经坏死了的蛀牙"，"一点感觉都没有"。

　　为什么呢？说来话长。1939年冬，张爱玲刚从上海去香港上大学，碰上《西风》杂志悬赏征文，题目是《我的……》，限五百字，首奖的奖金五百元。其时全面抗战刚开始，手头很紧的张爱玲，写了一篇《我的天才梦》应征。不久，收到杂志社回信，说她得了首奖，"就像买彩票中了头奖一样"。消息在同学中传开以后。张爱玲收到了全部获奖名单，首奖改为别人写的《我的妻》，她自己的名字排在末尾，变为"特别奖"。

　　原来是黑箱作业——据说是"有人有个朋友用得着这笔奖金"，所以，即使字数三千多，远超规定，又过了截稿期限，也早已通知张爱玲得首奖，出版社也不顾了。如此荒唐，教青春年华的张爱玲齿冷。张爱玲去世前四年为"第十七届时报文学奖特别成就奖"写得奖感言时这般表白：这一年轻时的不愉快遭遇，"隔了半个世纪还剥夺我应有的喜悦，难免怨愤。"

且来检讨与之类似，在思维最活跃，记忆力最好，生命力最旺盛的成长期所受的精神伤害。一位姓吴的退休医生，对小学五年级的两桩小事记忆犹新：学校组织课外学习小组。他被编入的一组，组员是六位住处接近的同班同学，组长是兰兰。按照班主任的布置，晚上集中在兰兰家做作业。11岁的小吴在家吃过晚饭，往兰兰家走去。在门口，被兰兰截住。兰兰拧着眉头上下打量他，冷冷地说："你不能进去。""为什么？""……反正不能进去。"兰兰说完，走进家里，顺手带上门。小吴对着门发愣，搔着头发，寻找被拒绝的缘由。

他想起兰兰一向来对他的态度，很快明白，是因为他家穷。是啊，母亲过世早，他和妹妹随父亲过活。父亲在镇里一个竹器合作社，编箩筐、篮子，那是按件计酬，父亲的手指患了类风湿，很不灵便，拿到的钱少得可怜。每月连买米的钱也未必有着落，哪里顾得上衣服？所以，小吴兄妹从小没穿过鞋子，衣服没一件不是破的。有妈的穷人家，孩子的衣服带补丁。但小吴的爸爸，只会给孩子的破衣服加上别针。家境殷实的兰兰认为，让叫花子似的小吴和自己坐同一张板凳太丢人。

小吴心里堵着，咬咬牙，回到家，从衣服堆里翻，前几天爸爸从亲戚家讨来的几件旧衣服里头，有一件竟没有破洞，试穿，蛮合身。第二天，他上学，找上同班的珍珍，告诉她，他不介意珍珍的学习小组离家远一点，问她欢迎不？珍珍迟疑了一下，忸怩地说，本来没问题，可是，兰兰迟早知道，她会骂死我。

事过半个世纪，吴医生在小学同学的聚会上见到兰兰。他多么渴望对方说一句对不起，可是老于世故的兰兰虽然对这位名重一时的老同学谦恭有加，但小时候的过节绝口不提。吴医生以为她淡忘了，故意与她一起回忆"五年级那阵子"，她有意无意绕过"学习小组"。珍珍稍有不同，虽没有提及旧事，但请他吃饭时作了"赔礼"的暗示，算是心照不宣的和解。

好在，同样是年轻时受了伤害，吴医生没有像张爱玲那样，被剥夺了某种应有的喜悦，只是隐隐有些不快，抱着"但愿对方有所反省"的期许，等不来也无所谓。他一辈子奉献于治病救人，退休后当义工，给无数认识的和陌生的病人送医送药，事迹极为感人。

两全其美

　　人生在世，谁都想在任何境况中都活得不错。古时圣贤给士人开的方子是：达则兼济天下，穷则独善其身。粗看似进退裕如，但细想，这两条未必能够涵盖一生，盖因达与穷是两个"既成之局"，前如金榜报名时，后如饥来驱我去。但一辈子的多数时间是"进行中"，不是向上爬，就是往下跌，都未必顾得上把修治齐平放在恰当位置。所以，谈不上全程的两全其美。

　　然而，"蚂蚁进磨盘——条条是路"的状态，谁不向往？聪明人终其一生，为此而孜孜矻矻。且看这方面，现实社会中谁能做得较为漂亮？想来想去，真不容易找。零和格局中追求双赢，就是古人嘲笑的"又要马儿好，又要马儿不吃草"。卒想起一种行业——博彩。赌场赢赌客，这是铁律；然而有时输惨了。粗看赌场是纯粹地"亏"了，其实不然，某人在俄罗斯罗盘赢了 100 万美元，最落力做宣传的偏偏是"输家"，为什么？赌客如一年到头尽是"孔夫子搬家"，怎么有余勇回头？必须偶然中一两次，"发财"的野心才得以维持。所以，让久赌必输者破破戒，是吸引回头客的必须。

至于普通人的日常生活，该怎么设置"两全"呢？旅美作家余国英有一妙文，写的是她的丈夫。老汉赋闲后第一件大事是与朋友们出海钓鱼。为此，置办大船。为拖大船下水，换上大车。为了掌握天气，买了专报气象的高级收音机。天气好，自然呼朋引类，给马达加油，买鱼饵，备午餐，忙个不亦乐乎。雨天或风太大呢？老汉去跳蚤市场买了一台二手割草机。一连几天，一脸油迹，顾不上吃饭，终于修好。这时才发现院子里无草可割。于是购买大量草种，撒遍院子。从此，晴天垂钓湖上，雨天滋润草地，无不正中下怀。这位兴头十足的老人，拥有哥伦比亚大学化学博士学位，在专长无由发挥的晚年，钓鱼也好，种草也好，都出于兴趣，无一不和理性契合。

中国民间有一传说，也和天气有关。说的是：丈母娘有两个女婿，一个卖伞，一个卖煎饼。头一个的商机在雨天；后一个呢，天气不好没人光顾摊档。这么一来，丈母娘遇晴天担忧伞的销路，雨天又为煎饼卖不掉发愁。类似的事，一个人左右逢源；另一个进退两难。

如此说来，如果有自主权，最好做"两得其所"的生涯规划。比如，择业上，兼擅最好，有主有从，有动有静，有脑力有体力。休闲上，无论独处还是群聚，户外还是室内，都有消遣。交往上，有清夜深谈的知己，也有联袂远游的伙伴。广东人有一嫌粗野的活法：撒尿兼捉虱，道的就是类似的门道，但偏于"一举两得"，这里强调的是两举一得——以不同途径获得一样的结果——心境的快乐，生活的均衡。

话说回来，如其称赞某案牍劳形的会计师走出办公室以后，在健身院当教练，不如领略林语堂《二十四件快乐小事》一文，其中一种"不亦快哉"是这样的：黄昏，工作完毕，吃了饭，又吃了西瓜，独坐阳台乘凉，口衔烟斗，若吃烟，若不吃烟。江风中看风景，若有所思，若无所思。

原来，两全其美，可纯然由"感觉"制造。烟斗叼着，吸不吸烟，却随心所欲。同理，面对山川胜景，"思"与"不思"，悉听尊便。明乎此，在自身身体与心灵均有起码的自控可能这一前提下，自我设计和实践都可以逐步达致两全其美，从而增加科学性和合理性。

人生如"模"

初春一个周末，清早往旧金山海湾以东的国家公园登山，全程超过 10 公里。天朗气清，杨柳风吹面不寒，逶迤的小径干爽，偶然须涉清浅的小溪，跳过水漫流过的坡面，样样恰到好处。感觉于是乎好得无以复加，总括而言是：完完整整地拥有"自我"，连手机的信号也没有，别说任何种类的"帝力"了。轻风吹拂不多的头发之际，居然讥笑苏东坡不朽的词句："长恨此身非吾有，几时忘却营营？"

坐在山脊上边啃火鸡肉三明治，边眺望如黛连山，心中冒起"我见青山多妩媚，料青山见我亦如是"。拔起身下咯人的狗尾巴草，"独坐莫凭栏，无限江山"随口而出，把手里的草虚拟为故土某处拍遍许多世代的"栏杆"。两只黑不溜秋的乌鸦在头顶盘旋，影子模糊，我把两句陶诗送给它们："山气日夕佳，飞鸟相与还。"不敢吟哦出声，怕两位"驴友"笑话，他们正在讨论《百年孤独》的得失。

小憩之后，继续前行。掉书袋一发不可收，久已淡忘的诗句争先恐后，"芳树无人花自落，春山一路鸟空啼""山峰随处改，幽径独行迷""山从人面起，云傍马头生""迟日江山丽，春风花草香"……略感遗憾，如果同行者有三五位腹笥颇丰的旧体诗词爱好者，引诱他们来一次背诗竞赛，一定有好戏看。但不敢奢望还可能演出"斗"诗——出一个题目，才思敏捷的率先口占一绝，随后，各人竞相步韵唱和。一次春游回来，诗囊里添若干佳篇。可惜，这等兰亭式雅举只属线装书时代。我连打油诗也做不来，只能看热闹。

　　到这阵子，还算得逸兴遄飞，然而，一个问题把自己问倒了：除了别人的诗，你独家所有的佳兴怎么表达呢？是啊！从开始我们就失去自我，无一处不是拾人牙慧，戛戛独造，从何谈起？然则，失去独创性，就没有了存在的意义。一代代名正言顺的抄袭，却应了叔本华的名言："读书是让别人在我们的脑海里跑马。"

　　是啊，我们在"开卷有益"的思维定式下，可曾警惕，这"马"的铁蹄是可以毫不温柔地踩踏思想的。叔本华以上警句还有下一句："思考，则是自己跑马。"我们的问题恰在于，"独立思考"这匹马起跑前，要么被权力拴住，失去驰骋的自由；要么自己惮于探险，怠于去陈言，怯于解放心灵。于是，无一例外地，成为"两脚书橱。"

　　读死书，死读书之害，一位有"书痴"美称的朋友是这样描述自己的：为文堪称荆天棘地，好不容易写出一段，回头读，咦，怎么像从XX抄的？为了对照，找遍书架，把人家的原作检出，对照，果然多处雷同，罢了，推倒重来。为了排除"人家的东西"，翻来覆去地折腾，整天写不到一张稿纸，撕掉的团掉的，字纸篓差不多满了。写不出还是其次，由此痛感自己的冬烘已无可救药，竟至万念俱灰。他大梦初醒时，已近80岁，无力改换跑道。此公向来以渊博获文林推重，少时立志高远，终竟成就不高。

我在山上一路走，一路反省。单从人文修养与趣味这狭窄的范畴看，我们从小被"按"进一个固定的模具，铸成"近似"远远多于"独特"的"成品"。这一现象有多普遍，浏览网络里林林总总的时文，有多少被共同援引的"名句"就明白一二。因而，遍地是因循、奴性、苟且，少突破性创造，少有卓越的思想家。

想到这里，风声呼呼，我把夹克穿上，走近水声叮咚的溪流，波面没有漂着我倒背如流的旧体诗，顿感轻松。片刻，诗句在心间泛起："我的名字写在水上。"是济慈自拟的墓志铭。无所逃于天地之间！

两　难

2019 年春节的人日，网上流传台湾著名文化杂志《汉声》创办人黄永松先生的《春趣》，它差不多都以"这也不好，那也不成"为格式，写春天、春节、春晚、春运、春联、春风、春雨、春眠、春装、春心之类的"两难"。

这两难，用萧伯纳的说法是这般："人生有两大悲剧：要么一心想要却要不到；要么到手了。"鲁迅《野草》中的名篇《立论》，所针对的也是这类难题，有钱人家生了孩子，摆满月酒时，人们前去庆贺。有人说，这孩子将来会发财，会做官，主人欢喜；有人说这孩子将来会死去，则要遭打。如果不想挨打，又不想说假话，该怎么办？该文教了一招——纯然打哈哈，说了半天等于什么也没说。此招用来糊弄别人可以，但遭遇春雨、春风、春梦之类，总得独自摆平。

怎么办？从萧氏所指的"悲剧"做发挥，人生较为理想的状态是：既非"心想事不成"，也不是"心想事成"，而是中间状态、流行语叫"在路上"。这里有分教，心想而不成之"事"不是遥不可及，也不是凌空蹈虚，绝无实现的可能。还是拿春节说事。国人回乡过春节，哪一天状态最为美妙？我认为，大多数人是会把票投给"除夕"的。

为了除夕到家，天涯海角的游子日夜兼程，这人类至为宏伟的迁移，一代代传下来，它致命的魅力在于：首先，目标有把握实现，无论距离还是时间都在可控范围；其次，欣喜若狂的久别重逢，团年饭，守岁，诸般具强烈感情张力的事体，都发生在今晚。明天，大年初一，快乐可能递减，关乎风俗、人情、体力、感情、心理承受力的琐碎事体接踵而来，诸如：给诸色人等的红包、礼物的轻重、拜年的先后、引发头疼的宿醉……

春节长假过去，人们回到常轨，而"两难"如影随形。其实，这乃是人生的常态。比如，替换"不脱嫌热，脱后嫌冷"（春天）"不吹嫌闷，吹了嫌凉"（春风）"不下太燥，下了太潮"（春雨）"不动不是人，动了好羞人"（春思）"不做无趣，做了无力"（春梦）的，可能是这些："宅在家中太无聊，回到公司压力山大"——上班；不去挨骂，去了伤腰包——应酬；不穿名牌没面子，穿上名牌背卡债——购物……

欲摆脱"两难"，比鲁迅的蒙混法实用的办法不是没有，比如，较清晰地明白终点之所在，尽量放慢前行的节奏，让自己处于情绪均衡的"中点"附近，一旦偏离，便及时、果断地调整，以既不招来痛苦，也不累积厌倦为宗旨。处于浪漫爱情被岁月折旧完毕的婚姻，如果你受不了它的平淡，那意味接近名叫"厌倦"的极端；你若回头，接受诱惑，出了轨，就迟早碰到另一个终点——纠缠于婚变、家产、孩子抚养权的"痛苦"。

知易行难,如果天下人都永远如此理性,我们早进天国了。20多年前,我在旧金山和一位来自上海的著名女作家聊天,她述及和同甘共苦的丈夫离婚的经过,慨叹男人之难侍候:你若不让他有所追求,他埋怨你压抑他的天才;你让他尽量施展,他获得目标物以后马上抛弃你。这位作家非同一般,她以爱情与婚姻为题材的长短篇小说风行一时。我问她可有两全之策?她沉吟少顷,说,最好这样:让男人总是在奋斗的路上,永远到不了终点。我拍案叫绝,继而想了许多年。女作家如今已作古人,我也没找到两全其美之方。

总括而言,只有以爱为核心的精神,能够救赎春天"不脱嫌热,脱了嫌冷"的不安分的灵魂,权宜、自私的折中,效力终归有限。

启　航

　　一生中，总会遇到这样的场面，哪怕只一次：起锚，鸣笛，轮船在隆隆机声中动身。阳光下，岸上的手和甲板上的手一起挥动，泪花和浪花一起闪耀，旗帜在头顶猎猎飘扬。类似的多着：在村头的老槐树下，在机场，在月台，在车站，在校门……哪个年轻人不盼望这一刻？它意味着独立，自由和无限的可能。

　　不错，这一天迟早到来。问题是，"启航"之前干什么？你说，还有啥办法？等呗！于是，等考试，等通知，等机票，等签证，等机遇，等召唤，等中体彩——开始时等得理直气壮，等久了没有动静，就烦躁，沮丧，赖在床上对着天花板叹气。

　　其实，并不需要等待。每天系好鞋带，背上书包，迎着太阳或者风雨上学，是荡起挑战的桨；削好铅笔，一丝不苟地做作业，是扯起理想的帆；走出校门见世面，放学后做家务，踏青，读好书，这些并不起眼的活动，是航行中的日课。纠正一次错误，消除一重障碍，是校正导航器；牵着低年级的弟弟妹妹涉过涨水的河，扶着老奶奶过马路，是船在破浪而行。运动场上咬牙拼搏，在考场上沉着应战，是船在逆水而上。对实践家，启航不受时间空间的限制；对理想主义者，启航是每时每地进行的日常事件。

你也许要说，"启航"是崭新的开始，好像商店开张，要择"良辰吉日"。于是，天气不好，和同桌吵架，在家受家长责备，和朋友赌气，感冒，心情坏，都成了"改日再说"的理由。如果非要拖到元旦、开学、生日这些日子才"从头开始"，那么，"航班"永远无法落实，因为你只有说空话的能耐。与其在"时机不到"的借口下苟且，不如以"马上行动"为出发创造条件；与其拿"只要我有了……就一定……"的句式逃避责问，不如以"万事业已俱备"堵死自己的逃路。

"乘风破浪会有时"——"有时"，就是当下；"直挂云帆济沧海"，不但是壮志，更是你早已开写的"航行日志"。

种子的哲学

在旧金山，新历三月是春天，和交通要冲"日落大道"平行的好几公里长的绿化带上，连绵不断的酢浆草齐刷刷地开花。鲜艳的黄，那浩瀚，匀称，丰满，叫我想起油菜花田。如果不是春季，酢浆草不知躲在哪里，称王的是野草，野草之"野"，在驳杂，在嚣张，在顽强。可是，时间到了，改朝换代，如此理所当然。

想起这种奇迹的制造者——种子。摆布种子的，首先是命运。种子在风里飘扬，被雨水冲刷，可能落在山间激流里，光秃秃的岩石上。一部分进了鸟兽的胃部；还有一部分，陈列在人类的餐桌。它们被剥夺繁殖的权利，把天赋的潜能原封不动地还给老天爷。幸亏，上苍明了淘汰的残酷，总是把成活率估计得超低，为此，采用海量战术，哪怕一株花生，一丛仙人掌，也让它们产出千百倍于自身的种子。

请看梭罗笔下的种子：五月，绿色的榆钱种子，粉色的红枫种子；六月，白枫的种子如一群群绿色的飞蛾；七月，越橘的种子凭着醇美的气味，乘上鸟的空中快车；八月，蓟草的种子恣肆破土；九月，五针松的种子乘风蹁跹；十月，白桦的种子踏雪而生……

种子是拥有自在自为的哲学的。极少的例外，如人所炮制的豆芽菜之类，只要水，不要泥土，可视之为邪门歪道，且一律是短期行为；种子脱不了泥土，此外，须有水，还有相应的季节。泥土里的种子吸收水分，膨胀如受孕的母性的腹部，继而爆开，里面的子叶或胚乳动员起来，输送营养。最先发育的是根，八爪鱼一般，闪电一般，抓住泥土。胚轴伸出来，发育成连接根和茎的部位。最后，胚芽长成茎和叶，骄傲地挣脱泥土，最初的萌芽接受阳光的爱抚，不胜娇羞。此时，种子已死，它"投胎"于崭新的生命。没有哪一种牺牲，比种子更加爽快，更有价值。

要问什么是种子的哲学？是生长。它从事沉默而悲壮的生产之时，可曾为"破土以后如何"忧虑过？是的，胚芽从破壳开始，来自蚂蚁、昆虫、水灾、旱灾的危险就无时不窥视着，出土以后更是。最柔弱的一类，猪一拱，狗一踩，贪玩的小孩顺手一打，就报销了；哪怕百年后会成为参天大树，如果不夭折的话。然而，种子无所畏惧，不屑于计较日后能不能成活，活出什么光景。全力以赴于长大，以履行繁殖的使命。它无与伦比的力量来自生长。人体的头盖骨，结合极紧密，在它的缝隙放进一颗不起眼的种子，天天浇水，它爆裂时会把头盖骨撑开。想知道种子生长的凶猛吗？看树上寄生的，岩石下钻出来的，悬崖上斜伸的。连专吃种子的天敌，也不得不充当传播者和播种者。梭罗指出，松鼠和樱桃鸟就是这般的角色，"这是它们付给大自然的税款。"

人应该学习种子的哲学。种子以死亡实现繁殖的过程，形诸人类，就是全新事物的产生。"天晓得生出来的是什么"，是共通的忧虑。害怕事与愿违，担忧结局糟糕，年轻人不敢创业，不愿结识新朋友，不敢结婚，生孩子。学习种子吧！

说 "得知"

　　清人薛雪所著的《一瓢诗话》有一则："花蕊夫人'君王城上竖降旗，妾在深宫那得知？如其得知，又将何如？落句云：'十四万人齐解甲，更无一个是男儿。'"这一质问，对战乱年代、兵燹之后只配"贡献"烈女坟和节妇牌坊的弱女子而言，何等解气！如今信息传递高度发达，"得知"比起旧时深宫，容易不知多少倍，但依然是问题。

　　在这方面，人存在先天和后天的局限。面对同一事件，人们求"知"的途径、范围、所持立场与视角，千差万别。"事实"是庞大的象，而人往往是只摸到很小部分的瞎子。新闻学有一个著名的例子：某教授为了把上述弊病直观地展示出来，导演一短剧——上课至半途，教室冲进几位"歹徒"，殴打、抢掠、砸烂桌椅，然后呼啸而去。教授待学生惊魂稍定，布置作业：报道刚才发生的事件。事后，学生各自完成的稿子中，对凶徒有几人，其性别、身高、模样、动作、语言、神情，持何种武器，怎样行凶，打了谁，伤势如何，被害者的遭遇与感受，这些细节，版本存在大大小小的差异。好在，"有人进教室抢劫"这一基本事实没受歪曲，这就是"最大公约数"。别以为做到这一条轻而易举，弄不好，会被写成"桃色事件""行为艺术"等商业噱头。

可见，人要厘清云里雾里的事实，可行的只有笨办法，一是抛弃先入之见，深入地，多侧面地调查；二是对照各方面的资讯，梳理对立的矛盾的陈述，去伪存真。三是沉淀。新闻唯新，为了赶独家，头条，疏漏在所难免。只好靠纵剖面式的跟踪。绝对的真难觅，只求接近。

欲达此，须置入大前提：排除特别利益者的干扰，屏蔽，难度比深宫的女流之辈知道大军举降旗大得多。单举一个久远的例子：20世纪80年代中期，美国国家广播公司一记者采访了一位常年在华盛顿露宿的黑人女士。女士是外表整洁，谈吐高雅的失业者，但她对流浪生涯并无怨言，相反，强调这是她的选择。可惜记者不识好歹，在她侃侃而谈席天幕地如何自在的间隙，插一句："请问您去哪里上洗手间？"捅了娄子，被气红了脸的对方责为"侵犯隐私"。这一访谈播出后，记者给炒了鱿鱼。流浪女人就此走红一阵。

那是"政治正确"尚未流行的年代，接下来的三十年，"怎样正确地说话"成为政客们最大的心病。20年前，美国某小学在小学校里，老师讲解美国印第安人的历史，对白种人祖先屠杀土籍的罪行作了沉痛的检讨，最后下结论："其实，印第安人一点也不野蛮，他们和我们一样优秀。"这一说法遭到批判，因为含有以下"不正确"：一，前提是"我们优秀"，再以"我们"即'白人'为标准，去比较，去裁决，得出"人家和我们一样优秀"的结论。二，即使印第安人"不像"白人那样"优秀",白人就有权利实行种族灭绝吗?

到了 2019 年 7 月,加州伯克利市议会一议员提出议案:官方文件中一律废除"性别"。"兄弟""姐妹"不用,称"Sibling"(同胞,包括兄弟姐妹),男警察、女警察不用,用"Police officer"(包括全部),窨井(Manhole)、人造(Manmade)、人力(Manpower)这些词带"man",须实行"去男性化",分别改为 Maitenancehole、Human-made、Work force。为什么?只因为如今在两性之外,多了不男不女,又男又女的变性人。

人和时间，谁是主宰

近 20 年前，《台湾诗学季刊》杂志有过一次有趣的笔战，以名诗人罗门为一方，以散文诗大家秀陶为一方，彼此冷嘲热讽，斗得天昏地暗，由头却小得可怜——围绕罗门所引的里尔克诗句："我俯身向时间"。秀陶指出，它远离里尔克原作的意思，准确的翻译应是："时辰俯身向我"。罗门却认为，这诗句印在多种中译本，流行了数十年，已是"定译"，翻案不得。秀陶岂非等闲之辈，他可是大半辈子精心研究里尔克的，为了驳倒罗门，引经据典，条分缕析，结论教人口服心服。二者在翻译上的歧义，首先在"时间"与"时辰"，前者宽泛，后者短暂，不过并非主要；核心问题在于，谁是主动者？里尔克强调的，是"人"的被动。

从人无能"俯身于时辰"一立论出发，且问：滔滔世间，主宰者是人，还是时间？归根结底，我们业已沉淀为潜意识的误会在这里：人是时间的主人；退一步，人即使无能控驭，也可以当观察者，临时间之流，叹"逝者如斯夫"。现在，要做一次颠覆了。

秀陶所译的里尔克诗集《时辰之书》内，有一首专写"神"（我理解为"俯身向我"的"时辰"）与"人"的关系：

> 神啊，要是我死了，你怎么办呢？
> 我是你的水罐（要是我破碎了呢?）
> 我是你的饮料（要是我腐败了呢?）
> 我是你的衣衫，你的行业
> 失去我，你也失去了意义。
> 没有了我，你将无家可归
> 无温暖亲切的逢迎。
> 我是你的绒鞋
> 将自你疲乏的双脚脱落。

人这般依赖着"时辰"：

> 卸去双臂，
> 我以心代臂拥抱你。
> 停止我的心，我用脑跳动。
> 要是你在我脑内纵火
> 我的血液必仍然承载你。

如此说来，人与万物，均受时间的支配、利用，时间借之呈现自己，完成自己，而不是相反。四季交替，日升月落，斗移星移，时间的格局谁能搅乱？诞生、成长、衰老、死亡，时间的逻辑谁能忤逆？

时间如梳，梳遍我们的每一寸肉体，每一缕魂魄。把"昨天"梳落，只留下记忆。时间如推子，把你不停顿地推动，此刻的"眼前"，瞬息间退到后面。我们从来可曾为"明天会不会到来"犯愁？没有，我们即"明天"，这就是时间无所不在的魔术。头颅是同样的头颅，却"朝为青丝暮成雪"，就这样成了"年历"。眼睛是同样的眼睛，凭它看尽朝代兴亡，人事浮沉；同时，到老来明亮的瞳孔长出白内障。内外的变易，无一不是奔腾不息的时间之化身。

要问，时间是怎样"经过"我们的？可以把它设想为漏斗，孔眼无形，但极为细密，人的思想被它过滤。如果是明智者，时间替你筛去残渣，留下精华；如果是愚蠢者，时间会把他的所有汰去，剩下几声无奈的叹息。也可以想象为流水，或浩浩荡荡，将苍生折腾为革命或者世界大战；或静水流深，幻变为庸常日子的悲欢离合，柴米油盐。务须清醒地看到时间的方向——单向，不回头，无逆转，不能复制与重演。

人与时间之间的关系是不会被颠倒的。以"造时势"为使命的英雄，何曾不反客为主，宣扬胜利者所写的历史才是正史、信史？然而，时间冷不防地掀开他的面具。明白人是时间的工具，不是自我菲薄，而是多一点谦卑，多一点达观。

一旦时间离开，"我没有亲人，没有家 / 没有居处以资我容身 / 我曾对一切虚掷我自己 / 它们都变得富裕，乃能浪费我不已"。

——里尔克《诗人》

"字"的困惑

　　码字这活计所要求的，主要是：拥有尽可能多的字，再从中选出恰当的。大诗人海涅说："人们在那里高谈阔论着天气和灵感之类的东西，而我却像首饰匠打金锁链那样精心地劳动着，把一个个小环非常合适地连接起来。""小环"就是最小单位的字或词，唐代诗人卢延让《苦吟》一诗称："吟安一个字，捻断数茎须"。我固然恨无长须可捻，但此刻的苦恼比"选字"深一层——缺字。

　　我要表达一种人人皆有，每天必不可少的"吃"所产生的感觉——口感。但找不到"那个字"，只好乞灵于具体例子：在著名中餐馆喝"八宝冬瓜盅"，这种岭南消暑妙品，以冬瓜为容器，将包括猪肉、鸭肉、鸡肉、瑶柱、草菇、丝瓜、莲子等上乘食材放进高汤，火候恰好。这种汤的美妙口感，我家乡广东四邑称为"甜"，广府话亦然。其实，它和以糖所制造的"甜"风马牛不相及。不错，俚语中有"想要甜，加点盐"一说，但说的是甜品。有没有一个字、一个词，恰如其分地描述咸制品这种好味道呢？一个字庶几近之——鲜。

汪曾祺先生在《四方食事》一文中谈到相关内容，这样说："鱼羊为鲜"，但有一回族朋友吃了一辈子羊肉，始终不解"何所谓鲜"。他的爱人是南京人，动辄说："这个菜很鲜。"他说："什么叫'鲜'，我只知道什么东西吃着'香'。"连汪曾祺这资深作家兼美食家也不能不承认，要解释什么是"鲜"，是很困难的。"我的家乡以为最能代表鲜味的是虾籽。虾籽冬笋，虾籽豆腐羹，都很鲜。虾籽放得太多，就会'鲜得连眉毛都掉了'。"然而，一如冬瓜盅可甜、绿豆沙可甜，可口可乐和蜂蜜可甜一般；花能"鲜"，活蹦乱跳的鱼为鲜，血可鲜，并不限于佳肴。"香"原本指向味觉，却"捞过界"，让舌头当鼻子。雅人称吃了美食"齿颊留香"，如怀恶意，可将之想象为：牙缝没来得及清理，张口有如打开一份有荤有素的菜单。

有没有无论内涵还是外延都铢两悉称地描述这一特定味道的字、词？向古汉语求援，宜借重文字学家；从别种语言引进，须向专家请教。我这外行，从手头有限的英语词汇搜索，只找出不多的几个：Delicious（美味的），Yummy（很好吃的），Tasty（可口的），Delectable（香甜的），Flavorful（别有风味的）。还是不到位。其实，最大的可能在民间语言中，问题是：只有音而无字。

我们不但无法准确描述咸味食物的好味道，有时对食物的质地也束手。再举一个天天见到的事实：广府人聚居处的市场，菜摊上放的纸片描写几种白菜类蔬菜，如"宁夏菜心""本地芥蓝"，用上这个字："淋"（音 Lum，或 Num）。意思是：煮熟以后，口感软，容易咀嚼。这一品质是讨人喜欢的。相反的，即"不淋"的一类，我家乡的土话是诉诸牙齿所发的声音——"吃起来考考的"。这种口感，我无法以用了一辈子的汉语作出表达，这是才识所限。英语有一个与"淋"的意思近似的单词：Tender（"软嫩的"），可用来描述火候不老的牛排、水产品、蔬菜一类。其极端为"烂"，即入口即化。与之相反的，英语为 Chewy——（耐嚼的）。似乎稍好，因它只是软，并不像烂泥巴。

关于语言学我毫无发言权，举上面两个例子，是出于书写者的思考。连微妙一点的口感，我们尚且难以作出恰如其分的描绘。足见祖先留下的语言库有待拓展，细化，使之在表现大千世界的形态、反应、感觉、思维上，精准一些。时代呼唤现代，后现代仓颉来造字、造词。

人生"防线"

　　作为给人生价值观"托底"的"底线"，谈得滥了，且换个角度。"底线"在抵御世途种种人为与自然的袭击时，变成"防线"。鲁迅有见于自己营垒中敌人的阴险，施行"横着站"的战术，把"腹背受敌"变为"左右迎战"，可惜此法难以用于正常的行进。立身处世，总得为前行设立防线。

　　且看一个切近的例子。今天早上九时，我路过一所教堂，门外狭窄的过道上，一个流浪汉在蒙头大睡。用中国的庄稼人的说法，是"日上三竿"，忙于生计的人早已离开家门，紧张地工作，他却如此安逸。听着细微的呼噜声，我想，他放弃了"男人必须有个家"的防线，但这并不意味着他活不下去，不必支付房租，水电费，前提是不太冷，不下雨。10分钟后，我往回走，路上行人多起来了。流浪汉刚"起床"。看清楚了，是白人，20多岁，瘦高个子，面目清爽，无横七竖八的胡茬。衣服不脏，稍加拾掇，换上西装，就是企业经理的派头。我走近，看到人行道上一道带泡的水痕从棉被边沿流过，马上明白，他已和所有"有家"的人一般，办了醒来后的第一件急事：解手。他注意到我注意上他的"案底"，下意识地采取一个动作——脸孔紧贴教堂的大门，为的是不让人看到真容。我知趣地掉过脸去，放他一马吧！于是，我想及，"不要家"的人还有一道防线：自尊。

跨过流浪汉制造的"水渍"，围绕"防线"浮想联翩。想到两个文化巨人——贝多芬和歌德。1812 年，42 岁的贝多芬和 64 岁的歌德，在风景如画的波西米一个叫托帕列兹的浴场第一次见面。此地是中欧各国达官显贵聚集的避暑胜地。两人边走边聊天时，奥地利王室的皇后、太子和侍臣迎面走来。两人远远看见，贝多芬说："让我们手挽手地前进，他们会让路的，而不是我们让他们！"歌德却不肯挪动一步。王室的人马经过时，歌德站在路边，帽子拿在手里，深深地弯腰。贝多芬呢？王室的人是认得这位声名如日中天的音乐家的，太子向他脱帽，皇后向他打招呼。他却"按了一按帽子，扣上外衣的纽扣，背着手，往最密的人群撞去。"本来，贝多芬是歌德的崇拜者，曾说："歌德的诗使我幸福。"但目睹大文豪的媚态，贝多芬受不了，怒气冲冲地走了。

且比较这两位巨人的"防线"，歌德出身于名门，家世富有而显赫，从 27 岁起在魏玛公国当枢密顾问官，同时是名满天下的大才作家。在占据主流的中国文人眼里，这种世俗富贵与文坛至尊兼而有之的境界，堪称完美。贝多芬却相当倒霉，从两年前开始，耳朵变聋。

和我所见的流浪汉一样，两位巨人也有"防线"：第一道，获得他们所追求的。他们都做到了。第二道，维护已到手的。他们都这样做了，表现却形同水火。可见问题出在所追求的不同。歌德要的是上流社会所认同的事功。贝多芬却在乎艺术，蔑视一切虚伪和不公正。两人的价值观在这瞬间摊牌：面对贵胄，是献媚还是傲视？如何维护自身尊严，乃是焦点。而傲视权势，是贝多芬一贯的个性，早在青年时期，他和待他不错的李区诺斯基亲王反目，临走时留下的条子是这样的："亲王，您，是靠了偶然的出身，我之为我，是靠了我自己。亲王们现在有的是，将来也有的是。至于贝多芬，却只有一个。"

且回过头去看流浪汉，他死也不肯让我看到"随处小便者"的脸孔，足见即使抛弃自尊能够活得自由一些，但作为心理最后的支撑，不是说扔就能扔的。

"琴键"人生

　　一位业已退休的老人与朋友谈起，他一点也不喜欢目前的生活，因为"没有了星期六"。对方问他为什么？他解释说，上班的年代，一个星期从一到五，天天大早起床，搭地铁，一回到公司，就被接踵而来的"时限"迫得喘气不赢，下班回到家，得接孩子，张罗晚饭，吃了饭，监督孩子做功课，连看电视的时间也有限。终于熬到"TGIF"（英语"我的天，今天星期五"的缩写），明天就是可以睡懒觉的星期六，不看报表和订单的星期六，和孩子痛痛快快打棒球的星期六，坐在后院摇椅上晃啊晃，手里的啤酒瓶跌在草地上也不晓得的星期六。星期六的魅力未必在本身，而在从星期一开始，渐次叠加的"盼望"加诸的张力。"盼望"含许多子项目，从书店买哪一本书到去园艺超市选一棵日本枫，从与朋友去哪个海岬钓鳟鱼到去哪个店选购刚刚从烘焙炉铲出来的咖啡豆，无不琐碎，胜在付诸实施都不费力。深入骨髓的，是与上班氛围迥异的密实情趣。对方又问，星期六之后不是还有星期天吗？老人说上帝用五天造天地和万物，第六天造人，第七天休息。我们凡人，星期天上午上教堂，下午很快过去，又得为明天的上班做准备。还是星期六的吸引力大一些。

上班族对"星期六"的赞美，印证了"琴键"一说。生活的节奏长期陷于单一，难免出现麻烦；生命进行曲，须以各种音键呈现强与弱、舒缓与急骤、延长与休止的交错，且配上和弦。不加节制的重复，持续性的紧张，导致疲劳，厌倦，抑郁，反而降低工作效率。

一位老翻译家告诉我，他爱"双管齐下"：一边继续翻译英国作家辛吉的名著《四季随笔》，一边为翻译美国历史学者罗伯特·威尔士的作品做准备。前者写春夏秋冬四个季节，后者写1874年从旧金山开往香港的蒸汽轮"日本号"的特大海难。一会儿到美国西部和华工一起修铁路，一会儿进英国老书虫的书房听侃读书。从前他也这样，同时翻译《培根随笔集》和梭罗名著《瓦尔登湖》，一会儿置身英国宫廷，一会儿徜徉美东湖畔。这种交替使劳动成为享受。

回到"退休"的话题去，在"天天是星期六"的悠闲日子，为何对"七天才一个"的忙碌生活怀念不已？说到底，是因为从前忽略了晚年一个至关重要的问题——如何填充闲暇。他们以为，不必上班就是享清福。还不简单？爱怎么玩就怎么玩。然而，一来，"玩"的内涵比上班日子复杂得多，因全然由自己设计和操作的缘故。二来，天下之事，一旦取消间歇，鲜少不让人厌腻。比如，你最喜欢的佛跳墙、帝王蟹，一连三个月，每天两顿，菜式都划一不变，受得了吗？

是故，晚年最大的福祉，就是为它设立"爱好"的"琴键"。"所嗜"力求不止一种，如书法加太极拳，下棋加园艺，远足加弹琴，舞蹈加读书，力求均衡，稳定，调动所有可以利用的元素，欲达此，让对立的元素——深层思辨与轻松娱乐，紧张与松弛，离群索居与置身闹市，独处与群聚，动与静，荤与素，此起彼伏，从而让日渐衰老的生命得到迂回的趣味，复调的丰富。把每一天变为浑厚而清远的交响乐。

我每天早上都看到离家门不远处，一群老人乘上赌场巴士。绝大部分并非嗜赌者，只因"无处可去"，如果他们多几个"琴键"，用得着冒输光不多的积蓄的危险吗？而况，在赌场待七八个小时，未必不是活受罪。都是勤劳了大半辈子的规矩人，棋差一着，退休以后都因无爱好，无别的消遣，难以打发鸡肋般的余年。

"文能够写信，武能够纳鞋底"

张爱玲有文《姑姑语录》，开列出多条隽语，把这位上海滩平凡女性"清平的机智见识"表现得活灵活现。其中有一条："我是文武双全，文能够写信，武能够纳鞋底。"读了，莞尔之余，想到"文武双全"云者，有若干级别。

从古到今，文章厉害的人物多如牛毛，如司马相如，失宠的陈皇后阿娇为挽回皇帝的心，请求他写《长门赋》，所付的润笔高达千金。至于武，"于百万军中取上将首级如探囊取物耳"的张飞，我辈读小人书时就崇拜备至。"下马写露布，上马杀贼"，如辛弃疾，他不但是一代词宗，还是勇将，曾率五十多人袭击几万人的敌营，擒拿叛徒。这是高级的文武双全。

在分工细密的现代社会，普普通通的老百姓从谋生着眼，专精于一门技艺就难得，没必要强己所难，非要做到"武能够驾驶战斗机，文能够设计神级软件"。于是，像张爱玲的姑姑一样，以"写信"之文，"纳鞋底"之武，来设计人生的一个部分——专业以外，正规上班以外的业余时间，未尝不是维持自我感觉良好的办法。

不能不承认，芸芸众生中，越是难以在追求财富、声名、权力方面出人头地的，越需要拥有若干使自己骄傲（哪怕只是一阵子）的东西。设若反过来，晚年返顾平生，无一处得意，无一事可供矜夸，难免稍显平淡；即使自顾不暇的旁人未必在乎，因为"彼此彼此"的缘故。而况，对"并无足观"的大多数人口，中国民间早已备下安慰的谚语。以我的家乡为例，有这些："石头瓦片皆有三年运""并非时时裤穿窿，终须有日龙穿凤""每条虫子都有一片叶子"。

要问，我从"姑姑"文武上的长项悟到什么？那就是：任何个体都渴望有所成。限于主客观条件，哪怕你年轻时登临高峰之际，发过气吞山河的豪语，一路走来，磕磕碰碰，壮志被一路折旧，到油腻中年，对付得了抵押贷款和信用卡账单已颇吃力，哪里腾得出时间从事文武双修？是故，降低标准是必然的，只要不为自己的苟且造借口，拒绝从事与"远大理想"不搭界的"小事"，我们就应予以关注，鼓励。

我曾在巴士站邂逅一位同胞，他和我打招呼，说在唐人街某次活动见过我。我装作一见如故，谈起来。才一分钟，他就圆滑地从问"最近忙什么"过渡到详述他"忙什么"，家里花园的兰花已有128盆，照料这些名贵品种，耗去多少精力，花开得多么迷人。我赞美过，说："什么时候要去开开眼界。"他马上说：无任欢迎！就明天！我说，不一定，但以后会争取。第二天我事忙，没去成。晚间他来电话，大吐苦水："我从早上十点到下午五点，把和朋友饮茶，打麻将都推掉了，在家里恭候，哪里也不敢去，……"我大吃一惊，他成就感如此之满，不找机会排遣不得了。然则，有什么不好吗？难道我们不应替他搔搔心理的痒吗？惠而不费的善举，我们却往往以"谁又为我叫过好"为理由推掉。

进一步说，"满足"之为感觉，哪一种成功投射到内心，并无明显差别。船头横槊赋诗的曹孟德是豪迈的；写出让接信者感动得涕一把泪一把的信，难道不得意？即使未必够格选入《尺牍精华》。纳出又好看又耐用的鞋底，做出合脚鞋子的祖母，对小孙子说："来，试试。"老人家看着他蹦蹦跳跳的背影，快乐会少于"春风得意马蹄疾，一日看尽长安花"的文士吗？

记住美国名作家莫利的告诫："只有一种成功，那就是：按照你的方式度过一生。"

"过客"心态

友人 W 和太太从旧金山回到家乡。次日，时差来不及倒，从下榻的旅馆回到村里，与乡亲一道拜祭长眠岭头的母亲。第三天，我和老妻回到国内的住处，正在吃第一顿饭，手机响了，是 W，他兴冲冲地告诉我，他也在城内，刚刚和一位高中时代的同窗聚首，想顺便来看望我们。W 在旧金山，和我一个月总会在茶楼聚会一次。我和老妻这次行程，他是明了的。一个小时以后，W 夫妇出现在我家的客厅，旁边是我们来不及打开的行李箱。W 落座，头枕在沙发上，虽还乡的兴奋未褪，但疲态已露，毕竟 70 开外了。

我岂不明白这位 50 年前知青时代的患难之交？忆及去小镇小食店吃八毛钱加二两粮票的炒粉，个个把口袋翻过来，才凑够钱的情景，家乡、故人在他心里的分量不言自明。他把手机拿出来，打开微信，把"要见的人"一一点击，"阿盛是高二的同班，天冷时合盖一张棉被""阿全和我一起'顶卒'（偷渡）""老李从外省赶回来"……还有，非去不可的地方：母校，高三班主任的家，大舅父的别墅，太太当知青时落户的村子，太太早年闺蜜的新居……他叹口气，说，日程排得密密麻麻，肯定还有漏掉的，回来一趟，唉，想一网打尽，难！

我对他说，他的难处我早就一一领略。作为归人，从头到尾所持的，是"过客心态"，特征是超级忙碌，老是风尘仆仆，老是蜻蜓点水。老是抱着深深的遗憾，因为没机会与暌违数十载的知己深谈一宵，因为不曾兑现与当年"同煲同捞"的几位"不醉无归"的许诺，因为异国梦里垂涎的家乡名菜"黄鳝饭"，因赶车，只来得及吃半碗；因为那片湖畔草地，当年的定情之地，和妻子商量了一万次，要去那里重温初恋，只来得及远看一眼。和见面才十分钟就握别的师友说一句：下次一定好好聚聚。说出来才为了它的虚伪而惭愧。

我们不能不承认：此生是过客的命。特别是退休之前，谋生的重担在肩，假期有限。长年累月地当快速移动的浮萍，尽管获得家乡亲友的谅解，但对自己心理的负面影响不可低估。那些年，我在太多"来不及做的事"压迫下，滋生的强烈愿望是：赖着不走。不想回旧金山，要在村子里躲起来，痛痛快快地拥抱梦绕魂牵的家山。非得沉下去，细细地体味，与故土重新融合。至于体味什么，融合什么，则无明确的观念。总之，被蜻蜓点水式日程憋坏了！

好在，国内买下住处后，我终于部分地矫正了这种制造要命的浮浅和虚矫的乡愁的"制式姿态"。可以从容地走进茶楼，坐半个下午，与故旧有一搭没一搭地聊大天；可以不设限，去一个地方游玩，直到腻味，才买回程票。"期限"的压迫远离，解脱的欣慰莫可名状！

我对老友说，赶什么赶？你们回到旧金山不也无所事事？他苦笑着回答，老婆还上班，不是因为缺钱，而是怕闲出毛病来。而他，不好独自外出。我拍拍他的肩膀，说，这样也好，你一天能赶三个聚会，可见身体蛮好，来日方长。

　　深入一层想，移民如我辈，孤悬海外，"过客"的自我定位需要多少年才被彻底去掉？多少人终其一生，两头不着地，飘荡，游移，彷徨？作为写作者，和过客心态以及它衍生的乡愁缠斗，是生命的重头戏。

"小时"与"老时"

　　两个视角：由"小时"看老，从"老时"看小。

　　关于前者，孔融十岁那年消遣太中大夫陈韪的典故颇为有趣：陈韪看不起这个极伶俐的小孩子，说："小时了了，大未必佳。"孔融回了一句："想君小时，必当了了。"陈韪听了很是尴尬。

　　从"老时"看"小时"。"老"越过了成年，即"大时"，面临着和"小时"的"了了"意义不同的"了"，那就是"一了百了"。这乃是概莫能外的自然规律，叹息，挽留，于事无补。

　　但我们能够做一件事，从"老时"回溯，检讨"小时"有哪些影响延续到晚年，从而反思那一阶段教育的得失，让后人避开我们当年步入的陷阱。

　　首先，到晚年才明白"小时"的记忆何以鲜活如昨？一位乡亲，年过60，在海外生活了30多年以后，回到家乡。她一放下行李，就去村里那座祠堂，看高达三尺的门槛在不在。原来，她七岁那年跨过它之际，被小伙伴推了一下，摔破了脸，如今伤疤还在，她绘声绘影地描述过程，指着花岗岩地面说："五滴血就洒在这里"。走过漫长世途，受过的伤比那一跤重的何止一次，唯独它留在记忆最显著的位置。

其次，且检讨哪些"小时"记忆，在一生中较频繁地被温习。正面的，诸如：老师的表扬，参加比赛的好名次，所受过的奖励。有人津津乐道于小学三年级的作文《我所敬爱的人》，被老师当作范文评讲；有人牢牢记住中学校园里，暗恋的女生看了他"意味深长的一眼"；有人每次想起那一次，因没钱交膳费而挨饿之际收到夹在作业本的两块钱就流泪……负面的，是"一棍子打死"的恶评，诸如：被长辈骂为"废物""蠢猪""不可救药"；彷徨时"雪上加霜"式的伤害，如独自赴外地上学路上被偷去车票和钱物；恐怖的惊吓、暴力的欺负、明显的歧视，种种伤及尊严的不公正待遇。

我们也许疑惑，记忆何以如此"偏心"？捡了"小时"的芝麻，而忽略"大时"的西瓜？谁都该承认，比这些小事意义重大的多的事情，堆积在"大时"。记忆所玩的"选择性"花招，取决于"时机"，而"小时"对某些事感应格外强烈，便收纳在"基座"。

再其次，"小时"记忆之被唤醒，和时空有莫大关联，即所谓"触景生情"。在相同的地点，近似的时间，记忆和眼前发生碰撞，激活了沉淀与潜意识的往事。此外，记住哪些，和个性以及老年际遇也有关联。我的两位高中同学，离校以后没有见面，50年后重逢异国，惊喜自不待言。交谈的开头，一个说："跑400米，你从来没赢过我，那一次校运会，你竟领先两步，到现在还不服气！"

若问，这样的总结可有意义？我以为有，教师应从"结果"倒逼出若干原理，比如，从老人对幼年的残忍体罚痛心疾首，对否定一切的结论性指责耿耿于怀，对某些有权力者居高临下的讥笑刻骨铭心，须提高警觉，记住："有些无心之言可能影响一个人一生"。

教育家还可进一步，通过考察"老时"的生命状态，理清主要脉络，再顺藤摸瓜，探究"当下"和"小时"的因果关系。当然，"大时""老时"是否"佳"，"小时"未必一锤定音，时间随时注入种种新的因素，总其成者是"命运"。借用"司马光砸缸"一典，我们也许是缸里的孩子，也许是缸，也许是石头，也许是水，也许是"小时了了"的孩子。

一句话

蔡澜先生《饮食男女》一书，有一篇提纲挈领式的《吃的讲义》，这样写道：

全世界的东西都给你尝遍了，哪一种最好吃？

笑话。怎么尝得遍？看地图，那么多的小镇，再做三辈子的人也没办法走完。有些菜名，听都没听过。

对于这个问题，我多数回答："和女朋友吃得东西最好吃。"

也许读者诸君会以各种证据予以驳斥，随便拈一条：不名一文时和女朋友一起咽的糠也算吗？然而，排除极端例子，局限于"美食"，蔡澜此说是成立的。"有情饮水饱"并不意味着"有情饮水甜"。

和你一起的"女朋友"，可能是未来的妻子，也可能只是一生遭遇的几次恋爱中的一位。大凡恋爱，男女双方都须具备一个基础，那就是名叫"苯胺基丙酸"的化学物质，是它使人六神无主，如饥似渴。尤其是有如红头火柴一般，"一擦就着"的初恋，所爱的未必就是对方，无非是释放自己体内饱和的荷尔蒙，所以盲目性较大。如漆如胶的两个人，既然具备孔夫子"性也"说所需要的条件，那么，一起吃饭，无论是豪华餐厅的烛光晚餐，路边摊的羊肉串还是一方"露两手"的家常菜，都应了与"情人眼里出西施"一说并行的"情人嘴里出佳肴"。

"和女朋友吃得东西最好吃"，简简单单的陈述，叫我想起闻一多诗《一句话》的开头："有一句话说出就是祸，／有一句话能点得着火。"蔡澜"这一句"，背后隐藏着多少信息呢？至少五条：身体健壮，胃口奇佳，精神昂扬，氛围浪漫，有或多或少的钱。缺哪一条，食物的味道都会受影响。倒过来看，你说出"和女朋友吃得东西最好吃"时，五条尽在不言中。

这就是暗示的力量。孤立地看，日常会话乃至文学作品，平白的陈述，如"她刚才打碎了一只青花碗""我吃了一只茶叶蛋"，未必启发不知内情者的联想。但这一句："轮椅上坐着的男人，穿褪了色的军装，一只裤腿软塌塌地拖在轮子旁边"，单从它就品出许多层意思：他曾是战士，他在战争中因炮火或触雷失去一条腿。进而，想起他的英勇，从而产生崇高的敬意。

且做一比较。甲是乙过去的校友，你是乙现在的朋友。甲关心乙，向你打听乙的近况。如果乙没空多聊，你答以简洁的一句："乙和太太去了巴黎旅游。"甲满足地点头，他晓得乙身体不错，心情不错，经济状况不错，和太太的关系不错。没有这几条，乙怎么可能在微信朋友圈贴出在香榭丽谢大街和凯旋门的伉俪照？你在万里之外，忙于功课，善于唠叨的妈妈急欲了解你的近况，从身体、心态到经济状况，你只要说出一句，她就停下没完没了的追问："我在健身房锻炼。"

以暗示让人产生联想的"一句话"，算得高级的文学语言。运用现代汉语最为精当的王鼎钧先生发出这样的警告："古人看见圆扇想起团圆别离，今人看见空调机能想起什么？古人看见野草想起小人，今人看见高尔夫球场上的草坪能想起什么？古人夜半听见秋虫的鸣声想起纺织，今人夜半听见大卡车的喇叭响又能想起什么？"

是啊，除非知识蕴藏里有相关链条，连接历史和现状；除非你有超越的哲思，把琐屑庸俗的现实过滤、提炼，你就不得不在"见山就是山"的怪圈里转个没完。好在，出路还是有的，重新建立暗示系统就是了。

人以汤分

从美国出版的英文杂志读到一篇小品文，它宣称："看你吃什么，就知道你是什么人。"还进一步发挥，断定："看你喝什么汤，就知道你是什么人。"因为汤是"灵魂之窗"云。

专家对以下五种美国的"流行汤"做了充分研究后，发现汤跟人的脾性具有显而易见的关联。比如，爱喝鸡汤的，忠诚、聪明、善于放松自己，能言善辩，是说客的上选；爱喝菜汤的，精于烹饪，喜欢户外活动，注重营养，能制造潮流；爱喝蚬汤的，老谋深算，雅致，乐观，爱好运动；爱喝辣牛肉汤的，爱社交、爱情境喜剧，争强好胜，独树一格；爱番茄汤的，有创新精神，爱读书，对旁人富影响力，喜爱宠物。我读到这里，凛然起坐。光晓得在美国喝汤，若是雪雪有声，会被讥为"没教养"，谁知在食谱中地位远远不如广东"老火汤"的洋玩意，隐藏如许天机。

这么一来，便有了"人以汤分"的简明归类法。企业的人事部遴选人才，只要请求职者进一次餐馆，看对方喝什么汤就有几分把握。推销员，只能在喝鸡汤的群体中物色。想当企业的执行长，必爱喝辣牛肉汤。想进广告公司的创意部，却不爱喝番茄汤，就别送履历表了。此外，约会中的男女一起吃饭，也多了一项"以汤察人"，爱喝鸡汤的，对伴侣较为忠诚。小姐如果爱点菜汤，男士一定喜欢——她将来该是做菜好手，以征服男人的胃来征服男人的心。对爱喝蚬汤的男人可得小心，他城府太深。相亲时如果一方宣称爱番茄汤，另一方最好问问自己爱不爱在家养狗猫。

揆诸华夏，"喝汤分析法"和从前的"阶级分析法"一般，有时是管用的，比如，被港人悬为人生理想的"鱼翅捞饭"，如果天天照喝不误，就是富人或准富人。至于若干不快乐的当令名人，也许需要美食家的"喝汤指引"，多喝鸡汤（在片场可喝罐装"史云山"），还可据"嚼得菜根，则百事能为"说，多喝杂菜汤。

咖啡馆一场面试

网上有过一则报道：一位自称担任上海一家企业管理咨询公司总经理的女士发微博称，她面试了一个简历很漂亮（北大毕业，企管硕士学位）的男子，"结果我买单，他丝毫客气也没有，饮料都是我端的"。稍后，一位自称为某企业"前科技副总裁"的网友也发微博称，"今儿我被通知面试。很奇怪，没有在他们公司，而是选择了一家环境优雅的咖啡厅，后来发现面试官是一女的。我以为就是聊聊，所以叫了杯柠檬水，没想到那女的点了一大杯拿铁。聊完了，那女的暗示我买单，还说一个男人应该大气些云云。我拒绝了，对她说：我是找工作，不是来相亲的。"

当事双方之外，还有目击者的陈述："今天我们店里来了两个人，看样子很奇怪，男的点了杯柠檬水，女的要了大杯的拿铁。买单时，那女的含情脉脉地看着那个男生，那个男的左右环顾，僵持了半天……"

往下，是微博"道德法庭"判案，各种"判词"都占一部分理，应了"一样米吃百样人"一说。综合起来，有两派：一是世俗派，主张接受面试者在求职的关键场合，不该小气，应埋单，为未来的事业打好伏笔。二是公事公办派，认为面试是公司的行为，面试官应先付款，再回去报销。

我个人认为，若援用"仁者见人，智者见智"的套路，对这位男子可有两种评价。

首先，出于世俗之眼，看他的学历和头衔，该是优秀的，但历练尚浅，在重"人情"的中国社会，应对尤其蹩脚，暴露了两个弱点，一曰摆架子。饮料由女方端来，他坐着当大爷。此乃社交大忌，可能被对方引申开去，得出"此人以自我为中心"的结论。意味着他不能容纳别人意见，难以和团队成员相处，还有大男子主义，懒惰，懈怠。此外是小气。女方在咖啡馆面试，可能是要营造轻松随意的气氛，通过闲聊，以"非正式问题"考察。这一场合和方式，在准确性方面，无疑比在会议室举行的答辩优胜。选择后者，胜任愉快的是口才出众，善于表演，娴于脑筋急转弯一类；选择前者，则连风度、品性也捎带检验了。而他，连请人喝一杯拿铁也不肯，那么，即使在咖啡香缭绕的所在，侃侃而谈，发挥良好，付账这一关的拙劣表现也给减了分。

其次，出于名士之眼，他可能被恭维为有"风骨"，不阿谀，不出卖自尊，算得"男儿膝下有黄金"。他这样做，出发点可能是：以摆架子来对用人单位作压力测试，看它对"不世出"的大才能容忍到哪个程度。

不必顾及咖啡馆面试的特殊性，且普泛地看社交（它涵盖绝大多数人际关系）场面。西方有一值得借鉴的规矩：女士优先。绅士风度的重要内涵，是对女性的尊重、呵护和帮助。这位男士所面对的女性，是面试官也好，是朋友、同事、亲戚、陌生者也好，都要有礼貌，进门后应帮助她脱下大衣，放好，继而挪椅子，请她先落座，请她喝咖啡（这开销该付得起吧？）把饮料端到桌上，从头到尾做到：慷慨，却不摆阔，谦和，也维持自尊，坦率，并尊重隐私，遇尴尬，以幽默化解，这才是值得女性倾慕的男士。名士，指的是思想的独立，精神的傲岸，名利上的淡泊；对一位女士傲慢且抠门，却是小家子气。当然，女方买单不是不可以。若然，男方要表示真诚的感谢。

深一层看，咖啡馆一类场所，不但给面试，也可给其他行为提供若干"察人"的启示。比如，和认识不久的对象一起进去，对方努力给自己献殷勤固然好，也得看他怎样对待别人，如果爱呵斥服务员，那表明心底里把人家看成"下等"；如果先声明自己做东，但一个劲点特价菜，那可能是持家有方；也可能是吝啬。如果想了解婚后对象待家中长者好不好，可先看他（她）怎样对待街上的拄杖者；想知道对你有多诚实，引他（她）把同一件事重复叙述三次。

坐　轿

　　读袁枚的《答杨笠湖》，中间一句，从雄辩的论说中跃出，教我惊悚："士君子行己立身，如坐轿然，要人扛，不必自己扛也。"袁枚此文，亦庄亦谐，但这一立论是严肃的，且没有遮掩，不妨替他略事发挥。

　　从前，立志"达则兼济天下，穷则独善其身"的读书人，极端在乎"名"。从屈原的"恐修名之不立"的期许，到张宗子"名根一点，坚固如佛家舍利，劫火猛烈，犹烧之不失"的慨叹，可作为证明。好名，一般来说并非坏事，至少，在乎外在名声的人物，不敢在公共场合过分放浪，算盘和鞭子不能随身携带。不过，如今的世道，表面的名，凝聚了人生的全部利益。名到手，其他一切均操诸在我。于是，求快速而廉价的名成了一门专业。网络上的职业潜水部队，下帖子有标价，你要出名，花钱买若干鼓吹你作品伟大的主题帖，外加数千条捧场的灌水帖，在有限的时日，你的名气置于顶部，直到有另外的求名者买下同样的操作，才沉下去。如此这般的运作多起来，阁下就和希特勒的宣传部长的理论一般：谎言重复千遍就成事实。你在一定范围内功成名就。

袁枚对所有炒作，都持否定态度。他把文人按进轿子里头，说，不要动，别的事，轮不到你做。从前的读书人，修身养性分段来，王国维是三段："昨夜西风凋碧树，独上高楼，望断天涯路""腰带渐宽终不悔，为伊消得人憔悴""那人却在，灯火阑珊处"。

今人分五段：一，自己要行；二，有人说你行；三，说你行的人要行；四，你说谁行谁就行；五，谁敢说你不行？"自己要行"指的是上轿之前，寒窗下悬梁刺股，连同功名心太盛时的"但愿一识韩荆州"，直到拿到上轿证。往下的步骤，可得小心了。"让人家说你行"，就是名气的全部意蕴。你可以毫无动作，株候弟子们、粉丝们来"说"，也可以主动出击，制造话题，扩展人脉。较为温良恭俭让的，是先努力"说"人家的好，如果搔着痒处，就成知己。然后，人家便以"说"你为回报。"说"者就是"轿夫"。人家怎么说，说到哪个层次，是人家的事。你可以暗示，可以明来，表示感谢或提出商榷。唯一的禁忌，是试图自己"扛"。

别以为自己扛轿子，类似于拔着自家头发离开地球，一些耐不住寂寞的人，迫不及待地从冷板凳跳起，偏要干这类徒劳的事。花名写评论吹捧自己有之，把朋友私人通信中的溢美之语收集起来，登在新书的封面有之，还从反面做文章，把自己的惊世巨著预先封为"禁书"，率先做批判。总之，怎样轰动就怎样干，自己动手或者哥们护航都行。

你在轿子里，吃东西可，看风景可，唱歌以鼓舞轿夫们的士气可，请他们停下，招待他们上麦当劳也可。也要小心，不要让轿夫把轿子抬进荒漠，把你撂下，自己离开。你还得看看轿夫们有没有狂热过度，一旦有人把你吹为超天才，比李敖还不朽，你就得检讨了。

至于说你的人行，以及你说谁行谁就行，没人敢说你不行这三条，是收获季节才有的讲究，自然而然发生，不必着急，聚焦于"坐轿"好了。

说千道万，困扰在冷板凳难久坐，其实，把自己的事干好，能不能上轿，上轿以后轿夫表现如何，这些都以少计较为宜。名不成，也就算了。毕竟，不朽的从来不多，现世的钻营，数百年以后看，都是笑话，除非"真行"。

晨读散记（二帖）

早上，边吃麦片边随手打开桌上的书，这是王鼎钧先生的自选集。读完序言就记起来，这是再版。原版属于台湾80年代初出的系列。时隔近40年，文学的价值与魅力没有与时俱减。

集中《游踪》里的两篇短文，教我眼睛一亮。

克难房子里的墓碑

作者和友人游台湾的台南，此处是古城，据说有几幢墓碑。他们要看的就是这个。可是，墓碑不在城门下，虽然按常理，从前这车马商旅络绎通行之处，宜于立碑。墓碑也不在里头的空地上。

在哪里呢？在屋子里头。屋子并非为保护墓碑而建的纪念馆、博物馆，而是逃难来的人仓促建成的简易住处，彼时叫"克难房子"。碑，"有的嵌在墙壁里，有的立在床头上。有的被利用做煤油炉的防火板，有的正好代替一根柱子。有的房间恰把一面石碑留在中央，成为一件诡异的装饰品，使人在房间里得绕着弯儿走。"

这些克难房子，是1949年以后建起来的。好地方被有胆识，手脚敏捷的先占了。好歹有了栖身之地，这土地做过刑场，后来是坟地，顾不得了。和平时代和战争时代，人的思维，价值观存在差别，甚而相反对。在台湾立足不到十年的落难者，处于两者的夹缝，"只求活下去"这战争思维的余绪，先成了胆子大，不怕和死人、鬼火为邻。然而，又不止于此，还有认命，因之而从容。

所以，"克难"群体没有兵油子的凶悍，"他们似乎是善良的，知道如今，家家大门为看碑的人开着，任你移开菜橱去看，掀起蚊帐去看，拨开花树去看。正在烧饭或正在奶孩子的女主人头也不抬。好像来的不是陌生人。"这情景，作者说就是用硬笔浓墨很艰涩地写的"现代的碑"，碑文是"生活"。

公共汽车里一颗苹果

夏天的中午，公共汽车里的乘客，为了躲避烈日，都占上向阳处对面的长凳。长凳两端。坐着两个带着孩子的母亲。中间隔着许多陌生人。车身震动了一下，苹果从靠出口坐着的女孩子手中掉下来。色泽鲜明宜人的苹果，表情天真可爱的女孩，加上美丽的母亲，乘客们的注意力集中起来，都想把苹果捡起。"刹那间，好几条手臂次第伸直，像旧式商船上的一排桨。"妙不可言的譬喻！我读到这里，笑起来。

接下来，男乘客们都落空，苹果由坐在另一端的小女孩，以"对心爱之物的敏捷"拾起。她攥在手里，然后，站直身体，定睛看对面的女孩子。而那孩子，也一手扶在母亲膝上，注视着她。

张力无限的"对峙"：孩子和孩子；车上的人和两个母亲，两个母亲和孩子。短暂的沉默，凸显永恒的人性。

"很快，拾到苹果的一方作了决定。她一手举着苹果，一手扶住众人膝上，歪歪斜斜地走到失主面前，只听得那个美丽的母亲在吩咐：'快说，谢谢！'孩子照说了，把苹果接过去。这一个转身扶住众人的膝盖回去。她的小手落在许多大手上，乘客们纷纷伸出手来搀她，夸奖着'好孩子！'或者'真乖！'"她兴奋得连呼吸都有些困难了，好容易，像经历了艰苦的奔波一般，埋头扑进母亲怀里。

读罢，深深佩服作者的功力。继而赞美文学的功德。作者五六十年前写这些短文，费时未必很多，然而，恩惠如此绵长，把人性美好的甘泉引进不同年代，不同背景的心田。